清人歷代詞選叢刊

𣪶詒堂詞選

外一種：宋詞賞心録

[清] 黄蘇◎編

洪德善　楊文鈺◎點校

華東師範大學出版社
·上海·

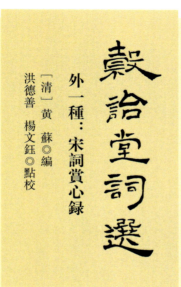

圖書在版編目(CIP)數據

穀詒堂詞選：外一種 /（清）黄蘇編；洪德善，楊文鈺點校. — 上海：華東師範大學出版社，2024.
（清人歷代詞選叢刊）. — ISBN 978-7-5760-5804-8

Ⅰ. I222.82

中國國家版本館 CIP 數據核字第 2025QC8991 號

清人歷代詞選叢刊

穀詒堂詞選

編　　者　［清］黄　蘇
點 校 者　洪德善　楊文鈺

宋詞賞心録

編　　者　［清］端木埰
點 校 者　金俊霞

叢刊主編　鍾　錦
特約審讀　鍾　錦
責任編輯　時潤民
責任校對　時東明
封面題簽　李　欣
裝幀設計　盧曉紅

出版發行　華東師範大學出版社
社　　址　上海市中山北路 3663 號　郵編 200062
網　　址　www.ecnupress.com.cn
電　　話　021－60821666　行政傳真 021－62572105
客服電話　021－62865537　門市（郵購）電話 021－62869887
地　　址　上海市中山北路 3663 號華東師範大學校内先鋒路口
網　　店　http://hdsdcbs.tmall.com

印　　刷　上海中華商務聯合印刷有限公司
開　　本　890 毫米×1240 毫米　1/32
印　　張　14.75
插　　頁　2
字　　數　330 千字
版　　次　2025 年 7 月第 1 版
印　　次　2025 年 7 月第 1 次
書　　號　ISBN 978－7－5760－5804－8
定　　價　99.80 元

出 版 人　王　焰

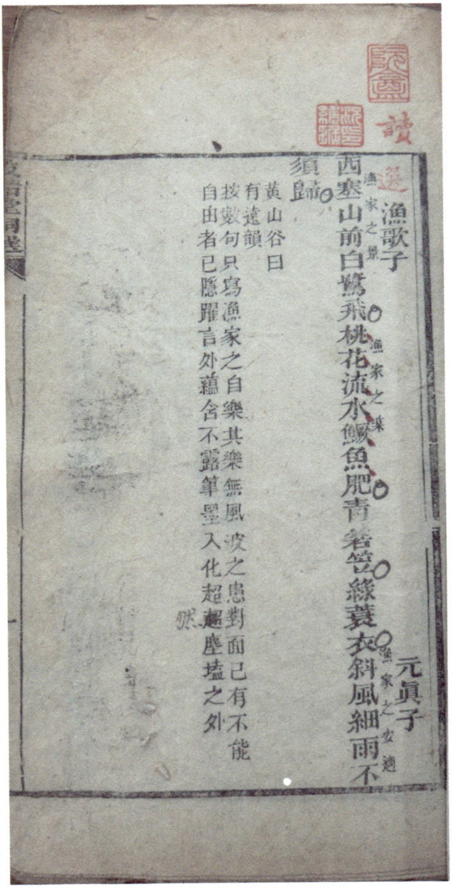

漁歌子　　元眞子

西塞山前白鷺飛。桃花流水鱖魚肥。青箬笠。綠蓑衣。斜風細雨不須歸。

漁家之景　漁家之樂　漁家之安適

黃山谷曰

有遠韻

按數句只寫漁家之自樂其樂無風波之患對面已有不能自由者已隱躍言外蘊含不露筆墨入化超然塵壒之外

桂林博物館藏《穀詒堂詞選》原刻本書影

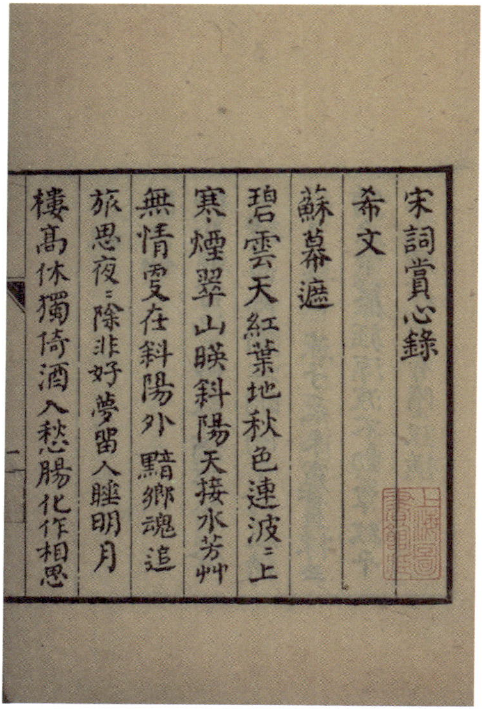
宋詞賞心錄
希文
蘇幕遮
碧雲天紅葉地秋色連波〻上
寒煙翠山暎斜陽天接水芳艸
無情更在斜陽外 黯鄉魂追
旅思夜〻除非好夢留人睡明月
樓高休獨倚酒入愁腸化作相思

上海圖書館藏《宋詞賞心録》影刻本書影

「清人歷代詞選叢刊」序

詞盛於宋，衰於元，存於明，而稱學於清。其爲學也，選本一端，實未可輕。今世學者往往忽之，乃割裂其中評語别行，與詞話伍。此或出不得已，然竟以爲其學盡在是，則割裂者不獲免責矣。余常好以諸選互校，徐思其去取之意，所悟每出論議之外。因於學者重評騭而輕簡擇，頗有憾焉。昔賢名選，全帙罕遇，微旨愈晦，大義每乖。詞學之昌，安可期乎？清之前，學未成也。選本者，所以存人存詞，世知重之。至於清，學既成也，選本者，所以闡幽發微，世反不知重之。嗟乎，好龍之葉公，無往而不遇哉！斤斤於此者，得粗忘精，在外忘内，動以樸學標榜，果真爲學耶？一入於樸，詞學亡焉。故清之後，詞之選本亦亡。其所謂選本者，徒成詞史之梗概，非復學問之津逮矣。故余常言：詞學之昌，必先求之清人選本。所以窺門徑，見幽隱，知折衷，識義理也。然清人詞學，流派既别，理路各異，博求備觀，固所宜然。因黽勉搜求，陸續刊印，既易藏家之彙聚，兼便學者之考索云。丁酉八月廿四日，鍾錦序。

目録

外一種

宋詞賞心録

端木埰 編　金俊霞 點校

前言

一九七八年四月，桂林文物管理委員會趙平先生等到上海圖書館查找況澄記載太平天國軍攻桂林的詩鈔，在走訪上海師範大學歷史系吳澤教授和上海圖書館負責人之一顧廷龍先生時，獲知晚清「臨桂詞派」代表人物況周頤的長女況綿初、長子況又韓、次兒媳汪佀梅等就居住在上海，隨即與他們取得聯繫。經多次走訪，陸續發現有況周頤遺著、遺物等。經徵得桂林文物管理委員會領導同意後，開展了相關文物徵集工作。①

一九七八年適逢況周頤誕辰一百二十周年即将到來，寄居上海的況周頤子女，了解桂林文物管理委員會工作人員的意圖後，遵其先父懷念家鄉的遺願，慷慨地將他們保存下來的三十餘件況周頤遺物、遺著、遺稿、藏書等陸續捐贈予桂林文物管理委員會，《穀詒堂詞選》即其中之一。

《穀詒堂詞選》係況周頤長女況維琚（綿初）、陳巨來夫婦於一九七八年六月捐贈予桂林文物部門，當時列名爲《宋人詞書》，現藏於桂林博物館。但此書保存狀況不佳，局部殘損，尤以卷首部分爲嚴重，已不能得其全貌。慶幸的是大部分保存完好，版式、文字仍清晰可辨。此書爲木刻本，半

① 趙平、周春梅《向況蕙風後裔徵收文物的彙報》，手稿，一九七八年七月，桂林博物館藏。

葉九行，行大字二十五字，雙行小字箋注，單魚尾，版心鐫「穀詒堂詞選」。書中所選詞作，按小令、中調、長調分類，因部分殘損，載著者、版本、目録等葉殘損最嚴重，所録詞闋數已無法統計。尚可識讀者得二〇七闋。

《穀詒堂詞選》的詞評以兩種方式呈現。一是每闋在版框内有評詞文字；二是其中超過八十闋有天頭眉評。眉評過半數是轉引沈際飛評語，標以「沈曰」、「沈云」或「沈天羽曰」。亦有部分眉評未注明出處者，或是編撰者自評。

書内頁見有朱、墨筆圈點，朱筆正其中文字誤訛，部分詞闋名上方鈐印有朱文「讀」、「選」字樣；鈐有「清況」、「阮盦」、「夔笙」、「卜娱」等朱文印，爲況周頤藏書無疑。捐贈者陳巨來爲此書專作了題識黏附卷尾，其曰：

歲乙丑冬日，先外舅況蕙風先生嘗諭余曰，他八歲時曾詣姊丈家中，於書箱中得見此詞集，遂乞取歸家朝夕誦讀，即戲學填詞，爲老師所嘉許，嗣後即益自漸通，卒成倚聲名家，蓋全賴斯册有以啓發之功云云。蒙以見賜，保存迄今未敢失也。因特叙於此，敬以貢獻廣西文物管理委員會，用作掌故文物之珍藏。戊午夏日陳巨來謹識。時年七十有四。（鈐「安持長幸」印）

正是陳巨來的這一題識，爲我們認識《穀詒堂詞選》及其與《蓼園詞選》的關係提供了重要綫索。況周頤在《香東漫筆》叙及：「余女兄三，其仲適黄名俊熙，字籲卿。籲卿之曾祖蓼園先生有

《詞選》梓行（《詞選》無先生名，名待考）。起元真子《漁歌子》，訖周美成《六醜》，最二百二十四闋。並渾雅温麗，極合倚聲消息。每閲有箋，徵引瞻博。余年十二，女兄于歸，詒余是篇，如獲拱璧。心維口誦，輒仿爲之，是余詞之導師也。先生《詞選》若是之精，斷無不工填詞之理，顧所作迄未得見，可知吾粵詞人湮没不彰者多矣。（黄氏家祠内有偶彭樓，《詞選》版貯其上，並可眺城西山色。女兄以余幼，故請登樓弗許，當時爲之惘然。至樓名何指，則至今不知。）」①一九二〇年二月，趙尊嶽從況周頤處借得《穀詒堂詞選》並據以重刊，定名爲《蓼園詞選》，況周頤爲之撰序，序中亦云：「曩歲壬申，余年十二。先未嘗知詞，偶往省姊氏，得是書案頭，假歸雒誦，詫爲鴻寶，由是遂學爲詞。」

據《香東漫筆》載，《詞選》「起元真子《漁歌子》，訖周美成《六醜》」，《穀詒堂詞選》雖部分殘缺，但從殘破的目録頁，仍可判斷其起訖與《蓼園詞選》一致。將《穀詒堂詞選》與《蓼園詞選》相比照，《蓼園詞選》中的周美成《浣溪沙》（樓上晴天碧四垂）、賀方回《浣溪沙》（鶯外紅綃一縷霞）、葉道卿《賀聖朝》（滿樽緑醑留君住）、秦少游《柳梢青》（岸草平沙）、賀方回《柳梢青》（子規啼血）、蘇軾《西江月》（照野瀰瀰淺浪）六闋未見。

從目前所能掌握的信息來看，況周頤早年學詞之啓蒙詞選原名應爲《穀詒堂詞選》。後趙尊嶽重刊時始更名《蓼園詞選》，並有所删減，如最大的變化是去除了原有眉評，但基本保持了《穀詒堂

① 況周頤《香東漫筆》卷二，《國粹學報》第七十一期，《叢談》第一頁。

詞選》的原貌。如果我們説《蓼園詞選》即《穀詒堂詞選》，應該也可成立。至於《香東漫筆》中所提及的《詞選》無蓼園先生之名而其名待考，爲何趙尊嶽在重刊時，未加任何考證説明，即冠以黄蘇之名？況周頤爲何對《穀詒堂詞選》之名從未提及，並對《穀詒堂詞選》更名《蓼園詞選》之事亦避而不談？《穀詒堂詞選》的編撰者是否真爲黄蘇，還是另有其人？其疑其謎目前仍然頗多。

今應鍾錦先生之約請，將《穀詒堂詞選》殘本整理刊布，冀能爲業内專家學者增一研究之資料。感謝楊文鈺博士録出《蓼園詞選》原文並編制作者索引，使得筆者可在此基礎上進行校改。因筆者才疏學淺，勉而爲之，錯誤仍在所難免，敬請方家批評指正。

洪德善

丁酉年臘月初十日於桂林博物館

穀詒堂詞選

蓼園 選　洪德善　楊文鈺 點校

穀詒堂詞選目録

小令目録

中調目録

蝶戀花　蘇子瞻二調　晏同叔　歐陽永叔　晏叔原　周美成　秦少游

唐多令　劉改之

蘇幕遮　范希文

漁家傲　王介甫　范希文　謝無逸

品令　黃魯直

行香子　蘇子瞻

錦纏道　宋子京

青玉案　歐陽永叔　賀方回

天仙子　張子野

江城子　蘇子瞻

千秋歲　秦少游　謝無逸　辛幼安

祝英臺近　辛幼安

過澗歇　柳耆卿

新荷葉　僧仲殊

驀山溪　曹元寵

千秋歲引　王介甫

長調目録

小令

漁歌子[一]

元真子

西塞山前[二]白鷺飛。桃花流水鱖魚肥。青箬笠，綠蓑衣。斜風細雨不須歸。

黄山谷曰：「有遠韻。」

按，數句只寫漁家之自樂其樂，無風波之患，對面已有不能自由者已。隱躍言外，蘊含不露，筆墨入化，超超[三]塵壒之外。

【夾評】「西塞」句：漁家之景。「桃花」句：漁家之樂。「斜風」句：漁家之適。

【校記】

［一］調名，《尊前集》作「漁父」。此首《草堂詩餘》無。夾評，《蓼園詞選》無。

［二］「山前」，《李文饒文集》别集卷七《玄真子漁歌記》作「山邊」。

［三］「超超」，《蓼園詞選》作「超然」。

憶王孫

春景[一]　李重元

萋萋芳草憶王孫。柳外樓高空斷魂。杜宇聲聲不忍聞。欲黄昏。雨打梨花深閉門。

沈際飛曰:「一句一思。　因『樓高』曰『空』,因『閉門』曰『深』。俱可味[二]。」

按,高樓望遠,「空」字已悽惻,况聞杜宇乎?末句尤比興深遠,言有盡而意無窮。

【校記】

[一]　詞題,《唐宋諸賢絶妙詞選》作「春詞」。

[二]　「俱可味」,此三字《草堂詩餘》沈評原文無。

如夢令

春景　秦少游[一]

門外緑陰千頃。兩兩黄鸝相應。睡起不勝情,行到碧梧金井。人静。人静。風弄一枝花影。

沈際飛曰：「『不勝情』三字包裹前後。」

秦少游又有《春景》一闋[二]曰：「鶯嘴啄花紅溜。燕尾點波緑皺。指冷玉笙寒，吹徹小梅春透。依舊。依舊。人與緑楊俱瘦。」沈際飛深賞其「琢句奇峭」，然細玩終不如此首韻味清遠。「不勝情」從「千頃」字、「相應」字生出。因「不勝情」而「行」，「行」而無人，只見「風弄一枝花影」，更難爲情。「一枝」字幽雋。

【校記】

[一] 此從《草堂詩餘》顧從敬本作秦少游（觀）詞，當依《樂府雅詞》作曹元寵（組）詞，沈評本已改。詞題，《樂府雅詞》無。

[二] 此闋《草堂詩餘》選，「琢句奇峭」四字即沈評原文。

如夢令

春晚[一]

李易安趙明誠妻

昨夜雨疎風驟。濃睡不消殘酒。試問捲簾人，却道海棠依舊。知否。知否。應是緑肥紅瘦。

苕溪漁隱云：「近時婦人能文詞如李易安，頗有佳句。如云『緑肥紅瘦』，只此語甚新。又《九日》詞『簾捲西風，人似黄花瘦』，此言亦婦人所難到也。」

沈際飛曰：「『知否』二字，疊得可味。『緑肥紅瘦』剏獲自婦人，大奇。」

按，一「問」極有情，答以「依舊」，答得極澹，跌[二]出「知否」二句來，而「緑肥紅瘦」無限悽婉，却又妙在含蓄。短幅中藏無數曲折，自是聖於詞者。

【夾評】「濃睡」句：已有深情。

【校記】

[一] 詞題，《漱玉詞》無。此首夾評，《蓼園詞選》無。

[二] 跌，《蓼園詞選》作「跌」。

長相思

錢塘[一]　白居易

汴水流。泗水流。流到瓜洲古渡頭。吴山點點愁。　思悠悠。恨悠悠。恨到歸時方始休。月明人倚樓。

《花菴詞選》云居易「此詞上四句皆説錢塘景」。并載《長相思》一首[二]云：「深畫眉。淺畫眉。蟬鬢鬅鬙雲滿衣。陽臺行雨迴。巫山高，巫山低。暮雨蕭蕭郎不歸。空房獨守時。」蓋詠閨怨也。此「二詞非後世作者所及」。

沈際飛曰：「『點點』字後。太白開山後，乃至元和又見此二闋，不易得也。[三]」

【校記】

[一] 詞題，《唐宋諸賢絶妙詞選》作「閨怨」。

[二] 此詞《草堂詩餘》選。

[三] 此句《草堂詩餘》沈評原文作：「太白開山後，至元和又見此二闋。」

長相思

山驛

万俟雅言

短長亭。古今情。樓外涼蟾一暈生。雨餘秋更清。　暮雲平。暮山横。幾葉秋聲和鴈聲。行人不要聽。

玉林詞客云：「雅言之詞，詞之聖者也。發妙旨於律吕之中，運巧思於穿鑿之外，工而平，和而雅，比諸刻琢句意而求精麗者，豈不遠哉！」

按，「一暈生」三字，仍帶有「古今情」之意。末句「不要聽」三字，含無限惋惻。

生查子

春恨[一]　晏叔原

金鞍美少年，去躍青驄馬。牽繫[二]玉樓人，翠被春寒夜。　消息未歸來，寒食梨花謝。無處説相思，背面秋千下。

「去躍」二字從婦人目中看出，深情摯語。末聯「無處」二字，意致悽然，妙在含蓄。

【校記】

［一］詞題，《小山詞》無。

［二］「牽繫」，《草堂詩餘》沈評本作「縈繫」，同《小山詞》。

生查子

詠箏[一]　　張子野[二]

含羞整翠鬟，得意頻相顧。鴈柱十三絃，一一春鶯語。　嬌雲容易飛，夢斷知何處。深院鎖黄昏，陣陣芭蕉雨。

按，「一一」字從「頻」字生來，「春鶯語」從「得意」字生來。前一闋寫得意時情懷，無限旖旎。次一闋寫别後情懷，無限悽苦。胥于箏寓之。凡遇合無常，思婦中年，英雄末路，讀之皆堪下淚。

【校記】

［一］　詞題，《歐陽文忠公近體樂府》無。

［二］　此首歐陽修詞，見《歐陽文忠公近體樂府》，《草堂詩餘》誤作張子野（先）詞。

點絳唇

春閨　何籀[一]

鶯踏花飜,亂紅堆徑無人掃。杜鵑來了。梅子枝頭小。　撥盡琵琶,總是相思調。知音少。暗傷懷抱。門掩青春老。

按,「鶯踏花飜」,自是傷時寄託語。「杜鵑來了,梅子枝頭小」,自是時當晚季,自傷卑賤耳。看下一闋,「知音少」、「傷懷抱」,則前一闋寓意尤顯。士不得志,而悲憫之懷難以顯言,託于閨怨,往往如是。

【校記】

[一]　此首無名氏詞,見《草堂詩餘前集》,明本《草堂詩餘》誤作何籀詞。

點絳唇

冬景　汪彦章[一]

新月娟娟,夜寒江静山銜斗。起來搔首。梅影横牕瘦。　好箇霜天,閑却傳杯手。

君知否。亂鴉[二]啼後。歸興[三]濃如[四]酒。

按，此首寫在外栖栖不得意，思家之作耳。霜天無酒，落漠可知，寫來却蘊藉。

【校記】

[一] 此首《草堂詩餘》沈評本作蘇叔黨（過）詞，注：「刻汪誤。」實汪藻詞，見《浮溪詞》。詞題，《浮溪詞》無。

[二] 「亂鴉」，《浮溪詞》作「曉鴉」。

[三] 「歸興」，《樂府雅詞》作「歸夢」。

[四] 「濃如」，《浮溪詞》作「濃於」。

點絳唇

詠草　　林君復

金谷年年，亂生春色誰爲主。餘花落處。滿地和煙雨。　又是離歌，一闋長亭暮。王孫去。萋萋無數。南北東西路。

《詩話總龜》云：「林和靖不特工於詩，尤工於詞，如作《點絳唇》，乃詠草耳，終篇不出一『草』字，

更得所以咏之情。」[一]

按，羅鄴詩「不似萋萋南浦見，晚來烟雨正相和」，「和」字詠草入細。「南北東西路」句，宜緩讀，一字一讀，□□□□□。[二]

【校記】

[一]《詩話總龜·卷四十二樂府門》：「林和靖工於詩文，善爲詞，嘗作《點絳唇》云（詞略），乃草詞爾，謂終篇無草字。載自李頎《古今詩話》」

[二] 缺字，《蓼園詞選》作「恰是『無數』二字神味」。

浣溪沙 一名山花子

春景　　周美成[一]

水漲魚天拍柳橋。雲鳩拖雨過江皋。一番春信入東郊。　閒碾鳳團消短夢，靜看燕子壘新巢。又移日影上花梢。

沈際飛曰：「此等景，徑畫不出。」

按，首二句寫景入微，末二句是靜眼看人得意而良時不覺蹉跎矣。神致黯然，耐人玩味也。[二]

【校記】

［一］元本《草堂詩餘》作無名氏詞，汲古閣本《片玉集》補遺據陳鍾秀本《草堂詩餘》録入。

［二］此首下，《蓼園詞選》增録周美成（邦彦）「春暮」一首：「樓上晴天碧四垂。樓前芳草接天涯。勸君莫上最高梯。　新筍看成堂下竹，落花都上燕巢泥。忍聽林表杜鵑啼。」實李清照詞，見《漱玉詞》，《草堂詩餘》沈評本已改。及賀方回（鑄）「晚景」一首並評語：「鶩外紅銷一縷霞。淡黄楊柳帶棲鴉。玉人和月折梅花。　笑撚粉香歸繡户，半垂簾幕護窗紗。東風寒似夜來些。」《漁隱叢話》云：「詞欲全篇好極難得，如賀方回『淡黄楊柳帶棲鴉』、秦處度『藕葉清香勝花氣』二句，寫景詠物，造微入妙，其全篇則不逮此也。」

浣溪沙

春遊　　歐陽永叔

湖上朱橋響畫輪。溶溶春水浸春雲。碧琉璃滑淨無塵。　當路遊絲縈醉客，隔花啼鳥喚行人。日斜歸去奈何春。

沈際飛曰：「人謂永叔不能作麗語，如『隔花』句、『海棠經雨』句，非麗語耶？」

按，「奈何春」三字從「縈」字、「喚」字生來，「縈」字、「喚」字下得有情，而「奈何」字自然脱口而出，不拘是比是賦，讀之亹亹情長。

【校記】

［一］　詞題，《歐陽文忠公近體樂府》無。

浣溪沙

春懷［一］　　歐陽永叔［二］

雨過殘紅濕未飛。珠簾一帶透斜暉。遊蜂釀蜜竊香歸。　金屋無人風竹亂，夜篝盡日水沉微。一春須有憶人時。

按，上闋言落英滿地，斜日照之，遊蜂尚自採之。下闋言我今獨居夜静，風過竹響，沉水香微，黯然魂銷，玉人何在，一春惟付之寤思而已。思婦懷人，孤臣戀主，同此情懷，不必泥也，熟玩自饒神韻。

【校記】

［一］　詞題，《片玉集》無。

［二］　此首周邦彦詞，見《片玉集》，《草堂詩餘》誤作歐陽永叔（修）詞。

浣溪沙

春恨[一]

蘇軾

風壓輕雲貼水飛。乍晴池館燕争泥。沈郎多病不勝衣。　沙上未聞鴻鴈信，竹間時有[二]鷓鴣啼。此情惟有落花知。

按，此作其在被謫時乎？首尾自喻，「燕争泥」喻别人□□□□[三]比；「未聞鴻鴈」，無佳信息也。鷓鴣啼聲凄切也。通首□□[四]。

【校記】

[一] 詞題，《東坡樂府》無，《草堂詩餘》沈評本作「春晴」。

[二] 「時有」，《草堂詩餘》沈評本作「時聽」。

[三] 缺字，《蓼園詞選》作：「……得意，『沈郎』自……」

[四] 缺字，《蓼園詞選》作「婉惻」。

浣溪沙

春恨[一]

晏同叔

一曲新詞酒一盃。去年天氣舊亭臺。夕陽西下幾時回。　無可奈何花落去，似曾相識燕歸來。小園香逕獨徘徊。

《漁隱叢話》：晏元獻公赴杭州，道過維陽，憩大明寺。冥目徐行，使侍吏誦壁間詩板，戒其勿言爵里名姓，終篇者無幾。又俾別誦一詩云：「水調隋宮曲，當年亦九成。哀音已亡國，廢沼尚留名。儀鳳終陳迹，鳴蛙只廢聲。凄凉不可問，落日下蕪城。」徐問之，江都尉王琪詩也。召至同飲，又同步遊池上，春晚，已有落花。晏云：「每得句書墻壁間，或彌年未嘗强對。且如『無可奈何花落去』，至今未能也。」王應聲曰：「似曾相識燕歸來。」由此辟置館職。

沈際飛曰：□□□□□□□□□□□□[二]

【眉評】所以「酒一盃」者，因感時序遷流也。末句閒雅，「獨」字有味，妙在含蓄，不入衰颯一路。[三]

【校記】

[一]　詞題，《珠玉詞》無。

〔二〕　缺字，《蓼園詞選》作：「『油壁車輕金犢肥』二句，歌行麗對也。『細雨夢回雞塞遠』、『青鳥不傳雲外信』、『無可奈何花落去』六句，律詩俊語也。然自是天成一叚詞，著詩不得也。」

〔三〕　眉評，《蓼園詞選》無。

浣溪沙

春閨　　張子野〔一〕

錦帳重重捲暮霞。屏風曲曲鬬紅牙。恨人何事苦離家。　枕上夢魂飛不去，覺來紅日又西斜。滿庭芳草襯殘花。

沈際飛曰：「前人詩『夢魂不知處，飛過大江西』，此云『飛不去』，絶好翻用法。」〔二〕

按，「重重」、「曲曲」，寫得柔情旖旎，方喚得下句『何事』□□□□□〔三〕『飛不去』亦從此生出。寫閨情至此，意致濃深，大□□□〔四〕。

【校記】

〔一〕　此秦觀詞，見《淮海居士長短句》，無詞題。

〔二〕　此条，《草堂詩餘》沈評原文「前人詩」作「詩云」，「翻用法」作「翻法」。

〔三〕　缺字，《蓼園詞選》作：「……字起，即第二闋……」

〔四〕　缺字，《蓼園詞選》作「雅不俗」。

浣溪沙

漁父〔一〕　　黄魯直

新婦磯頭〔二〕眉黛愁。女兒浦口眼波秋。驚魚錯認月沉鈎。　青箬笠前無限事，緑蓑衣底一時休。斜風細雨〔三〕轉船頭。

東坡云：「黄魯直作此詞，清新婉麗，聞其得意，自以水光山色替却玉肌花貌，此乃真得漁父家風也。然纔出新□□□□□□〔四〕浦，此漁父無乃太瀾浪也〔五〕？」

按，前一闋寫得山水有聲有色，有情有態，箏箏清□□□□□〔六〕限事」、「一時休」，寫漁父情懷，未免語含憤激。涪翁一生□□□□〔七〕于漁父，欲爲恬適，終帶牢騷。結句與張志和「斜風細□□□□〔八〕」句，亦自神理迥别。張句是無心任運，涪翁句是有心避患也，□□〔九〕當自□〔一〇〕之。

【眉評】寫山水之「眉黛」、「眼波」，足以使「驚魚錯認」，語自清奇。第「驚魚」終乏自得之趣，可以想其胷次寄託矣。〔一一〕

【校記】

［一］詞題，《山谷詞》無。

［二］「磯頭」，《類編增廣黄先生大全文集》作「灘頭」。

［三］「細雨」，《類編增廣黄先生大全文集》作「吹雨」。

［四］缺字，《蓼園詞選》作：「……婦磯，又入女兒……」

［五］「也」，《蓼園詞選》作「耶」。

［六］缺字，《蓼園詞選》作：「……奇。第二闋『無……』」

［七］缺字，《蓼園詞選》作：「……坎壈，託興……」

［八］缺字，《蓼園詞選》作「雨不須歸」。

［九］缺字，《蓼園詞選》作「細味」。

［一〇］缺字，《蓼園詞選》作「得」。

［一一］眉評，《蓼園詞選》無。

浣溪沙

詠酒[一]　　歐陽永叔

堤上遊人逐畫船。拍堤春水四垂天。綠楊樓外出鞦韆。　白髮戴花君莫笑，六么催拍盞□□□□□□□□[二]前。

按，第一闋寫世上兒□□□□□□□□□□□□□[三]意趣，自在衆人喧囂□□□□□□□□□□□□□□□□[四]不盡。

【校記】

[一] 詞題，《歐陽文忠公近體樂府》無。

[二] 缺字，《蓼園詞選》作：「……頻傳。人生何處似尊……」

[三] 缺字，《蓼園詞選》作：「……女多少得意歡娛。第二闋『白髮』句，寫老成……」

[四] 缺字，《蓼園詞選》作：「……之外。末句寫得無限悽愴沈鬱，妙在含蓄……」

攤破浣溪沙

春恨［一］

南唐李中宗名景

手捲真珠上玉鈎。依然春恨鎖重樓。風裏落花誰是主，思悠悠。　青鳥不傳雲外信，丁香空結雨中愁。回首緑波三峽［二］暮，接天流。

《温叟詩話》：李景有曲「手捲真珠上玉鈎」，或改□□□□□□□［三］有曲云「十年馬上春如□□□□□□□□□□［四］

按，手捲珠簾，似可曠□□□□□□□□□□□□□［五］見落花無主，不□□□□□□□□□□□□□□□□［六］見三峽波接天流，此□□□□□□□□□□□□□□［七］帝王爲之，則非治世□□□［八］。

【校記】

［一］　詞題，《南唐二主詞》無。

［二］　「三峽」，《南唐二主詞》作「三楚」。

［三］　缺字，《蓼園詞選》作：「……爲『珠簾』，舒信道……」

［四］　缺字，《蓼園詞選》作：「……夢』，或改云『如春夢』，非所謂知音。」

［五］　缺字，《蓼園詞選》作：「……日舒懷矣，誰知依然恨鎖重樓。所以恨者何也？」

［六］　缺字，《蓼園詞選》作：「……覺心共悠悠耳。且遠信不來，幽愁空結，第……」

［七］　缺字，《蓼園詞選》作：「……恨何能自已乎？清和婉轉，詞旨秀穎，然以……」

［八］　缺字，《蓼園詞選》作「之音矣」。

攤破浣溪沙

秋思［一］　南唐李後主名煜［二］

菡萏香消翠葉殘。西風愁起緑波間。還與韶光［三］共憔悴，不堪看。　細雨夢回雞塞遠，小樓吹徹玉笙寒。多少淚珠何限恨，倚欄干。

《雪浪齋日記》云：「荊公問山谷云：『作小詞，曾看李後主詞否？』云：『曾看。』荊公曰：『何處最好？』山谷以『一江春水向東流』爲對。荊公曰，未若『細雨夢回雞塞遠，小樓吹徹玉笙寒』，又『細雨濕流光』最好。」

按，「細雨」、「夢回」二句，意興清幽，自係名句。結末「倚欄干」三字，亦有説不盡之意。後主詞自多佳製，第意興淒涼慘憔，實爲亡國之音，故少選之。

【校記】

［一］詞題，《南唐二主詞》無。

［二］此實中主詞，見《南唐二主詞》。

［三］「韶光」，《南唐二主詞》作「容光」。

菩薩蠻 一名重疊金，一名子夜歌，又與醉翁子相近

閨情［一］　李太白

平林漠漠烟如織。寒山一帶傷心碧。暝色入高樓。有人樓上愁。　欄干［二］空佇立。宿鳥［三］歸飛急。何處是歸程［四］。長亭更［五］短亭。

按，入首二句，意興蒼涼壯闊。第三、第四句説到「樓」到「人」，又自静細孤寂，真化工之筆。第二闋「欄干」字跟上「樓」字來，「佇立」字跟上「愁」字來。末聯始點出「歸」字來，是題目歸宿。所以「愁」者此也，所以「寒山傷心」者亦此也。更覺前闋淩空結撰，意興高遠。至結句仍含蓄不説盡，雄渾無匹。

【眉評】「大」字奇警。[六]

【校記】

[一] 詞題，《尊前集》無。

[二] 「欄干」，《湘山野録》作「玉梯」，《詞綜》作「玉階」。

[三] 「宿鳥」，《湘山野録》作「宿鴈」。

[四] 「歸程」，《草堂詩餘》作「回程」。

[五] 「更」，《湘山野録》作「連」，《尊前集》作「接」。

[六] 眉評，《蓼園詞選》無。

菩薩蠻

秋閨[一]　秦少游

□□□□□□□□□□□□□□[二]新愁知幾許。欲似[三]絲千縷。

鴈已不堪聞。砧聲何處村。

按，「匝」字從「轉」字生來，言[四]月由東而西轉于「高樓」之上者已「匝」也。通首亦清微澹遠。

【校記】

［一］詞題，《淮海居士長短句》無。

［二］缺字，《蓼園詞選》作：「金風簌簌驚黄葉。高樓影轉銀蟾匝。夢斷繡簾垂。月明烏鵲飛。」

［三］「欲似」，《草堂詩餘》沈評本作「卻似」。

［四］「言」，《蓼園詞選》作「匹」。

菩薩蠻

冬景［一］　　黄叔暘

南山未解松梢雪。西山已掛梅梢月。説似玉林人。人間無此清。　此身元是客。小住娱今夕。拍手凭欄干。霜風吹鬢寒。

按，「玉林」係叔暘號。通首自寫山居清況，而素節清操、不可一世之意自見。

【校記】

［一］詞題，《中興以來絶妙詞選》作「冬」。

菩薩蠻

詠箏[一]　張子野[二]

哀箏一弄湘江曲。聲聲寫盡湘波緑。纖指十三絃。細將幽恨傳。當筵秋水慢。玉柱斜飛雁。彈到斷腸時。春山眉黛低。

按，寫箏耶？寄託耶？意致却極悽婉。末句意濃而韻遠，妙在能藴藉。

【校記】

［一］詞題，《小山詞》無。

［二］此晏幾道詞，見《小山詞》。

訴衷情

寒食　僧仲殊揮

湧金門外小瀛洲。寒食更風流。紅船滿湖歌吹，花外有高樓。晴日煖，淡煙浮。

恣嬉遊。三千粉黛，十二欄干，一片雲頭。

《玉林詞選》云：「仲殊之詞多矣，佳者固不少，而小令爲最。小令之中，《訴衷情》一調又其最。蓋字字清婉，高處不減□□□□□[一]。」

按，宋之南渡，西湖號爲銷金鍋，一時繁華遊冶□□□□□[二]不憂之？不謂物外緇□□□□□□□□□□□□□□□[三]弥滿，傑句也。

【校記】

[一] 缺字，《蓼園詞選》作「唐人風致也」。

[二] 缺字，《蓼園詞選》作：「之盛，有心者能……」

[三] 缺字，《蓼園詞選》作：「……流，已于冷眼中覷之。『一片雲頭』四字，真力……」

醜奴兒令 一名羅敷令，一名採桑子

詠雪[一]　　康伯可

馮夷剪破澄溪練，飛下同雲。着地無痕。柳絮梅花處處春。　山陰此夜明如晝，月滿前村。莫掩溪門。恐有扁舟乘興人。

花庵詞□□□□□□□□□□□□□[二]

按□□□□□□□□□□□□□下□促□□□□□□□□□□□□□[三]

《宋史》□□□□□□□□□□□□□□嘗爲□□□□□□□□□□□□□□造朝便□□□□

□□□□□□□□□□曰今日須□□□□□□□□□□□□□□太湖馬跡山。[四]

【校記】

[一] 詞題，《中興以來絶妙詞選》無。

[二] 缺字，《蓼園詞選》作：「……客云：『順庵作此詞，促養直赴雪夜溪堂之約。』」

[三] 此條缺字多，《蓼園詞選》全條作：「按，第一闋是詠雪夜。第二闋起句點明『夜』字，是承上，以下俱促養直赴約之意。『山陰』是用徽之訪戴安道事。」

[四] 此條缺字多，《蓼園詞選》全條作：「《宋史》載：蘇庠，字養直，丹陽人。少工詩，蘇軾見其《清江曲》，大愛之，嘗爲銘其硯，稱爲吾家養直。紹興間與徐師川同召，庠辭，師川造朝，便道過庠，留飲甚歡。徐奕高于庠，是日庠拈奕子，笑視徐曰：『今日須還老夫下此一著。』徐有愧色。朝命以禮津遣，不赴，遁太湖馬跡山。」

卜筭子

平韻即巫山一段雲　春恨[一]　　秦處度

春透水波明，寒峭花枝瘦。極目煙中百尺樓，人在樓中否。　四和裊金凫，雙陸思纖手。擬倩東風浣此情，情更濃如[二]酒。

沈際飛曰：「春未透□□□□□□□□□□□人在否，從宛在□□□□□□□□□□□□□[三]

按，懷人之作，自饒□□□□□[四]自是俊才，可藥纖□□□□□[五]

【校記】

[一]　詞題，《唐宋諸賢絶妙詞選》作「春情」。

[二]　「濃如」，《唐宋諸賢絶妙詞選》作「濃於」。

[三]　此條缺字多，《蓼園詞選》全條作：「沈際飛曰：『春未透。花枝瘦』，山谷句也，極爲學者稱賞，秦蓋法此。『人在否』，從『宛在水中央』悟出。『四和』，香也。」

[四]　缺字，《蓼園詞選》作：「……清微澹遠之致，……」

［五］　缺字，《蓼園詞選》作「濃惡俗之病」。

卜算子

春怨[一]　　徐師川名俯

胸中千[二]種愁，掛在斜陽樹。　緑葉陰陰自得[三]春，草滿鶯啼處。　不見淩波[四]步。空想如簧語。　門外[五]重重疊疊山，遮不斷、愁來路。

按，不言所愁何事，曰「千種」，曰「遮不斷」，意象壯闊，大約爲憂時而作。「緑葉」二句，似喻小人之得意。「淩波」二句，似歎□□□□□□[六]「美人」之恉也[七]。意致自是高迴。

沈際飛曰：「少陵云：『憂端如山來，澒洞不可□□□□□□□[八]山重疊，未抵春愁一倍多。』合下三絶。」

【校記】

［一］　詞題，《樂府雅詞》無。

［二］　「胸中千」，《樂府雅詞》作「天生百」。

［三］　「自得」，《樂府雅詞》作「占得」。

〔四〕「凌波」，《樂府雅詞》作「生塵」。
〔五〕「門外」，《樂府雅詞》作「柳外」。
〔六〕缺字，《蓼園詞選》作：「……君門之遠，《離騷》……」
〔七〕「愔」，原作「意」，朱笔改「愔」。
〔八〕缺字，《蓼園詞選》作：「……不可掇。』趙蝦云：『夕陽樓上……」引少陵詩首句，杜集作「憂端齊終南」。

卜筭子

送春　　　　僧皎如晦

有意送春歸，無計留春住。畢竟年年用着來，何似休歸去。　目斷楚天遥，不見春歸路。風急桃花也似愁，點點飛紅雨。

沈際飛云：「善謔。《送春》詞中此爲第一，清空超脱，不滑熟，不沾滯，當得一『雋』字。」〔一〕

【校記】

〔一〕此條，《草堂詩餘》沈評原文無「清空超脱」以下文字。

□□□［一］　孤鴻［二］　蘇子瞻

□□□□□□□□□□□□□□［三］

□□□□□□□［四］非胸中有萬卷書，筆下無一點塵俗氣，孰能至此？」銅陽居士云：「『缺月』，刺明微也；『漏斷』，暗時也，幽人不得志也；『獨往來』，無助也；『驚鴻』，賢人不安也；『回頭』，愛君不忘也；『無人省』，君不察也；『揀盡寒枝不肯棲』，不偷安於高位也；『寂寞沙洲冷』，非所安也。此詞與《考槃》詩極相似。」

按，此詞乃東坡自寫在黃州之寂寞耳。初從人說起，言如孤鴻之冷落。第二闋專就鴻說，語語雙關。格奇而語雋，斯爲超詣神品。

【校記】

［一］缺字，《蓼園詞選》作「卜筭子」。

［二］詞題，《東坡樂府》作「黃州定慧院寓居作」。

［三］缺字，《蓼園詞選》作：「缺月掛踈桐，漏斷人初靜。時見幽人獨往來，縹緲孤鴻影。

驚起却回頭，有恨無人省。揀盡寒枝不肯棲，寂寞沙洲冷。」

［四］ 缺字，《蓼園詞選》作：「山谷云：『東坡道人在黄州作此詞，語意高妙，似非吃煙火人語。自……」

好事近

初夏[一]

蔣子雲

葉暗乳鴉啼，風定老紅猶落。蝴蝶不隨春去，入薰風池閣。 休歌金縷勸金卮，酒病煞如□□□□□□□□□□□□□□[二]

按，第一闋言春老□□□□□□□□□□□□□□[三]惟静者能觀動[四]，閑□□□□□□□□□□□□□□[五]之意，斯爲淡遠。

【校記】

［一］ 詞題，《樂府雅詞》無。

［二］ 缺字，《蓼園詞選》作：「……昨。簾捲日長人静，任楊花飄泊。」

［三］ 缺字，《蓼園詞選》作：「……花謝，蝴蝶猶解戀人。次闋言不須勸酒，天下……」

［四］「動」，《蓼園詞選》作「人」。

［五］缺字，《蓼園詞選》作：「……者自閑，飄泊者自飄泊耳。翛然有物外觀化……」

憶秦娥 一名秦樓月

秋思［一］　　李太白

簫聲咽。秦娥夢斷秦樓月。秦樓月。年年柳色，灞陵［二］傷別。　樂遊原上清秋節。咸陽古道音塵絶。音塵絶。西風殘照，漢家陵闕。

花庵詞客云：「太白此詞及《菩薩蠻》，二詞爲百代詞曲之祖。」

按，此乃太白于君臣之際，難以顯言，因託興以抒幽思耳。言至今簫聲之咽，無非秦地女郎夢想從前秦樓之月耳。夫秦樓乃簫史與弄玉夫婦和諧吹簫、引鳳升仙之所，至今誰不慕之？豈知今日秦樓之月，乃是灞陵傷別之月耳。第二闋漢之樂遊原極爲繁盛，今際清秋古道之音塵已絶，惟見淡風斜日，映照陵闕而已。歎古道之不復，或亦爲天寶之亂而言乎？然思深而託興遠矣。

【校記】

［一］詞題，《唐宋諸賢絶妙詞選》無。

[二] 「灞陵」，《唐宋諸賢絶妙詞選》作「霸陵」，《邵氏聞見後録》作「灞橋」。

憶秦娥

詠雪[一]

張安國[二]

雲垂幕。陰風慘澹天花落。天花落。千林瓊玖，滿空[三]鸞鶴。　征車渺渺穿華薄。路迷迷路□□□□□□[四]楚溪[五]山水，碧湘樓閣。

沈際飛曰：「『路迷迷路』，□□[六]之神也，饒有清迴之□[七]。」[八]

【校記】

[一] 詞題，《晦庵詞》作「雪、梅二闋懷張敬夫」。

[二] 此見宋元十五家詞本《晦庵詞》，《中興以來絶妙詞選》作張安國（孝祥）詞。

[三] 「滿空」，《晦庵詞》作「一空」。

[四] 缺字，《蓼園詞選》作：「……增離索。增離索。」

[五] 「楚溪」，《晦庵詞》作「剡溪」。

[六] 缺字，《蓼園詞選》作「傳雪」。

[七]　缺字,《蓼園詞選》作「趣」。

[八]　此條,《草堂詩餘》沈評原文只作:「『路迷迷路』,傳雪之神。」

謁金門

春思[一]　陳子高

愁脈脈。目斷江南江北。煙樹重重芳信隔。小樓山幾尺。細草孤雲斜日。一向弄晴天色。簾外落花飛不得。東風無氣力。

按,「落花到地聽無聲」[二],怨矣。曰「飛不得」,其怨更深。首闋言事多阻隔,次闋言少吹噓之力,總是爲身世而感也。

【校記】

[一]　詞題,《樂府雅詞》無,《草堂詩餘》沈評本作「春晚」。

[二]　「落花到地聽無聲」,劉長卿《别嚴士元》詩作「閒花落地聽無聲」。

謁金門

春恨[一]　　　秦處度[二]

鴛鴦浦[三]。春漲一江花雨。隔岸數聲初過櫓。晚風生碧樹。　舟子相呼相語。載取暮愁歸去。寒食江村[四]芳草路。愁來無着處。

沈際飛曰：「欲載愁，愁又無着，意緒紆迴惝怳。」

按，似亦爲憂時而作。言浦漲春江，正擬鴛鴦戲暖，誰知數聲柔櫓，忽又碧樹生秋。乃舟子欲載愁歸去，而無處非愁，將從何處載將歸去乎？託意深微矣。

【校記】

[一]　詞題，《蘆川詞》無。

[二]　此張元幹詞，見《蘆川詞》。

[三]　「鴛鴦浦」，《蘆川詞》作「鴛鴦渚」。

[四]　「江村」，《蘆川詞》作「煙村」。

謁金門

春恨[一]　韋莊

春雨足。染就一溪新緑。柳外飛來雙羽玉。弄晴相對浴。　樓捲[二]翠簾高軸。倚遍闌干幾曲。雲淡水平煙樹簇。寸心千里目。

按，端己以才名入蜀，後王建割據，遂被羈留，爲蜀散騎常侍，判中書門下事。曰「弄晴」、「對浴」，其自喻仕蜀乎？曰「寸心千里」，又可以悲其志矣。

【校記】

［一］詞題，《花間集》無。

［二］「樓捲」，《花間集》、《草堂詩餘》均作「樓外」。

謁金門

春閨[一]

馮延巳

風乍起。吹皺一池春水。閑引鴛鴦芳徑[二]裏。手挼紅杏蘂。　鬭鴨闌干獨倚。碧玉搔頭斜墜。終日望君君不至。舉頭聞鵲喜。

《雪浪齋日記》：「《南唐詞集》云：馮延巳作《謁金門》『風乍起』，李後主云：『吹皺一池春水，干卿何事？』對曰：『未若陛下「細雨夢回雞塞遠，小樓吹徹玉笙寒」也。』」

沈際飛曰：「起語與前詞同一況味。　聞鵲報喜，須知喜中還有疑在，無非望澤希寵之心，而語自清雋。」[三]

【眉評】細看起語含有「愁」字之意，與前詞起語意致不同。[四]

【校記】

[一]　詞題，《陽春集》無。

[二]　「芳徑」，《陽春集》作「香徑」。

[三]　此條，《草堂詩餘》沈評原文無「無非望澤」以下字句。

［四］　眉評，《蓼園詞選》無。

清平樂

夏景[一]　晁次膺

深沉院宇[二]。枕簟[三]清無暑。睡起花陰初轉午。一霎飛雲過雨。雨餘隱隱殘雷。夕陽却照庭槐。莫把珠簾[四]垂下，妨他雙燕歸來。

按，「飛雲過雨」、「殘雷」、「夕陽」，總見非清平時候，借燕歸巢，以寄其招隱之心耳。先從清平寫入，「一霎」字斗轉，引起下闋，局法一變，有見幾不俟終日之意。

按《詞綜》以此詞爲劉涇作[五]。涇于元符末，官職方郎中，則此詞所指，應指章惇、蔡卞紹述之禍，所謂「一霎飛雲過雨」也。黨人難作，日月不停，所謂「隱隱殘雷」也。「夕陽」，喻不明也。宣仁太后聽政，召用賢臣，朝野歡騰。太后即世，哲宗信任奸邪，元祐諸賢貶逐殆盡，謂「莫把珠簾垂下」者，望諸賢歸來也。

【校記】

［一］　詞題，《閑齋琴趣外篇》無。

[二]「院宇」，《閑齋琴趣外篇》作「玉宇」。

[三]「枕簟」，《草堂詩餘》作「枕簟」。

[四]「珠簾」，《閑齋琴趣外篇》作「繡簾」。

[五]《詞綜》蓋誤從顧從敬本《草堂詩餘》。

阮郎歸

春景[一]　歐陽永叔[二]

南園春半[三]踏青時。風和聞馬嘶。青梅如豆柳如眉。日長蝴蝶飛。　花露重，草煙低。人家簾幙垂。秋千慵困解羅衣。畫堂雙燕歸[四]。

沈際飛曰：「景物閑遠。」又曰：「『簾垂』則『燕栖』，『栖』則在『梁』，妥甚。」

按，是人是物，無非化日舒長之景，望而知爲治世之音，詞家勝象。

【校記】

[一] 詞題，《歐陽文忠公近體樂府》無。

[二] 此詞亦見《陽春集》，或馮延巳作。

〔三〕「春半」，《歐陽文忠公近體樂府》作「春早」。

〔四〕「雙燕歸」，《歐陽文忠公近體樂府》、《草堂詩餘》均作「雙燕棲」。

阮郎歸

春閨〔一〕　秦少游〔二〕

春風吹雨遶殘枝。落花無可飛。小池寒緑欲生漪。雨晴還日西。簾半捲，燕雙歸。諱愁無奈眉。翻身整頓着殘棊。沉吟應劫遲。

沈際飛曰：「『諱愁無奈』，想深且慧。」又曰：「既已『翻身整頓』，終不禁『應劫』之遲，寫生手。『應劫』，猶言應敵。」〔三〕

按，此詞疑少游坐黨被謫後作，言已被謫而衆謗尚交搆也。「遶」字有糾纏不已之意。風雨相逼，至「花無可飛」，則慘悴甚矣。「池欲生漪」，亦「吹縐一池」之意也。「日西」言日已暮，而時已晚也。「整頓殘棋」而「應劫遲」，言欲求伸而無心于應敵也。辭旨清婉悽楚。結末「沈吟」二字，妙在尚有含蓄。

【校記】

〔一〕詞題，《樂府雅詞》無。

［二］　此佚名詞，見《樂府雅詞》。
［三］　此條，《草堂詩餘》沈評原文「翻身整頓」但作「整頓」，無「『應劫』，猶言應敵」。

阮郎歸

春閨［一］　　蘇養直庠

西園風暖落花時。緑陰鶯亂啼。倚欄無語惜芳菲。絮飛蝴蝶飛。　緣底事，減腰圍。遣愁愁着眉。波連春渚暮天垂。燕歸人未歸。

沈際飛曰：「似從前二首脱胎。　前句好在『絮飛』，後句好在『人未歸』。　愁不可諱，亦不可遣，各領一奇。因思愁來無着處，又非確論。」［二］

按，此乃閨怨詞耳。「絮飛」句言花飛而蝶亦無可采也，言之黯然自傷。次闋是心繫歸人也。此首意在句中，比前兩首意在句外者，自是不同。

【校記】

［一］　詞題，《樂府雅詞》無，《草堂詩餘》沈評本作「春恨」。
［二］　此條，《草堂詩餘》沈評原文「亦不」作「并不」，「無着處」作「無着」，「確論」作「定論」。

阮郎歸

初夏[一]　蘇東坡

綠槐高柳咽新蟬。薰風初入絃。碧紗窗下水沉煙。棋聲驚晝眠。微雨過，小荷翻。榴花開欲燃。玉盆纖手弄清泉。瓊珠碎又圓[二]。

按，此詞清和婉麗中而風格自佳。

【校記】

[一] 詞題，汲古閣本《東坡詞》同，《東坡樂府》無。

[二] 「又圓」，《東坡樂府》作「卻圓」。

阮郎歸

初夏[一]　曾純甫

柳陰庭館占風光。呢喃清晝長。碧波新漲小池塘。雙雙蹴水忙。萍散漫，絮飄揚。輕盈體態狂。爲憐流去落紅香。銜將歸畫梁。

《絶妙詞選》云：「上苑初夏，公侍宴池上，有雙飛新燕掠水而去，得旨賦之。」

按，末二句大有寄託忠愛之心，婉然可想。

【校記】

［一］詞題，《海野老人長短句》作「上苑初夏侍宴，池上雙飛新燕掠水而去，得旨賦之」。

畫堂春

春怨［一］　徐師川乃少游作［二］

落紅鋪徑水平池。弄晴小雨霏霏。杏花憔悴杜鵑啼。無奈春歸。　柳外畫樓獨上，凭欄手撚花枝。放花無語對斜暉。此恨誰知。

按，一篇主意，只是時已過，而世少知己耳。説來自娟秀無匹，末二句猶爲切摯。花之香，比君子德之芳也。所以「手撚」者以此，所以「無語」而「對斜暉」者以此。既無人知，惟自愛自解而已。語意含蓄，清氣遠出。

徐俯，字師川，分寧人。由通直郎進右諫議大夫。紹興初，賜進士出身，累擢端明殿學士，僉書樞密院事，權參知政事。

【校記】

［一］　詞題，《淮海居士長短句》無。

［二］　此實秦少游（觀）詞，《草堂詩餘》誤題徐師川（俯）。

浪淘沙　一名賣花聲

懷舊［一］　　歐陽永叔

把酒祝東風。且共從容。垂楊紫陌洛城東。總是當年攜手處，遊遍芳叢。　聚散苦匆匆。此恨無窮。今年花勝去年紅。可惜明年花更好，知與誰同。

按，末二句，憂盛危明之意，持盈保泰之心，在天道則虧盈益謙之理，俱可悟得。大有理趣，却不庸腐。粹然儒者之言，令人玩味不盡。

《西清詩話》云：南唐李後主歸朝後，每懷故國，且念嬪妾散落，鬱鬱不自聊，作《浪淘沙》詞。其詞曰：「簾外雨潺潺。春意闌珊。羅衾不煖［二］五更寒。夢裏不知身是客，一餉貪歡。　獨自莫凭欄。無限江山。别時容易見時難。流水落花歸去也，天上人間。」詞甚悽惋，膾炙人口。但亡國之音，氣象太猥葸，一望而知也。

【校記】

［一］詞題，《歐陽文忠公近體樂府》無。

［二］「不煖」，《蓼園詞選》作「不耐」。

錦堂春

閨怨［一］

趙德麟令時

樓上縈簾弱絮，墻頭礙月低花。年年春事關心事，腸斷欲棲鴉。舞鏡鸞衾翠減，啼珠鳳蠟紅斜。重門不鎖相思夢，隨意遶天涯。

《苕溪叢話》：趙德麟「重門不鎖相思夢，隨意遶天涯」，徐師川「門外重重疊疊山，遮不斷、愁來路」，二詞造語不同，其意絶相類。

沈際飛曰：「休文『夢中不識路，何以慰相思』，反其指而用之，情思纏綿動人。又齊已詩：『重門不鎖夢。』」［二］

按，絮撲簾而情動，花礙月而望沈。年年心事最難處者，日落栖鴉時耳。末二句尤寫得沈摯，情到處不覺神魂飛動矣。

【校記】

［一］調名、詞題，《唐宋諸賢絶妙詞選》作「烏夜啼」、「春思」。

［二］此條，《草堂詩餘》沈評原文無「又齊已詩」以下。

朝中措

平山堂［一］　　歐陽永叔

平山欄檻倚晴空。山色有無中。手種堂前楊柳［二］，别來幾度春風。　文章太守，揮毫萬字，一飲千鍾。行樂直須年少，樽前看取衰翁。

歐陽文忠公守維揚日，於西城北大明寺側建平山堂，頗得遊觀之勝。金華劉原父出守揚州，文忠公作《朝中措》以餞之。後東坡亦守是邦，登平山堂，有感而賦《西江月》一闋云：「三過平山堂下，半生彈指聲中。十年不見老仙翁。壁上龍蛇飛動。　欲弔文章太守，仍歌楊柳春風。休言萬事轉頭空，未轉頭時皆夢。」末句感慨之意，見於言外。

按，君子進德修業，欲及時也，無事不須在少年努力者。現身説［三］，神采奕奕動人。

【校記】

［一］詞題,《歐陽文忠公近體樂府》無。

［二］「楊柳」,《歐陽文忠公近體樂府》作「垂柳」。

［三］「現身説」,《蓼園詞選》作「現身説法」。

眼兒媚 一名秋娘媚

春景　　王元澤［一］

楊柳絲絲弄輕柔。煙縷織成愁。海棠未雨,梨花先雪,一半春休。　而今往事難重省,歸夢遶秦樓。相思只在,丁香枝上,豆蔻梢頭。

《本草》:「丁香,一名百結花,其子有雌雄,雌者擊破有順理而解爲兩向。」《彙苑》:「豆蔻花,一穗數十蘂,每蘂心有兩瓣相並。」　秦樓,即弄玉夫婦升仙處。

按,此詞亦爲日月易逝,而事多不偶,託閨情以寫意耳。語語清新婉倩,後人争鮮鬪豔終不能及,數百年來脱口如新。

【校記】

［一］此詞作者佚名，見舊本《草堂詩餘》。

眼兒媚

春景［一］　　秦少游［二］

樓上黄昏杏花寒。斜月小欄干。一雙燕子，兩行歸雁［三］，畫角聲殘。綺牕人在東風裏，無語［四］對春閑。也應似舊，盈盈秋水，淡淡春山。

按，此久别憶内詞耳。語語是意中摹想而得，意致纏綿中繪出，盡是鏡花水月。與杜少陵「今夜鄜州月」一律同看。［五］

【校記】

［一］詞題，《草堂詩餘》沈評本作「離情」。

［二］此首《草堂詩餘》沈評本作阮閎休（閲）詞，是。又作左譽詞，見《花草粹編》。

［三］「歸雁」，《苕溪漁隱叢話》作「征雁」。

［四］「無語」，《苕溪漁隱叢話》、《草堂詩餘》沈評本作「灑淚」。

〔五〕 此首下，《蓼園詞選》增録以下四首：

賀聖朝 春暮（詞題，《草堂詩餘》沈評本作「留別」） 葉道卿

滿樽（「滿樽」，《草堂詩餘》沈評本作「滿斟」）緑醑留君住。莫匆匆歸去。三分春色，二分愁悶（「愁悶」，《草堂詩餘》沈評本作「愁更」），一分風雨。　花開花謝，都來幾日（「幾日」，《唐宋諸賢絶妙詞選》、《草堂詩餘》沈評本作「幾許」），且高歌休訴。知他（「知他」，《草堂詩餘》沈評本作「不知」）來歲，牡丹時候（「時候」，《草堂詩餘》沈評本作「時再」），相逢何處。

柳梢青 春景 秦少游（《唐宋諸賢絶妙詞選》作僧仲殊詞，詞題「吴中」）

岸草平沙。吴王故苑，柳裊煙斜。雨後寒輕，風前香軟，春在梨花。　行人一棹天涯。酒醒處、殘陽亂鴉。門外秋千，牆頭紅粉，深院誰家。

柳梢青 春莫 賀方回（此蔡伸詞，見《友古居士詞》，無詞題）

子規啼血（此句《友古居士詞》作「數聲鶗鴂」）。可憐又是，春歸時節。滿院東風，海棠鋪繡，梨花飛雪。　丁香露泣殘枝，悄（「悄」，《草堂詩餘》沈評本作「誚」）未比、愁腸寸結。自是休文，多情多感，不干風月。

柳梢青 春夜（調名，《東坡詞》作「西江月」，無詞題，有小序） 蘇軾

照野瀰瀰淺浪，横空曖曖微霄。障泥未解玉驄驕。我欲醉眠芳草。　可惜一溪明月，莫教踏碎瓊瑶。解鞍攲枕緑楊橋。杜宇數聲春曉。

(東坡自序云:「春夜行蘄水中,過酒家飲,酒醉,乘月至一溪橋上,解鞍少休。及覺,已曉,亂山葱蘢,不謂人世也。書此詞橋上。」)

桃源憶故人

春閨　秦少游[一]

碧紗影弄東風曉。一夜海棠開了。枝上數聲啼鳥。粧點知多少[二]。妬雲恨雨腰支裊。眉黛不堪[三]重掃。薄倖不來春老。羞帶宜男草。

沈際飛曰:「『海棠開了』下,轉出『啼鳥』、『粧點』,趣溢不窘,奇筆。」[四]

按,第一闋言春色明豔,動閨中春思耳。次闋言抑鬱無聊,青春已老,羞望恩澤耳。託興自娟秀。

【校記】

[一]《全芳備祖·海棠門》作歐陽修詞,舊本《草堂詩餘》作無名氏詞。

[二]「知多少」,《全芳備祖》作「愁多少」。

[三]「不堪」,《全芳備祖》作「不忺」。

[四]此條,《草堂詩餘》沈評原文無「奇筆」兩字。

青門引

春思[一]

張子野

乍暖還輕冷。風雨晚來方定。庭軒寂寞近清明，殘花中酒，又是去年病。　樓頭畫角風吹醒。入夜重門静。那堪更被明月，隔墻送過鞦韆影。

沈際飛曰：「懷則愈觸[二]，觸則愈懷，未有觸之至此極者。」

按，落寞情懷，寫來幽雋無匹。不得志于時者，往往借閨情以寫其幽思。角聲而曰「風吹醒」，「醒」字極尖刻。至末句「那堪送影」，真是描神之筆，極希微窅渺之致。

【校記】

［一］　詞題，《張子野詞》無。

［二］　「愈觸」，《草堂詩餘》沈評原文作「多觸」。

南柯子 即南歌子

端午[一]　　蘇子瞻

山與欹眉[二]斂，波同翠眼[三]流。遊人都上十三樓。不羨竹西歌吹、古揚州。菰黍連昌歜，瓊彝倒玉舟。誰家水調唱歌頭。聲遶碧山飛去、晚雲留。

按，周顯德[四]中，許京城民居起樓閣，大將軍周景威先于宋門内，臨汴水建樓十三間，世宗嘉之。杜牧詩：「誰知竹西路，歌吹古揚州。」《左傳》：「享有昌歜。」今水澤大菖蒲也。《海録碎事》：「隨煬帝開汴州，自造《水調》，歌頭，首章之第一解也。」《博物志》：「秦青善謳，每撫節而歌，聲振林木，響遏行雲。」此詞不過叙汴京端午繁盛光景耳。在蘇集中，此爲平調，然亦自壯麗。

【校記】

[一] 詞題，《東坡樂府》作「杭州端午」。

[二] 「欹眉」，《東坡樂府》作「歌眉」。

[三] 「翠眼」，《東坡樂府》作「醉眼」。

[四] 「顯德」，原作「建德」，據顧從敬本《草堂詩餘》改。

怨王孫

春暮[一]　　李易安[二]

夢斷漏悄。愁濃酒惱。寶枕生寒，翠屏向曉。門外誰掃殘紅。夜來風。玉簫聲斷人何處。春又去。忍把歸期負。此情此恨此際，擬託行雲。問東君。

東君，司春之神。

沈際飛曰：「連篇[三]四換韻，有兔起鶻落之致。」

【校記】

[一] 詞題，舊本《草堂詩餘》無。

[二] 此詞作者佚名，見舊本《草堂詩餘》。

[三] 「連篇」，《草堂詩餘》沈評原文作「通篇」。

鷓鴣天

春行即事[一]　辛幼安

着意尋春懶便回。何如信步兩三盃。山纔好處行還倦，詩未成時雨早催。　攜竹杖，更芒鞋。朱朱粉粉野蒿開。誰家寒食歸寧女，笑語柔桑陌上來。

按，通首總是隨遇而安之意。山縱好而行難盡，詩未成而雨已來，天下事往往如是。豈若隨遇而樂，境愈近而情愈真乎？語意如此，而筆墨入化，故隨手拈來，都成妙諦。末二句尤屬指與物化。

【校記】

［一］詞題，《稼軒長短句》作「鵝湖歸病起作」。

鷓鴣天

春閨[一]　秦少游

枝上流鶯和淚聞。新啼痕間舊啼痕。一春魚鳥[二]無消息，千里關山勞夢魂。　無一語，對芳樽。安排腸斷到黄昏。甫能炙得燈兒了，雨打梨花深閉門。

《古今詩話[三]》：「此詞形容愁怨之意最工。如後疊『甫能炙得燈兒了，雨打梨花深閉門』，頗有言外之意。」

孤臣思婦，同難爲情。「雨打梨花」句，含蓄得妙，超詣也。

【校記】

[一] 詞題，《淮海居士長短句》無。

[二] 「魚鳥」，《草堂詩餘》沈評本作「魚鴈」。

[三] 「古今詩話」，據引文應作「古今詞話」，《古今詞話》爲楊湜所作。

鷓鴣天

秋意[一]

辛幼安

枕簟溪堂冷欲秋。斷雲依水晚來收。紅蓮相倚深如怨[二]，白鳥無言定自愁。　　書咄咄，且休休。一邱一壑也風流。不知筋[三]力衰多少，但覺新來懶上樓。

其有《匪風》、《下泉》之思乎？可以悲其志矣。妙在結二句放開寫，不即不離，尚含住。

沈際飛曰：「『紅蓮』二句，生派愁怨與花鳥，却自然。結二句，其人之秋乎？良足悲感也。」[四]

【校記】

[一] 詞題，《稼軒長短句》作「鵝湖歸病起作」。

[二] 「深如怨」，《稼軒長短句》作「渾如醉」。

[三] 「觔」，《蓼園詞選》作「觔」。

[四] 此條，《草堂詩餘》沈評原文無「『紅蓮』二句」、「結二句」及末句「也」字。

鷓鴣天

重陽[一]　　黃山谷

黃菊枝頭破曉寒[二]。人生莫放酒盃乾。風前橫笛斜吹雨，醉裏簪花倒着冠。　身健在，且加餐。舞裙歌板盡情[三]歡。黃花白髮相牽挽，付與時人[四]冷眼看。

菊，稱其耐寒則有之，曰「破寒」，更寫得菊精神出。曰「斜吹雨」、「倒着冠」，則有傲兀不平氣在。末二句尤見牢騷，然自清迴獨出，骨力不凡。

【校記】

［一］ 詞題，《山谷詞》作「坐中有眉山隱客史應之和前韻，即席酓之」。

［二］ 「破曉寒」，《山谷詞》作「生曉寒」。

［三］ 「盡情」，《山谷琴趣外篇》、《草堂詩餘》沈評本作「盡清」。

［四］ 「時人」，《山谷詞》作「傍人」。

鷓鴣天

除夕［一］

朱希真

檢盡歷頭冬又殘。愛他風雪耐他［二］寒。拖條竹杖家家酒，上箇籃輿處處山。　添老大，轉痴頑。謝天教我老來閑。道人還了鴛鴦債，紙帳梅花醉夢間。

看「拖條竹杖」二語，似隨處行樂之意。細玩首二句，冬殘耐寒，居然是生當晚季之憂。所云行樂，亦出於無聊耳，下一闋所云「痴頑」者此也。觀末二句，只完自己身世，即與梅花同夢矣。非好逸也，自有難於言者在。正妙在含蓄。

【眉評】沈云：「奇趣豪情。」［三］

【校記】

［一］詞題，《樵歌》無，《草堂詩餘》沈評本作「歲暮」。

［二］「耐他」，《樵歌》作「忍他」。

［三］眉評，《蓼園詞選》無。

鷓鴣天

漁父［一］　黄魯直

西塞山邊白鷺飛。桃花流水鱖魚肥。朝廷尚覓元真子，何處如今更有詩。青箬笠，緑蓑衣。斜風細雨不須歸。人間欲避風波險［二］，一日風波十二時。

山谷自序云：「李如篪云：『元真子漁父詞，以鷓鴣天歌之，極入律，但少二句。』因以元真子遺事足之。憲宗畫像，訪之江湖不得。因令集其歌詩上之。元真［三］兄松齡，懼其放浪而不返，和其漁父云：『樂在風波鈎是閑。草堂松桂已勝攀。太湖水，洞庭山。狂風浪起且須還。』此余續成之意。」

按，山谷生遇坎坷，文字之禍，兢兢于心。將志和原詞，每闋添兩句，神理迥然大異，便少優遊自得之致矣，然亦其遇然也。備録之，以見翻案之法。

【校記】

［一］詞題，《山谷琴趣外篇》作「表弟李如篪云：『玄真子漁父語，以鷓鴣天歌之，極入律，但少數句耳。』因以玄真子遺事足之。憲宗時，畫玄真子像，訪之江湖，不可得，因令集其歌詩上之。玄真之兄松齡，懼玄真放浪而不返也，和答其漁父云：『樂在風波釣是閒。草堂松桂已勝攀。太湖水，洞庭山。狂風浪起且須還。』此余續成之意也。」是選下引文字略有不同。

［二］「欲避風波險」，《山谷琴趣外篇》作「底是無波處」。

［三］「元真」，《蓼園詞選》作「元真子」。

鷓鴣天

詠酒［一］　　晏叔原

綵袖殷勤捧玉鍾。當年［二］拚却醉顔紅。舞低楊柳樓心月，歌盡桃花扇底風。　從別後，憶相逢。幾回魂夢與君同。今宵賸把銀釭照，猶恐相逢是夢中。

《雪浪齋日記》云：「晏叔原此詞云『舞低楊柳樓心月，歌盡桃花扇底風』，此等語不愧六朝宫掖體。」趙德麟《侯鯖録》：「晁無咎云：『叔原不蹈襲人語，而風調閑雅，自是一家。如「舞底楊柳樓心月，歌盡桃花扇底風」，自可知此人不生于三家村中也。』」

「舞低」二句，比白香山「笙歌歸院落，燈火下樓臺」，更覺濃至。惟愈濃情愈深，今昔之感，更覺悽然。

【校記】

［一］詞題，《小山詞》無，《草堂詩餘》沈評本作「佳會」。

［二］「當年」，《草堂詩餘》沈評本作「當筵」。

玉樓春 一名木蘭花

春景［一］　宋子京

東城漸覺風光好。縠皺波紋迎客棹。綠楊煙外曉雲輕，紅杏枝頭春意鬧。　浮生長恨歡娱少。肯愛千金輕一笑。爲君持酒勸斜陽，且向花間留晚照。

《遯齋閑覽》云：張子野郎中以樂章名擅一時，宋子京尚書奇其才，先往見之。遣將命者曰：「尚書欲見『雲破月來花弄影』郎中。」子野屏後呼曰：「得非『紅杏枝頭春意鬧』尚書耶？」遂出，置酒盡歡。盖二人所舉，皆其警策也。《古今詩話》亦云：子野嘗作《天仙子》詞云「雲破月來花弄影」，士大夫多稱之。張初謁見，歐公迎謂曰：「好！『雲破月來花弄影』。」恨相見之晚也。沈際飛曰：「香倩無比，安得不傾動一時？」

通首濃麗，然總以「春意鬧」三字，尤爲奇闢也。

【校記】

〔一〕 詞題，《唐宋諸賢絶妙詞選》無。

玉樓春

春景〔一〕

晏同叔

緑楊芳草長亭路。年少抛人容易去。樓頭殘夢五更鐘，花底離愁三月雨。無情不似多情苦。一寸還成千萬縷。天涯地角有窮時，只有相思無盡處。

《詩眼》云：晏叔原見蒲傳正云：「先公平日小詞雖多，未嘗作婦人語。」傳正云：「『緑楊芳草長亭路。年少抛人容易去。』豈非婦人語乎？」晏曰：「公謂『年少』爲何語？」傳正曰：「豈不謂其所歡乎？」晏曰：「因公言，遂曉樂天詩兩句『欲留所歡待富貴，富貴不來所歡去』。」傳正笑而悟其言之失。然此詞語意甚爲高雅。

按，言近而指遠者，善言也。「年少抛人」，凡羅雀之門、故魚之泣，皆可作如是觀。「樓頭」二語，意致悽然，擊起「多情苦」來。末二句總見多情之苦耳，妙在意思忠厚，無怨懟口角。

【校記】

［一］ 詞題，《珠玉詞》無，《草堂詩餘》沈評本作「春恨」。

玉樓春

春暮［一］　　温飛卿

家臨長信往來道。乳燕雙雙拂煙草。油壁車輕金犢肥，流蘇帳曉春雞報［二］。籠中嬌鳥暖猶睡，簾外落花閑不掃。衰桃一樹近前池，似惜容顏鏡中老。

《蘇小歌》：「油壁車，久相待。」《倦遊録》：「流蘇乃盤線繪組之毬，五色錯爲之，同心下垂。」

苕溪漁隱曰：「飛卿作此晚春曲，殊有富貴佳致。」

沈際飛曰：「實是唐詩，而柔豔近情，詞而非詩矣。晚唐之所以爲晚唐也。」又曰：「結處雖有衰老字面，殊自富貴。」［三］

按，前後闋一氣渾成。前六句是寫家居繁盛之地，見人家富麗之象。末二句始借以自況，黯然情深。

【校記】

［一］ 此温庭筠《春曉曲》，誤作詞。

〔二〕「春鷄報」，《温飛卿詩集》、《草堂詩餘》沈評本作「春鷄早」。

〔三〕此條，《草堂詩餘》沈評原文無「結處」二字。

玉樓春

天台〔一〕　　周美成

桃溪不作從容住。秋藕絶來無續處。當時無奈鳥聲哀，今日重尋芳草路。〔二〕煙中列岫青無數，雁背夕陽〔三〕紅欲暮。人如風後入江雲，情似雨餘粘地絮。

按，東坡有《點絳唇》詞，詠天台云：「醉漾輕舟，信流直到花深處。塵緣相誤。無計花間住。烟水茫茫，回首斜陽暮。山無數。亂紅如雨。不記來時路。」蓋全用劉阮天台事也，今併附于此。

按，美成由秘書監徽猷閣待制出知順昌，是其被出後，借題寄託也。東坡亦由翰林學士被謫，其《點絳唇》一詞，亦其寓意耳。是皆工于寫意者。

【夾評】「當時」句：用本事。

【校記】

〔一〕詞題，《片玉集》無。夾評，《蓼園詞選》無。

［二］「當時」二句，《片玉集》作：「當時相候赤欄橋，今日獨尋黃葉路。」
［三］「夕陽」，《草堂詩餘》沈評本作「斜陽」。

玉樓春

離別［一］　晏叔原

鞦韆院落重簾暮。寂寞春閑扃繡［二］户。墻頭紅杏［三］雨餘花，門外緑楊風後絮。　朝雲信斷知何處。應作巫陽［四］春夢去。紫騮認得舊遊蹤，嘶過畫橋［五］東畔路。

題爲憶舊而作。前闋首二句，別後想其院宇深沈，門闌謹閉。接言墻内之人，如雨餘之花，門外行踪，如風後之絮。次闋起二句，言此後杳無音信。末二句言重經其地，馬尚有情，况于人乎？似爲遊冶思其舊好而言。然叔原嘗言其先公不作婦人語，則叔原又豈肯爲俠［六］邪之事，或亦有所寄託言之也。

【校記】

［一］詞題，《小山詞》無。夾評，《蓼園詞選》無。
［二］「寂寞春閑扃」，《小山詞》作「彩筆閑來題」。
［三］「紅杏」，《小山詞》作「丹杏」。

［四］「巫陽」，《小山詞》作「襄王」。
［五］「畫橋」，《小山詞》作「畫樓」。
［六］「俠」，《蓼園詞選》作「狹」。

鵲橋仙

七夕［一］　　秦少游

纖雲弄巧，飛星傳恨，銀漢迢迢暗度。金風玉露一相逢，便勝却、人間無數。　柔情似水，佳期如夢，忍顧鵲橋歸路。兩情若是久長時，又豈在、朝朝暮暮。

按，七夕歌，以雙星會少别多爲恨。少游此詞，謂「兩情若是久長」，不在「朝朝暮暮」，所謂化臭腐爲神奇。

凡咏古題，須獨出新裁，此固一定之論。少游以坐黨被謫，思君臣際會之難，因託雙星以寫意，而慕君之念，婉惻纏綿，令人意遠矣。

【校記】

［一］詞題，《淮海居士長短句》無。

鵲橋仙

七夕　謝勉仲

鈎簾借月，染雲爲幌，花面玉枝交映。凉生河漢一天秋，問此會、今宵孰勝。銅壺尚滴，燭龍已駕，淚浥西風不盡。明朝烏鵲到人間，試説向、青樓薄倖。

沈際飛曰：「借天上多情，破人間薄倖，題外意妙。」

此詞不貪寫雙星，惟從人間兒女落筆。首一闋專就瞻拜雙星之人寫入。第二闋起三句，言將曙時雙星泣别，尚屬有情。末二句撲到人間，迴應前闋，思議清超。是能得避實擊虚之法，故自不襲故常，豁人眉宇。

虞美人

離别［一］　蘇東坡

波聲拍枕長淮曉。隙月窺人小。無情汴水自東流。只載一船離恨向西州。竹溪花浦曾同醉。酒味多於淚。誰教風鑑在塵埃。醖造一場煩惱送人來。

揚州廨，王敦所創，開東西南三門，俗謂之西州。《冷齋夜話》云：「東坡與少游維揚飲別作此。世傳賀方回作，非也。山谷亦云：『大觀中于金陵見其親筆，實東坡詞也。』」[二]

只尋常贈別之作，已寫得清新濃厚如此。

想是時少游在揚州，而東坡自汴抵揚，又與之飲別也。首一闋是東坡自叙其舟中抵揚情事，第二闋是叙與少游情分。「風鑒在塵埃」，是惜少游，此其所以煩惱也。

【眉評】沈曰：「『載離恨』，與『載取愁歸』同妙。」[三]

【校記】

[一] 詞題，《東坡樂府》無。

[二] 《冷齋夜話》卷一：「東坡初未識少游，少游知其將復過維揚，作坡筆語，題壁於一山寺中。東坡果不能辨，大驚。及見孫莘老，出少游詩詞數十篇，讀之，乃嘆曰：『向書壁者，定此郎也。』」《苕溪漁隱叢話》卷第五十云：「《冷齋夜話》云：『東坡初未識少游，少游知其將複過維揚，作坡筆語，題壁於一山寺中。東坡果不能辨，大驚。及見孫莘老，出少游詩詞數十篇，讀之，乃嘆曰：「向書壁者，定此郎也。」』後與少游維揚飲別，作《虞美人》曰（詞略），世傳此詞是賀方回所作，雖山谷亦云：『大觀中於金陵見其親筆，醉墨超放，氣壓王子敬，蓋東坡詞也。』」蓋《冷齋夜

話》原文實無論及東坡與少游飲別作此詞,此或將《冷齋夜話》與胡仔《苕溪漁隱叢話》之論混爲一談。傅榦《注坡詞》亦同此。

[三]　眉評,《蓼園詞選》無。此條,《草堂詩餘》沈評原文無「載離恨」三字。

南鄉子

夜景[一]　黄叔暘

萬籟寂無聲。衾鐵稜稜近五更。香斷燈昏吟未穩,淒清。只有霜華伴月明。　應是夜寒凝。惱得梅花睡不成。我念梅花花念我,關情。起看清冰滿玉缾。

沈際飛曰:「幻思幻調。」

王摩詰詩:「欲與梅爲友,常憂不稱渠。從今斷火食,飲水讀仙書。」[二]此是從「飲水讀仙書」來者。

【校記】

[一]　詞題,《中興以來絶妙詞選》無。

[二]　此實陸游詩,見《劍南詩稿》卷四十四《梅花》五首其三。

南鄉子

重陽［一］

蘇東坡

霜降水痕收。淺碧鱗鱗露遠洲。酒力漸消風力軟，颼颼。破帽多情却戀頭。　佳節若爲酬。但把清樽斷送秋。萬事到頭都是夢，休休。明日黃花蝶也愁。

沈際飛曰：「自來九日多用落帽。東坡不落帽，醒目。」又曰：「東坡升沈去住，一生莫定，故開口說夢，如云『人間如夢』、『世事一場大夢』、『未轉頭時皆夢』、『古今如夢，何曾夢覺』、『君臣一夢，今古虛名』，屢讀之，胷中鄙吝自然消去。」

按，「破帽戀頭」，語奇而穩。「明日黃花」句，自屬達觀。凡過去未來，皆幾非在我，安可學蜂蝶之戀香乎？

【校記】

［一］　詞題，《東坡樂府》作「重九涵輝樓呈徐君猷」。

南鄉子

妓館[一]　潘廷堅

生怕倚欄干。閣下溪聲閣外山。惟有舊時山共水，依然。暮雨朝雲去不還。　應是躡飛鸞。月下時時整珮環。月又漸低霜又下，更闌。折得梅花獨自看。

沈際飛曰：「『閣下溪閣外山』句，便止已婉摯，况復足『山水』一句乎[二]？」又曰：「結得[三]悽切。」

按，「溪山」句、「梅花」句，似非憶妓所能當，或亦别有寄託，題或誤耳。而詞致俊雅，故自不凡豔。

【校記】

[一]　詞題，《中興以來絶妙詞選》作「題南劍州妓館」。

[二]　「乎」，《草堂詩餘》沈評原文無。

[三]　「結得」，《草堂詩餘》沈評原文無。

雨中花
夏景

王逐客觀

百尺清泉聲陸續。映瀟灑、碧梧翠竹。面千步迴廊，重重簾幙，小枕欹寒玉。試展鮫綃看畫軸。見一片、瀟湘凝緑。待玉漏穿花，銀河垂地，月上欄干曲。

清氣滿紙，夏日展讀，如飲一服清凉散也。

醉落魄
詠茶

黄魯直[一]

紅牙板歇。韶聲斷、六么初徹。小槽酒滴真珠竭。紫玉甌圓，淺浪泛春雪。

香芽嫩蕊清心骨。醉中襟量與天闊。夜闌似覺歸仙闕。走馬章臺[二]，踏碎滿街月。

《廣輿記》：長安城内有章臺。京兆尹張敞罷朝會，走馬章臺街。

沈際飛曰：「後主詞[三]『待踏馬蹄清夜月』，其不羈在個『碎』字。」

【校記】

［一］此詞佚名，見舊本《草堂詩餘》。

［二］「臺」，《蓼園詞選》作「臺」。

［三］「後主詞」，《草堂詩餘》沈評原文作「即後主詞」。

醉落魄

詠佳人吹笛［一］　　張子野

雲輕柳弱。内家髻子［二］新梳掠。生香真色人難學。橫管孤吹，月淡天垂幕。　朱脣淺破櫻桃萼。倚樓人在［三］欄干角。夜寒指冷［四］羅衣薄。聲入霜林，簌簌驚梅落。

「雲輕柳弱」，寫佳人神韻清遠。「生香真色」，尤爲高雅。至「聲入霜林」，「梅」亦能「落」，此又是真藝矣。寫得佳人色藝天然，惟一「真」字，豈是尋常所有寫佳人耶？借佳人以寫照耶？須玩味于筆墨之外，方可不是買匵還珠也。

【校記】

［一］詞題，《張子野詞》無。

［二］「髫子」，《張子野詞》作「髫要」。
［三］「人在」，《張子野詞》作「誰在」。
［四］「指冷」，《張子野詞》作「手冷」。

梅花引

冬景［一］

万俟雅言

曉風酸。曉霜乾。一雁南飛人度關。客衣單。客衣單。千里斷魂，空歌行路難。寒梅驚破前村雪。寒雞啼落西樓月。酒腸寬。酒腸寬。家在日邊，不堪頻倚欄。

寫得寒氣凜凜，客中人更難爲懷。

【校記】

［一］詞題，《唐宋諸賢絶妙詞選》作「冬怨」。

踏莎行

賞春[一]　黄魯直

臨水夭桃，倚墻繁李。長楊風掉青驄尾。坐中[二]有酒可酬春[三]，更尋何處無愁地。　明日重來，落花如綺。芭蕉漸着[四]山公啓。欲牋心事寄天公，教人長壽[五]花前醉。

山谷云：「余親書此詞遺祝有道云：諸樂伎雖有賞歎其詞，而未深解其義味者，故并奉寄。」辭旨濃郁。結二句雖近纖新，而辭旨亦自沈鬱有致。

【校記】

［一］詞題，《山谷琴趣外篇》無。

［二］「坐中」，《山谷琴趣外篇》、《草堂詩餘》沈評本作「尊中」。

［三］「可酬春」，《山谷琴趣外篇》、《草堂詩餘》沈評本作「且酬春」。

［四］「漸着」，《山谷琴趣外篇》、《草堂詩餘》沈評本作「漸展」。

［五］「長壽」，《山谷琴趣外篇》作「長對」。

踏莎行

春旅[一]　　秦少游

霧失樓臺，月迷津渡。桃源望斷無尋處。可堪孤館閉春寒，杜鵑聲裏斜陽暮。　驛寄梅花，魚傳尺素。砌成此恨無重數。郴江幸自遶郴山，爲誰流下瀟湘去。

《冷齋夜話》云：「少游到郴州作此詞，東坡絶愛其尾兩句，自書于扇，曰：『少游已矣，雖萬人何贖？』」

按，少游坐黨籍，安置郴州。首一闋是寫在郴，望想玉堂天上，如桃源不可尋，而自己意緒無聊也。次闋言書難達意，自已同郴水自遶郴山，不能下瀟湘以向北流也。　語意凄切，亦自蘊藉，玩味不盡。「霧失」、「月迷」，總是被讒寫照。

【校記】

[一]　詞題，《淮海居士長短句》無，《詞綜》作「郴州旅舍」。

踏莎行

春閨〔一〕　寇平仲

春色將闌，鶯聲漸老。紅英落盡青梅小。畫堂人静雨濛濛，屏山半掩〔二〕餘香裊。密約沉沉，離情杳杳。菱花塵滿慵將照。倚樓無語欲魂銷〔三〕，長空黯淡連芳草。

鬱紆之思，無所發洩，惟借閨情以抒寫，古人用意多如是。「春色」二句，喻年漸老也。「梅小」，喻職卑也。「屏山香裊」，見香氣徒鬱結也。「密約」二句，比啓納之心也。「菱花」，喻心難照也。至末句則總而言，見離間者多也。文情鬱勃，意致沉深。

【校記】

〔一〕詞題，《樂府雅詞》無，《草堂詩餘》沈評本作「春暮」。

〔二〕「半掩」，《樂府雅詞》作「半捲」。

〔三〕「魂銷」，《樂府雅詞》、《草堂詩餘》沈評本作「銷魂」。

踏莎行

春閨[一]　　晏同叔

小經紅稀，芳郊緑遍。高臺樹色陰陰見。東風不解禁楊花，濛濛亂撲行人面。　翠葉藏鶯，朱簾隔燕。爐香静逐遊絲轉。一場愁夢酒醒時，斜陽却照深深院。

沈際飛曰：「景物不殊，運掉能奇離[二]夭矯。」又曰：「結句[三]『深深』妙，着[四]不得實字。」

按，此篇仍前章之意，託興既同，而結搆各異。首三句，言花稀而葉盛，喻君子少而小人多也。「高臺」，指帝閽。「東風」二句，言小人如楊花之輕薄，易動摇君心也。「翠葉」二句，喻事多阻隔。「爐香」句，喻己心之鬱紆也。「斜陽却照深深院」，言[五]不明之日難照此淵衷也。臣心與閨意雙關寫去，細思自得之耳。

【校記】

[一]　詞題，《珠玉詞》無，《草堂詩餘》沈評本作「春思」。

[二]　「奇離」，《草堂詩餘》沈評原文作「離奇」。

[三]　「結句」，《草堂詩餘》沈評原文無。

［四］「着不得」,《草堂詩餘》沈評原文作「換不得」。

［五］「言」,《蓼園詞選》無。

踏莎行

離別［一］　歐陽永叔

候館梅殘,溪橋柳細。草芳［二］風暖摇征轡。離愁漸遠漸無窮,迢迢不斷如春水。　寸寸柔腸,盈盈粉淚。樓高莫近危闌倚。平蕪盡處是春山,行人更在春山外。

按,此詞特爲贈别作耳。首闋言時物喧妍,征轡之去,自是得意,其如我之離愁不斷何?次闋言不敢遠望,愈望愈遠也。語語倩麗韶光,情文斐亹。

【校記】

［一］詞題,《歐陽文忠公近體樂府》無。

［二］「草芳」,《歐陽文忠公近體樂府》、《草堂詩餘》沈評本作「草薰」。

小重山 一名小冲山

立春[一]　　李漢老[二]

誰勸東風臘裏來。不知天待雪，惱江梅。東郊寒色尚徘徊。雙綵燕，飛傍鬢雲堆。玉冷曉粧臺。宜春金縷字，拂香腮。紅羅先繡踏青鞋。春猶淺，花信更須催。

沈際飛曰：「風風雅雅，下字亦自不凡。」

不過寫臘月立春，而天氣尚寒耳。寒逼梅不能開，似惱之也。而綵燕則已上鬢矣。次闋「紅羅」句，着想新鮮，妙在「先」字。

【校記】

［一］　詞題，《東堂詞》作「立春日欲雪」。

［二］　此據《中興以來絶妙詞選》，又見毛滂《東堂詞》。

小重山

初夏[一]　蔣子雲[二]

花過園林清蔭濃。琅玕新脱笋，緑叢叢[三]。語聲只在小池[四]東。閑欹枕，敵面[五]芰荷風。　斜日[六]敞簾櫳。輕塵飛不到，晝堂空。一樽今夜與誰同。人如玉，相對月明中。

沈際飛曰：「竹初落籜，荷已翻風，精當。」又曰：「語聲可聞不可近，有味乎言之。寫閒適之致，超超塵外。[七]」

【校記】

[一]　詞題，《樂府雅詞》無。

[二]　此沈會宗（蔚）詞，見《樂府雅詞》，《草堂詩餘》沈評本亦同。

[三]　「緑叢叢」，《草堂詩餘》沈評本作「緑成叢」。

[四]　「小池」，《草堂詩餘》沈評本作「小樓」。

[五]　「敵面」，《樂府雅詞》作「直面」。

［六］「斜日」，《樂府雅詞》、《草堂詩餘》沈評本作「長日」。

［七］「寫閒適」以下，《草堂詩餘》沈評原文無。「超超」，《蓼園詞選》作「超然」。

小重山

秋閨［一］

汪彦章

月下潮生紅蓼汀。殘霞都斂盡，四山青。柳梢風急墮流螢。隨波去，點點亂寒星。　別語記丁寧［二］。如今能間隔，幾長亭。夜來秋氣入銀屏。梧桐雨，還恨不同聽。

沈際飛曰：「梧桐雨，有恨獨聽者，恨『不同聽』，趣味尤篤［三］。」

按，前闋不過寫閨中寂寞耳，次闋始入懷人。末句妙在「梧桐」字。

【校記】

［一］詞題，《浮溪文粹》無。

［二］「記丁寧」，《浮溪文粹》作「寄丁寧」。

［三］「尤篤」，《草堂詩餘》沈評原文作「倍篤」。

中調

臨江仙

立春[一]

賀方回

巧剪合歡羅勝子，釵頭春意翩翩。豔歌淺笑拜嫣然。願郎宜此酒，行樂駐華年。　未至文園多病客，幽襟淒斷堪憐。舊遊夢掛碧雲邊。人歸落雁後，思發在花前。

《復齋漫録》云：「方回詞有《雁後歸》詞，乃山谷守當塗，方回過之，人日席上作也。腔本《臨江仙》，山谷以方回用薛道衡詩，故易以《雁後歸》云，今仍其舊。」

首闋言勸酒者，辭意周至，見主人欵待之厚。第二闋言自己心緒之多牽。「未至」句，言尚未至，如相如爲文園令以病免之時，而心繫京華，如薛道衡之思故國也。情至婉而篤。

【校記】

［一］調名，《賀方回詞》作「雁後歸」。詞題，《賀方回詞》作「人日席上作」，《草堂詩餘》沈評本作「人日」。

臨江仙

感舊[一]

陳去非

憶昔午橋橋上飲，坐中多少[二]豪英。長溝流月去無聲。杏花疏影裏，吹笛到天明。

二十餘年成一夢[三]，此身雖在堪驚。閑登小閣看新晴。古今多少事，漁唱起三更。

苕溪漁隱云：「去非舊有詩云『風流邱壑真吾事，籌策廟堂非所知』，其後登政府，無所建明，卒如其言。如憶吴中舊遊《臨江仙》一闋，清婉奇麗，簡齋詞集，惟此最優。」

沈際飛曰：「意思超越，腕力排奡，可摩坡仙之壘。」又曰：「『流月無聲』，巧語也；『吹笛天明』，爽語也；『漁唱三更』，冷語也。功業則歉，文章自優。」

按，「長溝流月」，即「月湧大江流」之意。言月自[四]去滔滔，而興會不歇。首一闋是憶舊，至第二闋則感懷也。

【校記】

[一] 詞題，《無住詞》作「夜登小閣，憶洛中舊遊」。

[二] 「多少」，《無住詞》、《草堂詩餘》沈評本作「多是」。

［三］「成一夢」，《無住詞》作「如一夢」。

［四］「言月自」，《蓼園詞選》作「言自」。

蝶戀花　一名鳳棲梧，一名鵲踏枝［一］

春暮［二］　蘇子瞻

花褪殘紅青杏小。燕子來時［三］，綠水人家曉［四］。枝上柳綿吹又少。天涯何處無芳草。　墻裏秋千墻外道。墻外行人，墻裏佳人笑。笑漸不聞聲漸悄［五］。多情却被無情惱。

《古今詩話》［六］：「予得此詞真本於友人處，極有理趣。『綠水人家遶』，非『遶』字，乃曰『人家曉』。『曉』字與『遶』字，蓋□［七］壤也。」

《林下詞談》：子瞻在惠州時，青女初至，落木蕭蕭，凄然悲秋。命朝雲歌此詞，朝雲歌喉將轉，淚滿衣襟。詰其故，答曰：「奴不能歌，是『枝上柳綿』句也。」子瞻笑曰：「吾正愁秋，而汝又傷春矣。」後朝雲遂亡，子瞻終身不復聽此詞。

沈際飛曰：「『枝上』一句，斷送朝雲。一聲《何滿子》，竟能使腸斷，李龜年正若是耳。」又曰：

「『佳人』是『無情』，『行人』是『多情』者。」〔八〕

按，「柳綿」自是佳句，而次闋尤爲奇情四溢也。

【校記】

〔一〕「鵲踏枝」，《蓼園詞選》誤作「龍踏枝」。

〔二〕詞題，《東坡樂府》無。

〔三〕「來時」，《東坡樂府》、《草堂詩餘》沈評本作「飛時」。

〔四〕「人家曉」，《東坡樂府》、《草堂詩餘》沈評本作「人家繞」。

〔五〕「漸悄」，《草堂詩餘》沈評本作「漸杳」。

〔六〕《古今詩話》，應爲楊湜《古今詞話》。

〔七〕缺字，《蓼園詞選》作「霄」。

〔八〕此條，《草堂詩餘》沈評原文作：「『枝上』二句，斷送朝雲。一聲《何滿子》，腸斷李延年，正若是耳。」又：「『行人多情』，『佳人無情』。」

蝶戀花

春暮[一]　　晏同叔[二]

簾幙風輕雙語燕。午醉醒來，柳絮飛撩亂。心事一春猶未見。餘花落盡青苔院。　百尺朱樓閑倚偏。薄雨濃雲，抵死遮人面。消息未知歸早晚。斜陽只送平波遠。

沈際飛曰：「得『未見心事』句，『餘花落』句，并不尋常。」又曰：「『斜陽送波遠』，望之澹然，然其中[三]甚切，不許速領，必數過之。」

按，「心事」二句，言心事未見有春意怡人處，而春已闌矣。「消息」二句，言春歸未知早晚，而斜照、「平波」，已是送春歸模樣矣。確是暮春。看此詞似有寄托，不獨因時即事已也。

【校記】

[一]　詞題，《珠玉詞》無。

[二]　此詞又見歐陽修《歐陽文忠公近體樂府》，詞作：「簾幕風輕雙語燕。午後醒來，柳絮飛撩亂。心事一春猶未見。紅英落盡青苔院。　百尺朱樓閑倚遍。薄雨濃雲，抵死遮人面。羌管不須吹別怨。無腸更爲新聲斷。」

[三]「然其中」，《草堂詩餘》沈評原文作「其中」。

蝶戀花

春暮[一]

歐陽永叔[二]

庭院深深深幾許。楊柳堆煙，簾幙無重數。金勒[三]雕鞍遊冶處。樓高不見章臺路。

雨横風狂三月暮。門掩黄昏，無計留春住。淚眼問花花不語。亂紅飛過秋千去。

沈際飛曰：「詩中有一句[四]連三字者，劉駕『樹樹樹梢啼曉鶯』、『夜夜夜深聞子規』。復有一句疊三字者，吴融『一聲南雁已先紅，槭槭凄凄葉葉同』。歐公『深深深』字[五]，方駕劉、吴。」首闋因楊柳烟多，若簾幕之重重者，庭院之深以此，即下句章臺不見亦以此，總以見柳絮之迷人。加之「雨横風狂」，即擬閉門，而春已去矣，不見亂紅之盡飛乎？語意如此。通首詆斥，看來必有所指。第詞旨濃麗，即不明所指，自是一首好詞。

【眉評】沈曰：「末句參之『點點』、『飛紅』兩句，一若關情，一若不關情，而情思舉，蕩漾無邊。」[六]

【校記】

[一] 詞題，《歐陽文忠公近體樂府》無，《草堂詩餘》沈評本作「春晚」。

［二］　此詞又見馮延巳《陽春集》。

［三］　「金勒」，《歐陽文忠公近體樂府》作「玉勒」。

［四］　「有一句」，《草堂詩餘》沈評原文作「一句」。

［五］　「『深深深』字」，《草堂詩餘》沈評原文作「『深深深』三字」。

［六］　眉評，《蓼園詞選》無。

蝶戀花

深秋［一］　晏叔原

庭院碧苔紅葉遍。黄菊［二］開時，已近重陽［三］宴。日日露荷凋緑扇。粉塘煙水明如［四］練。試倚凉風醒酒面。雁字來時，恰向層樓見。幾點護霜雲影轉。誰家蘆管吟愁［五］怨。

按，前面平平叙來，至末二句引入深處，幾有「北風其凉」之思矣。雲而曰護霜，寫得凛栗，此蘆管之所以愁怨也。

【校記】

［一］　詞題，《小山詞》無。

［二］「黄菊」，《小山詞》作「金菊」。
［三］「重陽」，《小山詞》、《草堂詩餘》沈評本作「登高」。
［四］「明如」，《小山詞》作「澄如」。
［五］「吟秋」，《小山詞》作「吹秋」。

蝶戀花

曉行［一］

周美成

月皎驚烏棲不定。更漏將殘［二］，轆轆牽金井。喚起兩眸清炯炯。淚花落枕紅綿冷。

執手霜風吹鬢影。去意徊徨［三］，别語愁難聽。樓上闌干横斗柄。露寒人遠雞相應。

沈際飛曰：「美成能爲景語，不能爲情語；能入麗字，不能入雅字。價微劣于柳。至若『枕痕一綫紅生玉』［四］、『喚起兩眸清炯炯』，形容睡起之妙，良足動人。」

按，首一闋言未行前，聞烏驚漏殘，轆轤響而警醒淚落。次闋言别時情况凄楚，玉人遠而惟雞相應，更覺凄婉矣。

【校記】

［一］詞題,《片玉集》作「早行」。

［二］「將殘」,《片玉集》、《草堂詩餘》沈評本作「將闌」。

［三］「徊徨」,《片玉集》作「徘徊」。

［四］「紅生玉」句後,《草堂詩餘》沈評原文有一「與」字。

蝶戀花

感舊［一］　　秦少游［二］

鐘送黃昏雞報曉。昏曉相催,世事何時了。萬古［三］千愁人自老。春來依舊生芳草。忙處人多閑處少。閑處光陰,幾箇人知道。獨上小樓［四］雲杳杳。天涯一點青山小。

沈際飛曰:「朱顔緑髪,變爲雞皮老人,能不感慨［五］係之?」又曰:「後段［六］占多許地步,開多許眼光,詞之得致亦在此。」

前闋言世事無窮,忙者自相促迫,人自催老而物自循環也。次闋言天下惟閑中日長耳。登樓望青山一點,正是閑處所。此詞似屬閱歷有得之言。

【校記】

〔一〕詞題，《唐宋諸賢絶妙詞選》無。

〔二〕此詞當從《唐宋諸賢絶妙詞選》，爲王晉卿（詵）詞，《草堂詩餘》沈評本已改。

〔三〕「萬古」，《唐宋諸賢絶妙詞選》、《草堂詩餘》沈評本作「萬恨」。

〔四〕「小樓」，《唐宋諸賢絶妙詞選》、《草堂詩餘》沈評本作「高樓」。

〔五〕「能不感慨」，《草堂詩餘》沈評原文作「感慨能不」。

〔六〕「後段」，《草堂詩餘》沈評原文無。

蝶戀花

離別〔一〕

蘇東坡

春事闌珊芳草歇。客裏風光，又過清明節。小院黄昏人憶別。落紅處處聞啼鴂。

咫尺江山分楚越。目斷魂銷，應是音塵絶。夢破五更心欲折。角聲吹落梅花月。

沈際飛曰：「鳥啼花落，夢回月落，一境慘一境。」

通首是別後遠憶之詞，非贈別之作，題作「離別」尚未確。

【校記】

［一］詞題，《東坡樂府》無。

唐多令

重過武昌［一］　劉改之過

蘆葉滿汀洲。寒沙帶淺流。二十年、重度［二］南樓。柳下繫船猶未穩，能幾日、又中秋。　黄鶴斷磯頭。故人曾到［三］不。舊江山、都是［四］新愁。欲買桂花重載酒，終不似［五］、少年遊。

沈際飛曰：「情暢語俊，韻叶［六］音調，不見扭造，此改之得意之筆。」

按，宋當南渡，武昌係與敵分争之地，重過能無今昔之感？詞旨清越，亦見含蓄不盡之致。《宋史》［七］稱：「改之，泰和人，號龍洲道人。以詩俠名湖海間。辛棄疾帥浙東，改之謁之，門者不納。辛方欵朱晦庵、張南軒飲羊羹。過喧嘩于門，辛怒。朱、張曰：『才士也，試納之。』過寒甚，乞卮酒，餘瀝流胷。辛即命以『流』字爲韻。過吟云：『拔毫已付管城子，爛首曾封関内侯。死後不知身後物，也隨樽俎伴風流。』辛喜，折氣岸與交。周必大聞其名，欲客之門下，不就。辛守京口，大雪宴僚佐多景樓，以『難』字限韻。過詩云：『功名有分平吴易，貧賤無交訪戴難。』嘗叩閽上書，請光宗過宮，聲重一時。」

【校記】

［一］詞題，《龍洲詞》作「安遠樓小集，侑觴歌板之姬黄其姓者，乞詞于龍洲道人，爲賦此糖多令，同柳阜之、劉去非、石民瞻、周嘉仲、陳孟參、孟容，時八月五日也」。《草堂詩餘》作「武昌」。

［二］「重度」，《龍洲詞》、《草堂詩餘》沈評本作「重過」。

［三］「曾到」，《龍洲詞》作「今在」。

［四］「都是」，《龍洲詞》作「渾是」。

［五］「不似」，《龍洲詞》作「不是」。

［六］「叶」，《草堂詩餘》沈評原文作「協」。

［七］《宋史》無劉過傳，文見《南宋書》卷五十五「儒林文苑列傳」。

蘇幕遮

懷舊［一］

范希文

碧雲天，黄葉［二］地。秋色連波，波上寒煙翠。山映斜陽天接水。芳草無情，更在斜陽外。黯鄉魂，追旅思。夜夜除非，好夢留人睡。明月樓高休獨倚。酒入愁腸，化作相思淚。

沈際飛曰：「『芳草更在斜陽外』、『行人更在青山[三]外』兩句，不厭百回讀。」又曰：「人但言睡不得爾，『除非好夢留人』，反言愈切。」

按，文正一生並非懷土之士，所爲「鄉魂」、「旅思」以及「愁腸」、「思淚」等語，似沾沾作兒女想，何也？觀前闋可以想其寄託。開首四句，不過借秋色蒼茫，以隱抒其憂國之意。「山映斜陽」三句，隱隱見世道不甚清明，而小人更爲得意之象。「芳草」喻小人，唐人已多用之也。第二闋因心之憂愁，不自聊賴，始動其「鄉魂」、「旅思」，而夢不安枕，酒皆化淚矣。其實憂愁非爲思家也。文正當宋仁宗之時，敭歷中外，身肩一國之安危，雖其時不無小人，究係隆盛之日，而文正乃憂愁若此，此其所以「先天下之憂而憂」乎[四]？

【眉評】忠愛之情一唱三歎，細讀之真堪擊節以賞。須合文正本傳讀之方得其味。[五]

【校記】

［一］詞題，《范文正公詩餘》無。

［二］「黄葉」，《草堂詩餘》沈評本作「紅葉」。

［三］「青山」，《草堂詩餘》沈評原文作「春山」。

［四］「乎」，《蓼園詞選》作「矣」。

［五］眉評，《蓼園詞選》無。

漁家傲

春景［一］　王介甫

平岸小橋千嶂抱。揉藍一水縈花草。茅屋數間牕窈窕。塵不到。時時自有春風［二］掃。午枕［三］覺來聞語鳥。欹眠似聽朝雞早。忽憶故人今總老。貪夢好。茫茫忘了邯鄲道。

《雪浪齋日記》云：「荊公此詞，罯無塵土思。」黃玉林選詞云：「半山老人此詞，極能道閑居之趣。」此必荊公退居金陵時所作也，借漁家樂以自寫其恬退。首闋筆筆清奇，令人神往。次闋似譏故人之戀位者，然亦不過反筆以寫其幽居之樂耳。情詞自超雋無匹，運用入化。

【眉評】《邯鄲夢》如此運用更爲奇警。［四］

【校記】

［一］詞題，《王文公文集》無，《草堂詩餘》沈評本作「山居」。

［二］「春風」，《草堂詩餘》沈評本作「清風」。

［三］「午枕」，《草堂詩餘》沈評本誤作「十枕」。

［四］眉評，《蓼園詞選》無。

漁家傲

秋思［一］　范希文

塞下秋來風景異。衡陽雁去無留意。四面邊聲連角起。千嶂裏。長煙落日孤城閉。　濁酒一盃家萬里。燕然未勒歸無計。羌管悠悠霜滿地。人不寐。將軍白髮征夫淚。

《東軒筆録》云：「范希文守邊日，作《漁家傲》數闋，皆以『塞下秋來』爲首句，頗述邊鎮之苦，永叔嘗呼爲窮塞主之詞。及王尚書素守平凉，永叔亦作《漁家》詞送之。其斷章曰：『戰勝歸來飛捷奏。傾賀酒。玉階遥獻南山壽。』且謂曰：『此真元帥事也。』」

沈際飛曰：「希文道德未易窺，事業不可［二］筆記。『燕然未勒』句，悲憤鬱勃，窮塞主安得有之？」

按，文正當西夏坐大，因自請出鎮以制之，所謂「軍中有一范，西賊聞之驚破膽」者也。至今讀之，猶凜凜有生氣。

【校記】

［一］詞題，《范文正公詩餘》無，《草堂詩餘》沈評本作「邊思」。

［二］「不可」，《草堂詩餘》沈評原文作「亦不可」。

漁家傲

漁父［一］

謝無逸

秋水無痕清見底。蓼花汀上西風起。一葉小舟煙霧裏。蘭棹艤。柳條帶雨穿雙鯉。自嘆直鈎無處使。笛聲吹散雲山翠。鱠落霜刀紅縷細。新酒美。醉來獨枕簑衣［二］睡。

沈際飛曰：「兩條［三］穿鯉，霜刀落鱠，冷中取熱，漁父不落寞也。」又曰：「古之漁隱，大抵［四］感時憤事，胷中有大不得已焉者，豈在漁［五］哉？自歎直鈎，老漁知心。」

按，無逸第進士後，鬱鬱不得志，嘗作《花心動》詞，中有句曰：「香餌懸鈎，魚不輕吞，辜負鈎兒虛設」，其即「直鉤無處使」之意乎？此詞借漁父以寫其牢落，自慰自解，亦不得已有託而逃者乎？可思其志。

【校記】

［一］　詞題，《溪堂詞》無。
［二］　「蓑衣」，《溪堂詞》作「莎衣」。
［三］　「兩條」，《草堂詩餘》沈評原文作「雨條」。
［四］　「大抵」，《草堂詩餘》沈評原文作「大約」。
［五］　「在漁」，《草堂詩餘》沈評原文作「在魚」。

品令

詠茶[一]　黄魯直

鳳舞團團餅。恨分破、教孤另。金渠體净，隻輪慢碾，玉塵光瑩。湯響松風，早减[二]二分酒病。　味濃香永。醉鄉路、成佳境。恰如燈下，故人萬里，歸來對影。口不能言，心不[三]快活自省。

茗溪漁隱云：「魯直諸茶詞，余謂《品令》一詞最佳，能道人所不能言，尤在結尾三四句。」首闋「鳳舞」至「玉塵」，言茶之形象也。「湯響」二句，言茶之功用也。二闋「味濃」三句，言茶之味也。「恰如」以下至末，言茶之性情也。凡著物題，止言其形象則滯[四]，止言其味則粗，必言其功用及性情，方有清新刻入處。苕溪稱結末三四句，良是。以茶比故人，奇而確。細味過，大有清氣往來。

【眉評】《歸田録》：「茶之品莫貴于龍鳳團。」《茶譜》總叙：「黄金碾畔雪塵飛，碧玉甌中素沔起。」考古茶用團餅碾屑，今用葉茶。[五]

【夾評】「恨分破」：指團。「教孤另」：指鳳。「金渠」：槽也。

【校記】

[一] 詞題，《山谷琴趣外篇》作「茶詞」。此首夾評，《蓼園詞選》無。

[二] 「早減」，《山谷琴趣外篇》作「早減了」。

[三] 「心不」，《山谷琴趣外篇》、《草堂詩餘》沈評本作「心下」。

[四] 「滞」，《蓼園詞選》作「滿」。

[五] 眉評，《蓼園詞選》無。

行香子

晚景[一]　　蘇子瞻

北望平川。野水荒灣。共尋春、飛步孱顔。和風弄袖，香霧縈鬟。酒正酣[二]，人語笑，白雲間。　飛鴻落照，相將歸去，澹娟娟、玉宇清閒。何人無事，宴坐空山。望長橋上，燈火亂，使君還。

苕溪云：「淮北之地平夷，自京師至汴口，並無山，惟隔淮方有南山。南山石崖上有東坡《行香子》詞，後題云：『與泗守過南山，晚歸作。』字畫是東坡所書，小字，但無姓名。崇觀間禁元祐文字，遂鐫去之。余居泗上，打得此碑詞，至今尚存。」

凡遊覽題，易于平呆，最難做得超雋。「飛鴻」二句，情景交融，自具雋旨。結句于旁觀着筆，筆有餘妍，亦是跳脱生新之法。

【校記】

[一] 詞題，《東坡樂府》無。

[二] 「酒正酣」，《東坡樂府》作「正酣酒時」。

錦纏道

春景[一]　宋子京

燕子呢喃，景色乍長春晝。覩園林、萬花如繡。海棠經雨胭脂透。柳展宮眉，翠拂行人首。向郊原踏青，恣歌携手。醉醺醺、尚尋芳酒。問[二]牧童、遥指孤村道。杏花深處，那裏人家有。

《古今詞話》云：「此詞『海棠經雨胭脂透』一句，最善形容景物。至下叚用問酒杏花村事，曲盡郊外遊春之情。此亦遊覽題，好在『海棠經雨』一句，比興濃深，餘亦清倩不俗。

【校記】

[一] 此詞佚名，見舊本《草堂詩餘》。

[二] 「芳酒問」，《草堂詩餘》沈評本作「芳問酒」。

青玉案

春日懷舊[一]　　歐陽永叔

一年春事都來幾。早過了、三之二。緑暗紅嫣渾可事。緑楊庭院，暖風簾幙，有箇人憔悴。　買花載酒長安市。又爭似家山見桃李。不枉東風吹客淚。相思難表，夢魂無據，惟有歸來是。

沈際飛曰：「『有箇人憔悴』，下文都在此句生出。」

按此詞不過有不得已心事，託而思歸耳。「一年」二句，言年光已去也。「緑暗」四句，言時芳非不可玩，而自己心緒憔悴也。所以憔悴，以不見家山桃李，苦欲思歸耳。大意如此。但永叔亦非迫于[二]思歸者，亦有所不得已者在耶？當于言外領之。

【校記】

［一］　此詞佚名，見舊本《草堂詩餘》。

［二］　「于」，《蓼園詞選》誤作「子」。

青玉案

春暮[一]　賀方回

凌波不過横塘路。但目送、芳塵去。錦瑟年華[二]誰與度。月樓花院[三]，綺牕[四]朱户。惟有[五]春知處。　碧雲[六]冉冉衡皋暮。綵筆空題斷腸句。試問閑愁[七]知幾許。一川煙草，滿城風絮。梅子黄時雨。

《潘子冥詩話[八]》：世稱方回所作「梅子黄時雨」爲絶唱，盖用寇萊公語也。寇云：「杜鵑啼處血成花，梅子黄時雨如霧。」

沈際飛曰：「疊寫三句『閒愁』，真絶唱。山谷嘗稱云『解道江南斷腸句，世間惟有賀方回』，是也[九]。」按，方回有小築在姑蘇盤門内，地名横塘。時往來其間，有此作。方回以孝惠皇后族孫，元祐中，通判泗州，又倅太平州，退居吴下。是此詞作于退休之後也。自有一番不得意，難以顯言處。言所居横塘，斷無宓妃到，然波光清幽，亦常「目送芳塵」，第孤寂自守，無與爲歡，惟有春風相慰藉而已。次闋言幽居腸斷，不盡窮愁，惟見「煙草風絮」，梅雨如霧，共此旦晚耳。無非寫其境之鬱勃岑寂也。

【眉評】李義山詩：「錦瑟無端五十絃，一絃一柱思華年。」[一〇]

【夾評】「凌波」句：《洛神》「凌波微步」。「但目送」句：《洛神賦》「羅襪出塵」。[一一]

【校記】

[一]詞題，《東山詞》無。

[二]「年華」，《東山詞》作「華年」。

[三]「月樓花院」，《東山詞》作「月橋花院」，《草堂詩餘》沈評本作「月臺花榭」。

[四]「綺牕」，《東山詞》作「瑣窗」。

[五]「惟有」，《東山詞》作「只有」。

[六]「碧雲」，《東山詞》作「飛雲」。

［七］「試問閑愁」,《東山詞》作「若問閒情」。
［八］「潘子冥詩話」,應爲「潘子真詩話」。潘錞,字子真。
［九］「是也」,《草堂詩餘》沈評原文無。
［一〇］眉評,《蓼園詞選》無。
［一一］夾評,《蓼園詞選》無。

天仙子

送春［一］　張子野名先［二］

水調數聲持酒聽。午睡［三］醒來愁未醒。送春春去幾時回,臨晚鏡。傷流景。往事後期［四］空記省。　沙上並禽池上暝。雲破月來花弄影。重重翠幙［五］密遮燈,風不定。人初静。明日落紅應滿逕。

《古今詩話》:有客謂張子野曰:「人皆謂公『張三中』,即『心中事』、『眼中淚』、『意中人』也。」公曰:「何不目之爲『張三影』?」客不曉,公曰:「『雲破月來花弄影』,『嬌柔嬾起,簾壓捲花影』,『柳逕無人,墜飛絮無影』,此余平生所得意。」《高齋［六］詩話》:子野有詩云:「浮萍斷處見山影。」又長短句云：「雲破月來花弄影。」又云：「隔墻送過秋千影。」並膾炙人口，世謂「張三影」。按，苕溪漁隱云：「細味二說，當以《古今詩話》所載『三影』爲勝。」　按，子野第進士，爲都官郎中。此詞或係未第時作。子野，吴興人，聽水調而愁，爲自傷卑賤也。「送春」四句，傷其流光易去而後期茫茫也。「沙上」二句，言其所居岑寂，以沙禽與花自喻也。「重重」三句，言多障蔽也。結句仍繳「送春」本題，恐其時之晚也。

【校記】

[一] 詞題，《張子野詞》作「時爲嘉禾小倅，以病眠不赴府會」。

[二] 「名先」，《蓼園詞選》作「先」。

[三] 「午睡」，《草堂詩餘》沈評本作「午醉」。

[四] 「後期」，《張子野詞》、《草堂詩餘》沈評本作「悠悠」。

[五] 「翠幙」，《張子野詞》作「簾幕」。

[六] 「高齋」，《蓼園詞選》誤作「高齊」。

江城子即江神子

春別[一]　蘇子瞻

天涯流落思無窮。既相逢。却匆匆。携手佳人、和淚折殘紅。爲問東君[二]餘幾許，春縱在，與誰同。　隋堤三月水溶溶。背歸鴻。去吴中。回望[三]彭城、清泗與淮通。寄我[四]相思千點淚，流不到，楚江東。

按，彭城即徐州，泗水、汴水皆在焉。其形勝，東接齊魯，北属趙魏，南通江淮，西控梁楚。意此時東坡于彭城遇舊好，又别之而赴淮揚，臨别贈言也。先從自己流落寫起，言舊好遇于彭城，又匆匆折殘紅以泣别，别後雖有春，不能共賞矣。隋堤，汴堤也，通于淮。言我沿隋堤而下維揚，「回望彭城」，相去已遠。縱泗水流「與淮通」，而淚亦寄不到，爲可傷也。「楚江東」，謂揚州，古称吴頭楚尾也，故曰「吴中」，又曰「楚江東」。

【眉評】詞意開合警致，筆筆跳脱，非坡公不能也。[五]

【校記】

［一］詞題，《東坡樂府》作「别徐州」。

〔二〕「東君」，《東坡樂府》作「東風」。

〔三〕「回望」，《東坡樂府》作「回首」。

〔四〕「寄我」，《東坡樂府》作「欲寄」。

〔五〕眉評，《蓼園詞選》無。

千秋歲

春景〔一〕　　沈天羽曰：「是謫虔州作，今虔州有鶯花亭。〔二〕」　　秦少游

柳邊〔三〕沙外。城郭輕寒〔四〕退。花影亂，鶯聲碎。飄零疎酒盞，離別寬衣帶。人不見，碧雲暮合空相對。　憶昔西池會。鵷鷺〔五〕同飛蓋。携手處，今誰在。日邊清夢斷，鏡裏朱顏改。春去也，落紅〔六〕萬點愁如海。

《冷齋夜話》云：「少游小詞奇絶，詠歌之，想見其神情在絳闕、道山之間。」

按，此乃少游謫虔州思京中舊友〔七〕而作也。起從虔州寫起，自寫情懷落寞也。「人不見」，即指京中友，故下闋直接「憶昔」四句。「日邊」，指京師〔八〕也。「夢斷」、「顏改」、「愁如海」，俱自歎也。

【眉評】沈天羽曰：「今人慕其句作鶯花亭。『飄零』二句，是漢魏詩。」〔九〕王筠詩：「扁舟泛西池，

鴛鴦同翠蓋。」[一〇]

【校記】

[一] 詞題，《淮海居士長短句》無。

[二] 此句，《草堂詩餘》沈評本作「謫虔州作」。

[三] 「柳邊」，《淮海居士長短句》、《草堂詩餘》沈評本作「水邊」。

[四] 「輕寒」，《淮海居士長短句》作「春寒」。

[五] 「鴛鴦」，《淮海居士長短句》、《草堂詩餘》沈評本作「鴛鷺」。

[六] 「落紅」，《淮海居士長短句》作「飛紅」。

[七] 「舊友」，《蓼園詞選》作「友人」。

[八] 「指京師」，《蓼園詞選》作「北京師」。

[九] 此條，《草堂詩餘》沈評原文作：「後人慕其句建鶯花亭。『飄零疏酒盞』兩句，是漢魏人詩。」

[一〇] 眉評，《蓼園詞選》無。

千秋歲

夏景[一]　　謝無逸

楝花飄砌。蔌蔌清香細。梅雨過，蘋風起。情隨湘水遠，夢遶吴峯翠。琴書倦，鷓鴣喚起南牕睡。　密意無人寄。幽恨憑誰洗。脩竹畔，踈簾裏。歌餘塵拂扇，舞罷風掀袂。人散後，一鈎淡月天如水。

按，無逸，臨川人。第進士[二]，意其筮仕在湖湘間耶？詞意不過寫其宦情淡泊耳。筆墨瀟洒，自饒一種幽俊之致。

【校記】

[一]　詞題，《溪堂詞》無。

[二]　「第進士」，陸心源《宋史翼》卷二十六云「再舉進士不第」。

千秋歲

建康壽史致道[一]　　辛幼安

塞垣秋草。又報平安好。樽俎上，英雄表。金湯生氣象，珠玉霏談笑。春近也，梅花得似人難老。

莫惜金樽倒。鳳詔看看到。留不住[二]，江東小。從容帷幄裏[三]，整頓乾坤了。千百歲，從今盡是中書考。

按，《宋史》：高宗紹興三十二年，立建王爲太子，時史浩爲王府教授。是年金人略邊，高宗親征，而江淮失守。廷臣爭陳退避計，太子請率師爲前驅。史浩言太子不宜將兵，乃草奏，請扈蹕以供子職。上亦欲令太子遍識諸將，遂扈蹕如建康。太子受禪于建康，是爲孝宗。隆興元年，以史浩參知政事。是年，山東忠義耿京起兵，復東平府，遣其將賈瑞及掌書記辛棄疾來奏事。召見，授棄疾承務郎，并以節使印告召京。會張安國殺京降金，棄疾至海州聞變，乃約統制王世隆，徑趋[四]金營。安國方與金將酣飲，即衆中縛之以歸，金將追之不及，獻俘行在，斬于市。棄疾改判建康，年纔二十三。此詞當作于是時。

沈際飛以閔刻本抹「鳳詔」、「中書」二句，謂其近俚，是並未讀史，僅以尋常壽詞目之也。是時戊馬倥偬，終日播遷，幼安一見史浩，而即以汾陽恢復規勵之，義勇之氣，溢于言表。史浩相孝宗，雖未能全行恢復，而得以安然，史稱其忠，年八十九卒，謚文惠。此詞未爲失言矣。

【眉評】沈曰：「『梅花似人』，句法妙。」《唐書》：郭子儀身任安危者四十餘年，僉中書歷二十四考。

【夾評】「金湯」、「珠玉」二句：二語偉麗。

【校記】

[一] 詞題，《稼軒長短句》作「金陵壽史帥致道　時有版築役」。《草堂詩餘》沈評本作「慶壽　建康壽史致道」。

[二] 「留不住」，《蓼園詞選》誤作「不住」。

[三] 「帷幄裏」，《稼軒長短句》作「帷幄去」。

[四] 「趋」，《蓼園詞選》作「超」。

祝英臺近

春晚[一]　　辛幼安

寶釵分，桃葉渡。煙柳暗南浦。陌上[二]層樓，十日九風雨。斷腸點點[三]飛紅，都無人管，倩誰喚[四]、流鶯[五]聲住。　鬢邊覷。試把花卜歸期，纔簪又重數。羅帳燈昏，哽咽夢中語。是他春帶愁來，春歸何處。又不[六]解、帶將愁去。

按，此閨怨詞也。史称稼軒人材，大類温嶠、陶侃，周益公等抑之，爲之惜。此必有所託，而借閨怨以抒其志乎？言自與良人分釵後，一片烟雨迷離，落紅已盡，而鶯聲未止，將奈之何乎？次闋言問卜欲求會，而間阻實多，而憂愁之念將不能自已矣。意致悽惋，其志可憫。史称葉衡入相，薦棄疾有大略，召見，提刑江西，平劇盜，兼湖南安撫。盜起湖湘，棄疾悉平之。後奏請于湖南設飛虎軍，詔委以規畫。時樞府有不樂者，數阻撓之。議者以聚斂聞，降御前金字牌停住。棄疾開陳本末，繪圖繳進，上乃釋然。詞或作于此時乎？

【校記】

[一] 詞題，《稼軒長短句》作「晚春」。

[二] 「陌上」，《稼軒長短句》、《草堂詩餘》沈評本作「怕上」。

[三] 「點點」，《稼軒長短句》作「片片」。

[四] 「倩誰喚」，《稼軒長短句》作「更誰勸」。

[五] 「流鶯」，《稼軒長短句》作「啼鶯」。

[六] 「又不」，《稼軒長短句》、《草堂詩餘》沈評本作「卻不」。

過澗歇

夏景[一]

柳耆卿

淮楚。曠望極、千里火雲燒空，盡日西郊無雨。厭行旅。數幅輕帆旋落，艤棹蒹葭浦。避畏景，兩兩舟人夜深語。　此際争可，便恁奔名競利去[二]。九衢塵裏[三]，衣冠冒炎暑。回首江鄉，月觀風亭，水邊石上，幸有散髮披襟處。

趨炎附熱、勢利薰灼、狗苟蠅營之輩，可以「九衢塵裏，衣冠冒炎暑」二語盡之。耆卿好爲詞曲，未第時已傳播四方，西夏歸朝官且曰：「凡有井水飲處，即能歌柳詞。」其重于時如此。嘗有《鶴冲天》詞云：「忍把浮名，换了淺斟低唱。」及臨軒放榜，時人語之曰：「且去『淺斟低唱』，何要浮名？」是耆卿雖才士，想亦不喜奔競者，故所言若此。此詞實令觸熱者讀之，如冷水澆背矣。意不過爲「衣冠冒炎暑」五字下針砭，而凌空結撰，成一篇奇文。先從舟行苦熱、深夜舟人之語，布一奇景。忽用「此際」二字，直接點入「衣冠炎暑」，令人不測。以後又用「江鄉」倒繳，只一「幸」字縮住。語意含蓄，筆勢奇矯絶倫。

【校記】

[一]調名,《樂章集》作「過澗歇近」。詞題,《樂章集》無。
[二]「競利去」,原作「競利」,據《樂章集》、《草堂詩餘》沈評本改。
[三]「塵裏」,《草堂詩餘》沈評本作「城裏」。

新荷葉

採蓮[一]　僧仲殊揮[二]

雨過回塘[三],圓荷嫩緑新抽。越女輕盈,畫橈穩泛蘭舟。波光豔粉,紅相間[四]、脉脉嬌羞。菱歌隱隱漸遥,依約凝眸[五]。　堤上郎心,波間粧影遲留。不覺歸時,暮天[六]碧襯蟾鈎。風蟬噪晚,餘霞映[七]、幾點沙鷗。漁笛不道有人,獨倚危樓。

南渡後,西湖佳麗地遊冶之盛,豈獨采蓮?此詞從越女泛舟,豔粉菱歌,郎心粧影,寫得十分旖旎,歸時直至天掛蟾鉤,可謂盡態極妍矣。乃忽然遞到蟬噪晚風,鷗栖斜照,便覺有荒凉光景。乃更接入「漁笛不道有人,獨倚危樓」,奇絶横絶。蓋斯時也,早已于百尺樓上,有冷眼看而心歎者,不獨采蓮者不知,漁笛亦不知也。末句斗轉,真如天上下將軍,令人無處躲閃。情奇筆奇,感慨意仍含蓄不露。

【校記】

〔一〕調名，《樂府雅詞》作「折新荷引」。詞題，《樂府雅詞》無。

〔二〕此趙抃詞，見《樂府雅詞》。

〔三〕「回塘」，《樂府雅詞》作「回廊」。

〔四〕「紅相間」，《樂府雅詞》作「紅香透」。

〔五〕「凝眸」，《樂府雅詞》作「回眸」。

〔六〕「暮天」，《樂府雅詞》作「淡天」。

〔七〕「餘霞映」，《樂府雅詞》作「餘霞際」。

驀山溪

早梅　　曹元寵〔一〕

洗粧真態，不假鉛華御。竹外一枝斜，想佳人、天寒日暮。黄昏院落〔二〕，無處着清香，風細細，雪垂垂，何况江頭路。　月邊疎影，夢到銷魂處。結子欲黄時，又須作、廉纖細雨[三]。孤芳一世,供斷有情愁,消瘦損,東陽也,試問花知否。

沈際飛曰:「『竹外一枝斜』,用東坡『竹外一枝斜更好』之句。徽宗時禁蘇學,元寵又近幸之臣,而暗用蘇句,所謂掩耳盜鈴也[四]。奸臣醜正惡直,徒爲勞耳[五]。」按,此詞佳處,不在「一枝斜」句。佳在前後段跳脱處,情景交融,語多雋永耳。前段言梅不御「鉛華」,如佳人安于寂寞院落也。人尚不自見,況風雨「江頭」,誰知其清香乎?次闋言不獨花開冷淡,即「結子欲黄」,尚多如塵之雨。盖伊一生,惟供人之有情者見而生愁,今我亦瘦如「東陽」,花知之乎?語語超雋,自是一篇拔俗文字。

【校記】

[一]「曹元寵」,《蓼園詞選》誤作「黄元寵」。

[二]「院落」,《梅苑》、《草堂詩餘》沈評本作「小院」。

[三]「細雨」,《草堂詩餘》沈評本作「微雨」。

[四]「盜鈴也」,《草堂詩餘》沈評原文作「盜鈴者,噫」。

[五]「耳」,《草堂詩餘》沈評原文作「爾」。

千秋歲引

秋思[一]

王介甫

別館寒砧，孤城畫角。一派秋聲入寥廓。東歸燕從海上去，南來雁向沙頭落。楚臺風，庾樓月，宛如昨。　無奈被些名利縛。無奈被他情擔閣。可惜風流總閑却。當初謾留華表語，而今誤我秦樓約。夢闌時，酒醒後，思量着。

【眉評】沈曰：「清壯。」[三]

沈際飛曰：「介甫有遊仙之意，悟矣悟矣，必待『夢闌酒醒思量着』，又何遲也？」又曰：「媚出于老，動[二]出于整齊，其筆墨自不可議。」　按，是必其退居金陵時作也。意致清迴，翛然有出塵之致。

【校記】

[一]　詞題，《唐宋諸賢絶妙詞選》作「秋景」。

[二]　「動」，《草堂詩餘》沈評原文作「流動」。

[三]　眉評，《蓼園詞選》無。

早梅芳

曉別[一]　周美成

花竹深，房櫳好。夜闃無人到。隔窗寒雨，向壁孤燈弄餘照。淚多羅袖重，意密鶯聲小。正魂驚夢怯，門外已知曉。　去難留，話未了。早促登長道。風披[二]宿霧，露洗初陽射林表。亂愁迷遠覽，苦語縈懷抱。謾回頭，更堪歸路杳。

沈際飛曰：「『曉得『袖』因『淚』重，『聲』因『意』小，老于個中人。」

按，前闋由「曉」字寫入，漸引到別字，是未別以前也。次闋從別時寫起，説到別以後，是去路也。詞意綿密細膩，無一剩字。

【校記】

［一］調名，《片玉集》作「早梅芳近」。詞題，《片玉集》無。

［二］「風披」，原作「風波」，據《片玉集》、《草堂詩餘》沈評本改。

華胥引

秋思[一]

周美成

川源澄映，煙月冥濛，去舟似葉[二]。岸足沙平，蒲根水冷留鴈唼。別有孤角吟秋，對曉風鳴軋。紅日三竿，醉頭扶起寒怯[三]。離思相縈，漸看看、鬢絲堪鑷。舞袖[四]歌扇，何人輕憐細閱。點檢從前恩愛，鳳牋[五]盈篋，愁剪燈花，夜來和淚雙疊。疊鳳箋也。

按，美成由徽猷閣待制，出知順昌府，徙處州。此詞或在順昌處州作乎？結後三句，戀戀主恩，情詞斐惻，不失敦厚之致。

【眉評】沈曰：「叶幾個險韻難得。」[六]

【校記】

[一] 詞題，《片玉集》無。

[二] 「似葉」，《片玉集》作「如葉」。

[三] 「寒怯」，《片玉集》作「還怯」。

[四] 「舞袖」，《片玉集》、《草堂詩餘》沈評本作「舞衫」。

［五］「鳳牋」，《片玉集》作「但鳳牋」。

［六］眉評，《蓼園詞選》無。

洞仙歌

初春［一］　李元膺

雪雲散盡，放曉晴庭院［二］。楊柳於人便青眼。更風流多處，一點梅心，相映遠。約略嚬輕笑淺。　一年春好處，不在濃芳，小豔疏香最嬌軟。到清明時候，百紫千紅花正亂。已失春風一半。早占取、韶光共追遊［三］，且莫管春寒，醉紅自暖。

公自序云：「一年春物，惟梅柳間意味最深。至鶯花爛漫時，則春已衰遲，使人無復新□［四］。予作《洞仙歌》，使探春者歌之，不至有後時之悔耳。」

隨分自得，有知足持盈之意。說來亹亹可聽。知此可以養福，亦可以養德。

【眉評】有自得之致。［五］

【校記】

［一］　詞題，《樂府雅詞》作「一年春物，惟梅柳間意味最深。至鶯花爛熳時，則春已衰遲，使

人無復新意。予作洞仙歌，使探春者歌之，無後時之悔」。

［二］「庭院」，《樂府雅詞》作「池院」。

［三］「追遊」，《樂府雅詞》、《草堂詩餘》沈評本作「追遊」。

［四］缺字，《蓼園詞選》作「趣」，《樂府雅詞》作「意」。

［五］眉評，《蓼園詞選》無。

洞仙歌

中秋［一］　　晁無咎補之

青煙冪處，碧海飛金鏡。永夜閑堦卧桂影。露凉時、零亂多少寒螿，神京遠，惟有藍橋路近。　水晶簾不下，雲母屏開，冷浸佳人淡脂粉。待都將許多明，付與金樽，投曉共、流霞傾盡。更攜取、胡床上南樓，看玉做人間，素秋千頃。

《苕溪叢話》云：「凡作詩詞，要當如常山之蛇，救首救尾，不可偏也。如晁無咎作中秋《洞仙歌》，其首云：『青煙冪處』，至『閑堦卧桂影』，固已佳矣。其後云：『待都將許多明，付與金樽』，至『素秋千頃』，若此可謂善救首尾者也。至朱希真作中秋《念奴嬌》則不知出此。其首云：『插天翠柳，被何人推上，一輪明月。照我藤床涼似水，飛入瑤臺[二]銀闕。』亦已佳矣。其後云：『洗盡凡心，滿身清露，冷浸蕭蕭髮。明朝塵世，記取休向人說。』此兩句全無意味。收拾得不佳，遂并全篇其氣索然矣。」按，前評固甚得謀篇搆局之法。至其前闋從無月看到有月，次闋從有月看到月滿人間，層次井井，而詞致奇傑。各段俱有新警語，自覺冰魂玉魄，氣象萬千，興乃不淺。

【眉評】奇想奇语。[三]

【校記】

[一] 調名下，《樂府雅詞》注：「泗州中秋作，此絶筆之詞也。」

[二] 「瑶臺」，原作「摇臺」，據《樵歌》改。

[三] 眉評，《蓼園詞選》無。

洞仙歌

詠雨[一]　李元膺

廉纖細雨，殢東風如困。縈斷千絲爲誰恨。向楚宮一夢、多少[二]悲凉，無處問。愁到而今未盡。分明都是淚，泣柳沾花，常與騷人伴孤悶。記當年、得意處，酒力方酣[三]，怯輕寒、玉爐香潤。又豈識、情懷苦難禁，對點滴簷聲，夜寒燈暈。

沈際飛曰：「一起一收，實説雨。中間都説己意，有作法。」又曰：「淚珠都做秋宵枕前雨，顛之倒之，無不入妙。」

按，元膺[四]爲南京教官，澹泊好學。此作不知所指。讀集中有《茶瓶兒》悼亡詞，情詞淒切，此作或亦爲悼亡後作也。是雨是淚，寫得婉轉流動，比興深切，筆筆飛舞，自是超詣也。

【校記】

[一] 詞題，《樂府雅詞》無。

[二] 「多少」，《樂府雅詞》作「千古」。

[三] 「方酣」，《樂府雅詞》作「方融」。

[四] 「元膺」，原誤作「元奇」。

洞仙歌

垂虹橋　　林外

飛梁壓水，虹影澄清[一]曉。橘里漁村半煙草。嘆今來[二]古往，物換[三]人非，天地裏，惟有江山不老。　雨巾風帽。四海誰知道[四]。一劍橫空幾番到[五]。按玉龍、嘶未斷，月冷波[六]寒，歸去也、林屋洞門[七]無鎖。指雲屏、[八]煙障是吾廬，任滿砌[九]蒼苔，年年不掃。垂虹橋在吴江東門外

《詞品》云：宋林外，字豈塵，題此，作道裝，不告姓名，飲醉而去，人疑爲吕仙。傳入宫中，孝宗笑曰：「『鎖』字與『老』字叶，則讀音掃，乃閩音也。」後訪之，林果閩人也。

按，此詞以爲仙詞，固屬無識，第此人必有目擊時艱，興山河今昔之歎，心不能平者，亦奇傑士也。看「一劍橫空」句，氣亦偉壯，置于無用，亦惜哉！

【校記】

［一］「澄清」，《草堂詩餘》沈評本作「清光」。

［二］「歎今來」，《四朝聞見録》作「今來」。

［三］「物换」，《四朝聞見録》作「物是」。

［四］「知道」，《四朝聞見録》作「知我」。

［五］「幾番到」，《四朝聞見録》作「幾番過」。

［六］「波」，原文誤作「破」，據《草堂詩餘》沈評本改。

［七］「洞門」，《四朝聞見録》作「洞天」。

〔八〕「指雲屏」，《四朝聞見録》作「認雲屏」。
〔九〕「滿砌」，《草堂詩餘》沈評本作「滿地」。

江城梅花引

閨情

康伯可名與之〔一〕

娟娟霜月冷侵門。怕黄昏。又黄昏。手撚一枝，獨自對芳樽。酒又不禁花又惱，漏聲遠，一更更、總斷魂。　斷魂。斷魂。不堪聞。被半温。香半薰。睡也睡也，睡不穩、誰與温存。惟有床前、銀燭照啼痕。一夜爲花憔悴損，人瘦也，比梅花、瘦幾分。

按，伯可渡江初，以詞受知高宗，爲郎中，待詔金馬門，凡中興粉飾治具，多出其手。初，高宗駐維揚，上《中興十策》，頗爲切中。宰相汪、黄不能用，人皆屈之。厥後秦檜當國，擢爲臺郎。慈寧歸養，兩宫燕樂，與之專應制爲歌詞，聲名大減。檜死，與之亦貶。此作或其在坐貶時乎？詞自凄清，但亦少骨力也。

【校記】

〔一〕「名與之」，《蓼園詞選》無「名」字。此詞又見程垓《書舟詞》，調名作「攤破江城子」，無詞題,詞云:「娟娟霜月又侵門。對黄昏。怯黄昏。愁把梅花,獨自泛清尊。酒又難禁花又惱,漏聲遠,一更更、總斷魂。　斷魂。斷魂。不堪聞。被半温。香半温。睡也睡也,睡不穩、誰與温存。只有床前、紅燭伴啼痕。一夜無眠連曉角,人瘦也,比梅花、瘦幾分。」《四庫全書·〈書舟詞〉提要》:「集内《攤破江神子》『娟娟霜月又侵門』一闋,諸刻多作康與之《江城梅花引》詞,僅字句小有異同。按此調相傳爲前半用《江城子》,後半用《梅花引》,故合云《江城梅花引》。今前半自首句至『花又惱』爲《江城子》,後全不似《梅花引》,至過變以下,更與兩調俱不合。考《詞譜》載《江城子》,一名《江神子》,應以名《攤破江神子》爲是。詳其句格,亦屬垓本色,其題爲康作,當屬傳訛。」

八六子

春怨[一]　秦少游

倚危亭。恨如芳草,萋萋剗盡還生。念柳外青驄别後,水邊紅袂分時,愴然暗驚。無端天與娉婷。夜月一簾幽夢,春風十里柔情。怎奈向、歡娱漸隨流水,素絃聲斷,翠綃香減,那堪那[二]片片飛花弄晚,濛濛殘雨籠晴。正銷凝。黄鸝又啼數聲。

沈際飛曰:「長短句偏入四六,《何滿子》之外,復見此而已[三]。」

寄託耶？懷人耶？詞旨纏綿，音調凄婉如此。

【校記】

［一］詞題，《淮海居士長短句》無。

［二］「那堪那」，《淮海居士長短句》、《草堂詩餘》沈評本作「那堪」。

［三］「而已」，《草堂詩餘》沈評原文無。

魚游春水

春景［一］　　無名氏

秦樓東風裏。燕子還來尋舊壘。餘寒猶峭，紅日薄侵羅綺。嫩草方抽碧玉茵，媚柳輕拂黃金縷。［二］鶯囀上林，魚游春水。　幾曲［三］欄干遍倚。又是一番新桃李。佳人應恠歸遲［四］，梅粧淚洗［五］。鳳簫聲絶［六］沉孤雁，望斷清波［七］無雙鯉。雲山萬重，寸心千里。

《復齋漫録》云：「政和中，一中貴使越州，得詞于［八］古碑陰，無名無譜，録以進御。命大晟府填腔，因詞中語，賜名『魚游春水』。」《古今詩話》云：「東都防河卒於汴河上掘地得石刻，有詞一闋，臣僚進上。上喜其藻思絢麗,命教坊倚聲歌之。詞凡八十九字,而風花鶯燕動植之妙曲盡,此唐人語也,後之狀物寫情不及之矣。」

落落寫來,詞旨韶雅,無一纖巧語,自是秀色天成,風情和篤。《復齋漫録[九]》以爲唐人語,不爲無見。

【眉評】前闋写初春之景入细。次闋写佳人触景生情,亦清麗。[一〇]

【校記】

[一]　詞題,《樂府雅詞》無。

[二]　「嫩草」二句,《樂府雅詞》作「嫩筍才抽碧玉簪,細柳輕窣黄金蕊」。

[三]　「幾曲」,《樂府雅詞》作「屈曲」。

[四]　「應恠歸遲」,《樂府雅詞》作「應念歸期」。

[五]　「淚洗」,《樂府雅詞》作「淡洗」。

[六]　「聲絶」,《樂府雅詞》作「聲杳」。

[七]　「望斷清波」,《樂府雅詞》作「目斷澄波」。

[八]　「于」,原作「千」。

[九]　「復齋漫録」,按前文所述應爲「古今詩話」,實楊湜《古今詞話》也。

[一〇]　眉評,《蓼園詞選》無。

長調

滿江紅

春暮[一]

張仲宗元幹

春水連天[二]，桃花浪、幾番風惡。雲乍起、遠山遮盡，晚風還作。綠遍[三]芳洲生杜若，楚帆[四]帶雨煙中落。認向來[五]、沙觜共停橈，傷飄泊。　寒猶在，衾偏薄。腸欲斷，愁難着。倚綺窻[六]無寐，引盃孤酌。寒食清明都過了[七]，可憐辜負[八]年時約。想小樓、日日[九]望歸舟，人如削。

寫旅況淒迷，憶家之作，想亦憂世者寄懷也。前闋言浪生風惡，夏雲遮風作，隱然有念亂之意。芳洲杜若，有賢人隱之象。帆帶雨落，有自傷飄泊意。「寒猶在」六句，不過寫繁憂獨省意。「寒食」二句，見時已逝。末二句，懸想家中念己，不過不得已欲歸隱之意。情有難以顯言者，隱約言之，自抒懷抱耳。

仲宗，長樂人。紹興中，坐送胡銓及寄李綱詞除名，有《歸來集蘆川詞》一卷。此必被黜後作也。

【眉評】沈曰:「『認向來、沙觜』,妙得旅情。」沈曰:「『削』字好,『人如削』句好。」[一〇]

【校記】

[一]　詞題,《蘆川詞》作「自豫章阻風吴城山作」,《草堂詩餘》沈評本作「旅思」。

[二]「連天」,《蘆川詞》作「迷天」。

[三]「緑遍」,《蘆川詞》作「緑卷」。

[四]「楚帆」,《蘆川詞》作「數帆」。

[五]「認向來」,《蘆川詞》作「傍向來」。

[六]「綺窻」,《蘆川詞》、《草堂詩餘》沈評本作「篷窗」。

[七]「過了」,《蘆川詞》作「過卻」。

[八]「可憐辜負」,《蘆川詞》作「最憐輕負」。

[九]「終日」,《蘆川詞》作「日日」。

[一〇]　眉評,《蓼園詞選》無。

滿江紅

丁未九日南渡泊舟儀真江口[一]

趙元鎮忠簡公，名鼎

慘結秋陰，西風送、絲絲[二]雨濕。凝望眼、征鴻幾字，暮投沙磧。欲往[三]鄉關何處是，水雲浩蕩連南北[四]。但脩眉、一抹[五]有無中，遥山色。　天涯路，江上客。腸已斷[六]，頭應白。空搔首興嘆，暮年離隔[七]。欲待忘憂[八]除是酒，奈酒行有盡愁無極[九]。便挽將、江水[一〇]入樽罍，澆胷臆。

【眉批】中原陸沈，感慨中妙有含蓄。　是何氣象。[一一]

忠簡公此詞，當與「身騎箕尾歸天上，氣作山河壯本朝」二語同其不朽。

【校記】

[一] 詞題，《得全居士詞》後多一「作」字，《草堂詩餘》沈評本作「秋望」。

[二] 「絲絲」，《得全居士詞》作「霏霏」。

[三] 「欲往」，《得全居士詞》作「試問」。

[四] 「連南北」，《得全居士詞》作「迷南北」。

[五]「脩眉一抹」,《得全居士詞》作「一抹寒青」。
[六]「已斷」,《得全居士詞》作「欲斷」。
[七]「離隔」,《得全居士詞》作「離拆」。
[八]「欲待忘憂」,《得全居士詞》作「須信道消憂」。
[九]「愁無極」,《得全居士詞》作「情無極」。
[一〇]「挽將江水」,《得全居士詞》作「挽取長江」。
[一一]眉評,《蓼園詞選》無。

滿江紅

詠雨　　張安國

斗帳高眠,寒窗靜、瀟瀟雨意。南樓近、更移三鼓,漏傳一水。點點不離楊柳外,聲聲只在芭蕉裏。也不管、滴破故鄉心,愁人耳。　　無似有,遊絲細。聚復散,真珠碎。天應分付與,別離況味[一]。破我一床蝴蝶夢,輸他雙枕鴛鴦睡。向此際、別有好思量,人千里。

寫雨寫情,是一是二,筆極清婉流麗。至其託興處,當于言外細細參之。

【校記】

［一］「况味」，《草堂詩餘》沈評本作「滋味」。

滿江紅

幽居

呂居仁

東里先生，家何在、山陰溪曲。對一川平野，數椽［一］茅屋。昨夜岡頭［二］新雨過，門前流水清如玉。抱小橋、回合柳參天，摇新緑。　踈籬下，叢叢菊。虚簷外，蕭蕭竹。嘆古今得失，是非榮辱。須信人生歸去好，世間萬事何時足。問此青、春醞［三］酒何如，今朝熟。

苕溪漁隱云：「余性樂閒退，一邱一壑，盖將老焉。呂居仁所作此詞，能具道阿堵中事，每一歌之，未嘗不擊節也。」

寫村居樂趣，骨秀神清，玲玲高韻，由其天機勝也。朗吟一過，覺陶淵明《歸去來詞》後，有此傑作。

【校記】

［一］「數椽」，《草堂詩餘》沈評本作「數間」。

［二］「岡頭」，《草堂詩餘》沈評本作「江頭」。

［三］「此青春醞」，《草堂詩餘》沈評本作「此春春釀」。

滿江紅

杜鵑　康伯可

惱殺行人，東風裏、爲誰啼血。正青春未老，流鶯方歇。蝴蝶枕前顛倒夢，杏花枝上朦朧月。問天涯、何事苦關情，思離別。　聲一喚，腸千約［一］。聞嶺外，江南陌。正長堤楊柳，翠條堪折。鎮日叮嚀千百遍，只將一句頻頻説。道不如、歸去不如歸，傷情切。

伯可際高宗南渡之初，十策上陳，人望丰采，所謂東風啼血也。雖「惱殺行人」，人亦憐之。言既不用，或遠舉可也。乃又以諛言取悦幸進，後終於擯斥。杜鵑不如歸去之言，何不凜于幾先，徒貽後悔，則亦何益？故表出以爲能言而不能行者戒。

【眉評】想此作必在初上策時。啼者自啼，其如夢蝶顛倒、花月朦朧何？知及之，不能守之。［二］

【校記】

［一］「千約」，《草堂詩餘》沈評本作「千結」。

［二］眉評，《蓼園詞選》無。

滿庭芳

春景［一］

秦少游

曉色雲開，春隨人意，驟雨纔過還晴。古臺芳榭，飛燕蹴紅英。舞困榆錢自落，鞦韆外、緑水橋平。東風裏，朱門映柳，低按小秦箏。　多情。行樂處，珠鈿翠蓋，金轡［二］紅纓。漸酒空醽醁［三］，花困蓬瀛。豆蔻梢頭舊恨，十年夢、屈指堪驚。凭欄久，疎煙淡日，寂寞下蕪城。

此必少游被謫後作。雨過還晴，承恩未久也。「燕蹴紅英」，喻小小［四］之讒搆也。「榆錢」，自喻也。「緑水橋平」，喻隨所適也。「朱門」、「秦箏」，彼得意者自得意也。前一闋叙事也。後一闋則事後追憶之詞。「行樂」三句，追從前也。「酒空」二句，言被謫也。「豆蔻」三句，言爲日已久也。「凭欄」二句結。通首黯然自傷也。章法極綿密。

【校記】

［一］詞題，《淮海居士長短句》無，《草堂詩餘》沈評本作「春遊」。

［二］「金罏」,《淮海居士長短句》、《草堂詩餘》沈評本作「玉罏」。

［三］「醽醁」,《淮海居士長短句》、《草堂詩餘》沈評本作「金榼」。

［四］「小小」,《蓼園詞選》作「小人」。

滿庭芳

夏景［一］ 周美成

風老鶯雛,雨肥梅子,午陰嘉樹清圓。地卑山近,衣潤費爐煙。人静烏鳶自樂,小橋外、新緑濺濺。凭欄久,黄蘆苦竹,擬泛九江船。 年年。如社燕,飄流瀚海,來寄脩椽。且莫思身外,長近樽前。憔悴江南倦客,不堪聽、急管繁絃。歌筵畔,先安枕簟,容我醉時眠。

此必其出知順昌後作。前三句見春光已去。「地卑」至「九江船」,言其地之僻也。「年年」三句,見宦情如逆旅。「且莫思」句至末,寫其心之難遣也。末句妙于語言。

【校記】

［一］詞題,《片玉集》作「夏日溧水無想山作」。

滿庭芳

秋思[一]　　秦少游

碧水澄秋[二]，黄雲凝暮，敗葉零亂空堦。洞房人静，斜月照徘徊。又是重陽近也，幾處處，砧杵聲催。重門外[三]，風摇翠竹，疑是故人來。　情懷[四]。增悵望，新歡易失，往事難猜。問籬邊黄菊，知爲誰開。謾道愁須殢酒，酒未醒、愁已先回。凭欄久，金波漸轉，白露點蒼苔。

亦應是在謫時作。「風摇」二句，寫得藴藉，非故人也，風也，能弗黯然？酒未醒，愁先回，意亦曲而能達，結句清遠。

【校記】

[一]　詞題，《淮海居士長短句》無。

[二]　「澄秋」，《淮海居士長短句》作「驚秋」。

[三]　「重門外」，《淮海居士長短句》作「西窗下」。

[四]　「情懷」，《淮海居士長短句》作「傷懷」。

滿庭芳

晚景[一]　秦少游

山抹微雲，天粘[二]衰草，畫角聲斷譙門。暫停征棹，聊共飲離樽[三]。多少蓬萊舊事，空回首，煙靄紛紛。斜陽外，寒鴉數點[四]，流水遶孤村。　銷魂。當此際，香囊暗解，羅帶輕分。謾贏得秦樓[五]，薄幸名存。此去何時見也，襟袖上、空染[六]啼痕。傷情處，高城望斷，燈火已黄昏。

《侯鯖録》云：「晁無咎云：『比來作者，皆不及秦少游。如「斜陽外，寒鴉數點，流水遶孤村」，雖不識字，亦知是天生好語也。』」

按，少游入京見東坡，坡曰：「久别作文甚勝，都下盛唱公『山抹微雲』之詞。」少游遜謝。坡曰：「不意别後，公却學柳七作辭。」游曰：「某雖無識，亦不至是。」坡曰：「『銷魂當此際』，非柳句法乎？」又問别作何詞，游舉「小樓連苑横空，下窺繡轂雕鞍驟」，坡曰：「十三箇字，只説得一箇人騎馬樓前過。」秦問坡近著，坡舉「燕子樓空，佳人何在，空鎖樓中燕」。無咎在座，謂三句説盡張建封一段事。大以爲奇。詞之不易工如此。

蔡伯世云：「子瞻辭勝乎情，耆卿情勝乎詞，情辭相稱者，惟少游而已。」其推重如此。

張綖云：「少游多婉約，子瞻多豪放。當以婉約爲主。」

沈曰：「『粘』字工，且有出處。趙文鼎『玉關芳草粘天碧』，劉叔安『暮煙細草黏天遠』，葉夢得『浪黏天滿桃[七]漲緑』，皆用[八]之。」

沈曰：「人之情，至少游而極。結句『已』字，情波幾疊。」

【校記】

[一] 詞題，《淮海居士長短句》無，《草堂詩餘》沈評本作「別意」。

[二]「天粘」，《淮海居士長短句》作「天連」。

[三]「飲離樽」，《淮海居士長短句》、《草堂詩餘》沈評本作「引離尊」。

[四]「數點」，《淮海居士長短句》作「萬點」。

[五]「秦樓」，《淮海居士長短句》、《蓼園詞選》作「青樓」。

[六]「空染」，《淮海居士長短句》作「空惹」。

[七]「滿桃」，《草堂詩餘》沈評原文作「蒲桃」。

[八]「皆用」，《草堂詩餘》沈評原文作「屢用」。

水調歌頭

春行[一]　黄山谷

瑶草一何碧，春入武陵溪。溪上桃花無數，花上有黄鸝。我欲穿花尋路，直入白雲深處，浩氣展虹霓。只恐花深裏，紅露濕人衣。　坐白石[二]，攲玉枕，拂金徽。謫仙何處，無人伴我白螺盃。我爲靈芝仙草，不爲朱脣丹臉，長嘯亦何爲。醉舞下山去，明月逐人歸。

一往深秀，吐屬雋雅絶倫。

【眉評】沈云：「起句古。」　沈云：「『紅露』句媚而幽[三]。」　沈云：「『明月』句閒。」[四]

【校記】

[一]　詞題，《山谷琴趣外篇》作「遊覽」。

[二]　「白石」，《山谷琴趣外篇》作「玉石」。

[三]　「而幽」，《草堂詩餘》沈評原文無。

[四]　眉評，《蓼園詞選》無。

水調歌頭

中秋[一]　　蘇東坡

明月幾時有，把酒問青天。不知天上宫闕，今夕是何年。我欲乘風歸去，唯恐[二]瓊樓玉宇，高處不勝寒。起舞弄清影，何似在人間。　轉朱閣，低綺户，照無眠。不應有恨，何事長向[三]别時圓。人有悲歡離合，月有陰晴圓缺，此事古難全。但願人長久，千里共嬋娟。

東坡自序云：「丙辰中秋，歡飲達旦，大醉，作此篇，兼懷子由。」

按，通首只是詠月耳。前闋是見月思君，言天上宫闕，高不勝寒，但彷彿神魂歸去，幾不知身在人間也。次闋言月何不照人歡洽，何似有恨偏于人離索之時而圓乎？復又自解，人有離合，月有圓缺，皆是常事，惟望長久共嬋娟耳。纏綿惋惻之思，愈轉愈曲，愈曲愈深。忠愛之思，令人玩味不盡。

【眉評】欲之則神往，幾不知身在異地矣。　收處不怨而慕，深得敦厚之旨。[四]

【校記】

［一］　詞題，《東坡樂府》爲小序，即此選於詞後所録。

［二］「唯恐」，《東坡樂府》、《草堂詩餘》沈評本作「又恐」。

［三］「長向」，《草堂詩餘》沈評本作「偏向」。

［四］眉評，《蓼園詞選》無。

水調歌頭

重陽［一］　韓無咎元吉

今日我［二］重九，莫負菊花開。試尋高處，携手躡屐上崔嵬。放目蒼崖萬仞［三］。雲護曉霜成陣。知我與君來。古寺倚修竹，飛檻絶纖埃。　笑談間，風滿座，酒盈杯。仙人跨海，休問隨處是蓬萊。［四］落日平原西望。鼓角秋深悲壯。戲馬但荒臺。細把茱萸看，一醉且徘徊。

不過一首登高詞耳，易入熟徑，最難超卓。詞雖未甚奇闢，但亦清雅不俗，有俊拔自喜之概。无咎系南渡遺老，辛幼安作壽詞，所望之以真儒事業者也。其後事業不甚著。次闋「平原西望」，應亦有神州陸沈之慨乎？「休問隨處是蓬萊」句，見南渡非可苟安也。有志未逮，有心者能弗感慨係之？

【眉評】意謂高宗至臨安，非可以一隅耽逸樂也。［五］

【校記】

〔一〕詞題，《南澗甲乙稿》作「水洞」。

〔二〕「今日我」，《南澗甲乙稿》作「今日俄」。

〔三〕「萬仞」，《南澗甲乙稿》作「千仞」。

〔四〕「休問」句下，《南澗甲乙稿》有小注「洞有仙骨巖」。

〔五〕眉評，《蓼園詞選》無。

水調歌頭

快哉亭〔一〕　　蘇子瞻

落日繡簾捲，亭下水連空。知君爲我，新作窻户濕青紅。長記平山堂上，攲枕江南煙雨，杳杳没孤鴻。認得醉翁語，山色有無中。　一千頃，都鏡浄，倒碧峰。忽然浪起，掀舞一葉白頭翁。堪笑蘭臺公子，未解莊生天籟，剛道有雌雄。一點浩然氣，千里快哉風。

前闋從「快」字之意入。次闋起三語承上闋寫景，「忽然」二句一跌，以頓出末二句來。結處一振，

「快」字之意方足。

【眉評】便有超然之致，「快」字之意已含。　筆意跌頓淋漓得妙。[二]

【校記】

[一]　詞題，《東坡樂府》作「黄州快哉亭贈張偓佺」。

[二]　眉評，《蓼園詞選》無。

燭影摇紅

上元[一]　張材甫掄

雙闕中天，鳳樓十二春寒淺。去年元夜奉宸遊，曾侍瑶池宴。玉殿珠簾盡捲。擁羣仙、蓬壺閬苑。五雲深處，萬燭光中，揭天絲管。　馳隙流年，恍如一瞬星霜换。今宵誰念泣孤臣，回首長安遠。可是塵緣未斷。謾惆悵、華胥夢短。滿懷幽恨，數點寒燈，幾聲歸雁。

沈際飛曰：「材甫目靖康之難[二]，前段追憶徽廟，後直指目前，哀樂各至。」

按，材甫爲南渡遺老，有《蓮社詞》一卷。詞多變徵，此首尤清壯。

【校記】

［一］ 詞題，《蓮社詞》作「上元有懷」。

［二］ 此句，《草堂詩餘》沈評原文作「材甫親目靖康之變」。

塞垣春

秋怨[一]

周美成

暮色分平野。傍葦岸、征帆卸。煙村[二]極浦，樹藏孤館，秋景如畫。漸別離氣味難禁也。更物象、供瀟灑。念多才、渾衰減，一懷幽恨難寫。　追念綺窻人，天然自、風韻嫻雅[三]。竟夕起相思，謾嗟怨遥夜。又還將、兩袖珠淚，沉吟向、寂莫[四]寒燈下。玉骨爲多感，瘦來無一把。

沈際飛曰：「將『珠淚沈吟』，傷矣。『沈吟向寒燈』，傷如之何？」比耶？興耶？情文相生，音節俱極清雋。

【校記】

［一］ 詞題，《片玉集》無。

［二］「煙村」，《片玉集》作「煙深」。

［三］「嫺雅」，《草堂詩餘》沈評本作「閒雅」。

［四］「寂莫」，《片玉集》作「寂寥」。

倦尋芳

春景［一］　王元澤

露晞向曉［二］，簾幙風輕，小院閑晝。翠逕鶯來，驚下亂紅鋪繡。倚危樓［三］，登高榭，海棠着雨［四］胭脂透。算韶華，又因循過了，清明時候。　倦遊燕、風光滿目，好景良辰，誰共携手。恨被榆錢，買斷兩眉長皺［五］。憶得［六］高陽，人散後。落花流水仍依舊。這情懷，對東風、盡成消瘦。

沈際飛曰：「『榆錢』二［七］句，可謂費力，史邦卿『做冷欺花，將煙困柳』，殆尤甚焉。然俱險麗出俗。或議元澤不能作小詞，援筆爲之，居然名流。後絶不作。」

【眉評】直用子京句，差一「着」字。［八］

【校記】

[一] 調名，《樂府雅詞》作「倦尋芳慢」。詞題，《樂府雅詞》無。

[二] 「向曉」，《樂府雅詞》作「向晚」。

[三] 「危樓」，《樂府雅詞》作「危墻」，《草堂詩餘》沈評本作「危欄」。

[四] 「着雨」，《樂府雅詞》作「經雨」。

[五] 「長皺」，《樂府雅詞》、《草堂詩餘》沈評本作「長鬭」。

[六] 「憶得」，《樂府雅詞》作「憶」。

[七] 「二」，《草堂詩餘》沈評原文作「兩」。

[八] 眉評，《蓼園詞選》無。

黃鶯兒

詠鶯[一]　柳耆卿

林園[二]晴晝春誰主。暖律潛催，幽谷暄和，黃鸝翩翩，乍遷芳樹。觀露濕縷金衣，葉映[三]如簧語。曉來枝上綿蠻，似把芳心、深意低訴。

無據。乍出暖煙來，又趁遊蜂去。恣狂踪跡，兩兩相呼，終朝霧吟風舞。當上苑柳濃[四]時，別館花深處，此際燕[五]偏饒，都把韶光與。

翩翩公子，席寵承恩，豈海島孤寒能與伊争韶華哉？語意隱有所指，而詞旨穎發，秀氣獨饒，自然清雋。

【校記】

[一] 詞題，《樂章集》無。

[二] 「林園」，《樂章集》、《草堂詩餘》沈評本作「園林」。

[三] 「葉映」，《樂章集》作「葉隱」。

[四] 「柳濃」，《樂章集》作「柳穠」。

[五] 「此際燕」，《樂章集》、《草堂詩餘》沈評本作「此際海燕」。

漢宮春

詠梅

晁叔用[一]　晁冲之，字叔用，一字川道，鉅野人，有《具茨集》

瀟洒江梅。向竹梢深處[二]，橫兩三枝。東君也不愛惜，雪壓風欺。無情燕子，怕春寒、輕失佳期[三]。惟是有、南來歸鴈[四]，年年長見開時。　清淺小溪如練，問玉堂何似，茅舍疎籬。傷心故人去後，冷落新詩。微雲淡月，對孤芳、分付他誰[五]。空自倚，清香未減，風流不在人知。

借梅寫照，丰神蘊藉。

苕溪漁隱云：「此詞用玉堂事，乃引用薛維翰『白玉堂前一樹梅』詩事。」 又云：「曾端伯編《樂府雅詞》，以此詞爲李漢老作，非也，乃晁叔用也[六]。」 按，《詞綜》載此詞，王仲言云：「漢老少日，作《漢宮春》詞，膾炙人口，所謂『問玉堂何似，茅屋疎籬』是也。政和間，自王省丁憂歸山東，舉國無與談者。方悵悵無計，時王黼爲首相，忽遣人招至，東閣開宴，出家姬唱是詞侑觴。數日，遂有館閣之命。」此詞爲當時推重若此。按其風骨應爲李漢老作，恐非叔用所辨，苕溪説恐誤也。

【眉評】燕子喜紅香緑壽，乘暖而來。雁則風雪不違，謂之信鳥，故得見。[七]

【校記】

[一] 此詞別作李邴詞，見《梅苑》。

[二] 「深處」，《苕溪漁隱叢話》、《草堂詩餘》沈評本作「疎處」。

[三] 「佳期」，《草堂詩餘》沈評本作「花期」。

[四] 「歸鴈」，《草堂詩餘》沈評本作「塞鴈」。

[五] 「他誰」，《草堂詩餘》沈評本「伊誰」。

[六] 「也」，《蓼園詞選》無。

[七] 眉評,《蓼園詞選》無。

八聲甘州

送參寥子[一]　蘇東坡

有情風萬里捲潮來,無情送潮歸。問錢塘江上,西河[二]浦口,幾度斜暉。不用思量今古,俯仰昔人非。誰似東坡老,白首忘機。記取西湖西畔,正暮山[三]好處,空翠烟霏。筭詩人相得,如我與君稀。約他年、東還海道,願謝公、雅志莫相違。西州路,不應回首,爲我沾衣。

此詞不過歎其久于杭州,未蒙内召耳。次闋見人地相得,便欲訂終焉之意。未免有激之言,然語意自爾豪宕。

苕溪漁隱云:「《晉書》:謝安雖受朝寄,然東山之志,始末不渝。鎮新城,造浮海之裝,欲須經畧粗定,自海道還東。雅志未就,尋薨。羊曇爲安所愛重,安薨後,輟樂彌年,行不由西州路。嘗因大醉,不覺至州門。左右白曰:『此西州門也。』曇悲感,以馬策扣扉,誦曹子建詩曰:『生存華屋處,零落歸山邱。』慟哭而去。東坡用此故事。若世俗之論,必以爲成讖矣。然其詞石刻後,東坡題云元祐六年三月六日。余以《東坡年譜》考之，元祐四年知杭州，六年召爲翰林學士承旨，則此詞蓋此時作也。自後復守潁徙揚，入長禮曹，出帥定武，至紹聖元年方南遷嶺表，建中靖國元年北歸，至常乃薨，凡十一載。則世俗成讖之論，果足信耶？」

【眉評】沈曰：「伸紙書去，亭亭無染，青蓮出池。」[四]

【校記】

[一] 詞題，《東坡樂府》作「寄參寥子」。

[二] 「西河」，《東坡樂府》、《草堂詩餘》沈評本作「西興」。

[三] 「暮山」，《東坡樂府》作「春山」。

[四] 眉評，《蓼園詞選》無。

夏初臨

夏景　　劉巨濟涇

泛水新荷，舞風輕燕，園林[一]夏日初長。庭樹陰濃，雛鶯學弄新簧。小橋飛蓋入橫塘。跨青蘋、綠藻幽香。朱欄斜倚，霜紈未搖，衣袂先涼。

歌歡[二]稀遇，怨別多同，路

遥水遠，煙淡梅黄。輕衫短帽，相攜洞府流觴。況有紅粧。醉歸來、寶蠟成行。拂牙床。紗廚半開，月在回廊。

按，巨濟舉進士，官職方郎中。元□□[三]，中外無事，詞亦從容和雅。但次闋起語及「路遥水遠」，似指當時黨禍被謫諸賢紛紛遠别，惟借洞府紅粧，聊以自遣而已。前《清平樂》一詞[四]，《詞綜》載以爲巨濟作。合前詞觀之，益可以思此詞之用意。

【校記】

[一]「園林」，《蓼園詞選》作「林園」。

[二]「歌歡」，《草堂詩餘》沈評本作「歡歌」。

[三] 缺字，《蓼園詞選》作「祐間」。

[四] 指前録晁次膺《清平樂》「深沉院宇」詞。

慶清朝慢

春遊踏青[一]　王通叟觀

調雨爲酥，催冰做水，東風[二]分付春還。何人便將輕暖，點破殘寒。結伴踏青去好，平頭鞋子小雙鸞。煙柳[三]外，望中秀色，如有無間。　晴則个，陰則个，餖飣得天氣，有許多般。須教撩花[四]撥柳，争要先看。不道吴綾繡襪，香泥斜沁幾行斑。東風巧，盡收翠緑，吹在眉山。

許蒿廬曰：「昌黎詩：『肴核紛飣餖。』如世攢盤攢盒是也。此借以爲閗凑之義。」《玉林詞話》云：「風流楚楚，詞林中之佳公子也。世謂柳耆卿工爲浮豔之詞，方之此作，蔑矣。集名《冠柳》，豈偶然哉？春遊踏青一詞，又不獨冠柳詞之上者也。」按，通叟官翰林學士，賦應制詞，宣仁太后以其近褻，謫之。此詞係最著名之作，黄叔暘亟称賞之。然摠未免纖巧少真意，第語多清雋耳。

【眉評】巧語。　沈云：「是踏青。」[五]

【校記】

[一]　詞題，《唐宋諸賢絶妙詞選》、《草堂詩餘》沈評本作「踏青」。

[二]　「東風」，《唐宋諸賢絶妙詞選》、《草堂詩餘》沈評本作「東君」。

[三]　「煙柳」，《唐宋諸賢絶妙詞選》、《草堂詩餘》沈評本作「煙郊」。

[四]　「撩花」，《唐宋諸賢絶妙詞選》、《草堂詩餘》沈評本作「鏤花」。

[五]　眉評，《蓼園詞選》無。

雙雙燕

詠燕　史邦卿

過春社了,度簾幕中間,去年塵冷。差池欲住,試入舊巢相並。還相雕梁藻井。又軟語、商良[一]不定。飄然快拂花梢,翠尾分開紅影。　芳徑。芹泥雨潤。愛貼地爭飛,競誇輕俊。紅樓歸晚,看足柳昏花暝。應自棲香正穩。便忘了、天涯芳信。愁損翠黛雙蛾,日日畫闌獨凭。

「藻井」,俗稱天花板也。

《玉林詞話》云:「姜堯章極称賞『柳昏花暝』之句,形容雙燕,亦曲盡其妙矣。」

許蒿廬曰:「清新俊逸,兼有之矣。」又曰:「『便忘了、天涯芳信。』傳書燕,見《開元天寶遺事》,太白詩已用之。」

按,「栖香正穩」以下至末,似有所指,或于朋友間有不能踐言者乎?借燕以見意,亦未可定。而詞旨倩麗,句句慰貼,匠心獨造,不愧清新之目。

【眉評】沈曰:「『欲』字、『試』字、『還』字、『又』字入妙。『還相』,『相』字是星相之『相』。」[二]

【校記】

［一］「商良」，《梅溪詞》、《蓼園詞選》作「商量」。

［二］眉評，《蓼園詞選》無。

孤鸞

早梅

朱希真敦儒［一］

天然標格。是小萼堆紅，芳姿［二］凝白。淡竚新粧，淺點壽陽宮額。東君想留厚意，倩年年、與傳消息。昨夜前村雪裏，有一枝先拆。　　念故人、何處水雲隔。縱驛使相逢，難寄春色。試問丹青手，是怎生描得。曉來一番雨過，更那堪、數聲羌笛。歸去和羹未晚，勸行人休摘。

按，汪叔耕曰：「希真詞多塵外之想。雖雜以微塵，而其情氣自不可没。」黄叔暘曰：「希真東都名士，詞章擅名，天資曠遠，有神仙風致。觀此詞後闋，幽思綿渺，一往而深，無一習見語擾其筆端，清雋處可奪梅魂矣。」

【眉批】沈曰：「佳處在句句早梅。」［三］

【校記】

［一］此詞作者或佚名，見舊本《草堂詩餘》。

［二］「芳姿」，《蓼園詞選》作「妝姿」。

［三］眉批，《蓼園詞選》無。「句句早梅」，《草堂詩餘》沈評原文作「筆筆蚤梅」。

瑣窗寒

寒食

周美成

暗柳啼鴉，單衣竚立，小簾朱户。桐花［二］半畝，静鎖一庭愁雨。灑空堦、更闌未休，故人剪燭西窗語。似楚江暝宿，風燈零亂，少年羇旅。　遲暮。嬉遊處。正店舍無煙，禁城百五。旗亭喚酒，付與高陽儔侣。想東園、桃李自春，小唇秀靨今在否。到歸時、定有殘英，待客携樽俎。

李賀詩：「穠眉籠小唇。」又：「晚奩粧秀靨。」

前闋寫宦況凄清。次闋起處，點清寒食，以下引到思家情懷，風情旖旎可想。

【眉評】沈云：「『桐花』二句，雯然有聲。」「桃李」寫到「小唇秀靨」，芳自怡人。［二］

【校記】

［一］「桐花」，汲古閣本《片玉詞》作「桐陰」。

［二］眉評，《蓼園詞選》無。「『桐花』二句」，《草堂詩餘》沈評原文無。

玉蝴蝶

秋思［一］　　高賓王

喚起一襟涼思，未成晚雨，先做秋陰。楚客悲殘，誰解此意登臨。古臺荒、斷霞斜照，新夢黯、微月疎砧。總難禁。盡將幽恨，分付孤斟。　從今。倦看青鏡，既遲勳業，可負煙林。斷梗無憑，歲華摇落又驚心。想蓴汀、水雲愁凝，閑蕙帳、猿鶴悲唫。信沉沉。故園歸計，休更侵尋。

總是寫宦境蕭條，因而思家之意。「閑蕙帳、猿鶴悲吟」，是用《北山移文》中語。通首清俊。

【眉評】沈曰：「『喚起』二字無端正妙。」　沈曰：「『古臺新夢』句中有［二］畫意。」［三］

【校記】

［一］詞題，《竹屋癡語》無。

［二］「中有」,《草堂詩餘》沈評原文無。
［三］眉評,《蓼園詞選》無。

渡江雲

春景［一］　周美成

晴嵐低楚甸,暖回雁翼,陣勢起平沙。驟驚春在眼,借問何時,委曲到山家。塗香暈色,盛粉飾、争作妍華。千萬絲、陌頭楊柳,漸漸可藏鴉。　堪嗟。清江東注,畫舸西流,指長安日下。愁宴闌、風翻旗尾,潮濺烏紗。今朝［二］正對初弦月,傍水驛、深艤蒹葭。沉恨處,時時自剔燈花。前人詩:「可憐委曲來山舍。」

想是由待制出守時水程艤舟時作也。「雁起平沙」,是舟中所見。「借問」句,是因目中而想到家中之春耳。「塗香」句至「藏鴉」,是心中摹想春到家園光景如此。次闋起處,寫身在舟中、心懷魏闕之意。「宴闌」句,是寫被黜之故。「今朝」二句,點明其時其地。收處含蓄不露。

【眉評】沈曰:「『委屈』、『漸漸』四字内,意景只管生出來。」　按,「楊柳藏鴉」、「潮濺烏紗」,情景俱融。［三］

【校記】

［一］詞題，《片玉集》無。

［二］「今朝」，《片玉集》作「今宵」。

［三］眉評，《蓼園詞選》無。

絳都春

上元　　丁仙現

融和又報。乍瑞靄霽色，皇州春早。翠幰競飛，玉勒争馳都門道。鼇山綵結蓬萊島。向晚色、雙龍銜照。絳綃樓上，彤芝蓋底，仰瞻天表。縹緲。風傳帝樂，慶三殿共賞，羣仙同到。迤邐御香，飄滿人間聞嬉笑。須臾一點星毬小。漸隱隱、鳴梢聲杳。遊人月下歸來，洞天未曉。

寫都城宫禁元夕放燈光景，麗而不泛，穠而不俗，合作也。

【眉評】沈云：「秀句難得。」［一］

【校記】

[一]　眉評,《蓼園詞選》無。

念奴嬌 一名酬江月[一],一名赤壁詞,一名大江東去,一名百子令[二]

春情[三]　李易安

蕭條庭院,有斜風[四]細雨,重門須閉。寵柳嬌花寒食近,種種惱人天氣。險韻詩成,扶頭酒醒,别是閑風味。征鴻過盡,萬千心事難寄。　樓上幾日春寒,簾垂四面,玉欄[五]慵倚。被冷香銷新夢覺,不許愁人不起。清露晨流,新桐初引,多少遊春意。日高煙斂,更看今日晴未。

花庵詞客云:「前輩嘗稱易安『緑肥紅瘦』爲佳句,余亦謂此篇『寵柳嬌花』之語,亦甚奇俊,前此未有道之者。」

只寫心緒落漠,遇寒食更難遣耳。陡然而起,便爾深邃。至前闋云「重門須閉」,次闋云「不許不起」,一開一合,情各戛戛生新。起處雨,結句晴,局法渾成。

【眉評】寒食惱人,偏寫得如許濃至,奇想也。　沈曰:「真聲也,不效顰于漢魏,不學步于盛唐,

感情〔六〕而發，自然成音〔七〕。」〔八〕

【校記】

〔一〕「酬江月」，《蓼園詞選》作「酹江月」。

〔二〕「百子令」，《蓼園詞選》無。按，當作「百字令」。

〔三〕調名，《漱玉詞》作「壺中天慢」。詞題，《漱玉詞》無。

〔四〕「有斜風」，《漱玉詞》、《草堂詩餘》沈評本作「又斜風」。

〔五〕「玉欄」，《漱玉詞》、《草堂詩餘》沈評本作「玉欄干」。

〔六〕「感情」，《草堂詩餘》沈評原文作「應情」。

〔七〕「自然成音」，《草堂詩餘》沈評原文作「能通于人」。

〔八〕眉評，《蓼園詞選》無。

念奴嬌

春怨　　沈公述

杏花過雨，漸殘紅零落，胭脂顏色。流水飄香人漸遠，難託春心脉脉。恨别王孫，墻陰目斷，手把青梅摘。金鞍何處，緑楊依舊南陌。消散雲雨須臾，多情因甚，有輕離輕拆[二]。燕語千般爭解説，些子伊家消息。厚約深盟，除非重見，見了方端的。而今無奈，寸腸千恨堆積。

憶別情懷，寫得婉婉曲曲。前闋順叙，後闋愈轉愈深，意致纏綿，迷離惝恍，非止一日九迴腸矣。饒有敦厚之致，夫婦君臣間俱有此真境。

【眉批】沈曰：「既『多情』又『輕離拆』，『因甚』字妙。」　沈曰：「深體味。」[二]

【校記】

[一]　「輕拆」，《蓼園詞選》作「輕折」。

[二]　眉評，《蓼園詞選》無。書眉有批語：「我亦不解。」

念奴嬌

中秋[一]　　葉少蘊夢得

洞庭波冷，望冰輪初轉，滄海沉沉。萬頃孤光雲陣卷，長笛吹破層陰。洶湧三江，銀濤無際，遥帶五湖深。酒闌歌罷，至今鼉怒龍吟。回首江海平生，漂流容易散，佳會[二]難尋。縹緲高城風露爽，獨倚危檻重臨。醉倒清樽，嫦娥應笑，猶有向來心。廣寒宮殿，爲余聊借瓊林。

閱子東[三]稱葉公妙齡，詞甚婉麗。晚歲落其華而實之，能於簡淡時出雄傑，合處不減東坡。按，少藴，紹聖四年進士，官翰林學士，兼侍讀，户部尚書，以崇信軍節度致仕。此詞想爲致仕後作也，不過借月寫懷耳。前闋寫其在京時啓沃之意，如長笛之破層陰。「洶湧」五句，寫其披肝瀝膽耳。下闋寫其分散後，無復從前光景矣，然猶心不忘君，想嫦娥應知此心也。所謂時出雄傑者與？

【眉評】首闋言前此洞庭望月之豪興。次闋言離之已久，今重臨玩，月人已非舊，嫦娥應笑此心如故也。自嘲自笑，意含言外。[四]

【校記】

［一］詞題，《石林詞》作「中秋宴客，有懷壬午歲吴江長橋」。

［二］「佳會」，《石林詞》作「佳期」。

［三］「子東」，《蓼園詞選》作「于東」。

［四］眉評，《蓼園詞選》無。

念奴嬌

詠月[一]

李漢老邴

素光練靜,映秋山隱隱,修眉横緑。鳷鵲樓高天似水,碧瓦寒生銀粟。萬丈[二]斜暉,奔雲湧霧,飛過盧仝屋。更無塵氣,滿庭風碎梧竹。　誰念鶴髮仙翁,當年曾共賞,紫巖飛瀑。對影三人聊痛飲,一洗離愁千斛。斗轉參横,翩然歸去,萬里騎黄鵠。滿天[三]霜曉,叫雲吹斷横玉。

苕溪漁隱云:「李漢老此詞,有『滿天霜曉,叫雲吹斷横玉』之句,乃用崔魯華清宮詩:『銀河漾漾月輝輝。樓碍天邊織女機。横玉叫雲清似水,滿空霜逐一聲飛。』或云『叫雲』乃笛名,非也。」

後闋以仙翁自比,言今日誰念我從前有人共樂,而此時孤獨,惟與月對影而三,能不痛飲以洗離愁乎?飲至夜將闌而神魂飄越,翩然歸去,如仙人之騎黄鵠而吹笛也。想亦思其故鄉之作。氣體清高,詞旨又極伉爽。

【眉評】起五句是月初上萬丈,以下五句是寫月已週天。[四]

【校記】

［一］　此詞《樂府雅詞》作徐俯詞，字句間有不同，逐録於此：「素光練静，照青山隱隱，修眉横緑。鳷鵲樓高天似水，碧瓦寒生銀粟。萬丈輝光，奔雲湧霧，飛過盧鴻屋。更無塵翳，皓然冷浸梧竹。　因念鶴髮仙翁，當時曾共賞，紫岩飛瀑。對影三人聊痛飲，一洗閑愁千斛。斗轉參移，翻然歸去，萬里騎黄鵠。一川霜曉，叫雲吹斷横玉。」胡仔《苕溪漁隱叢話》云：「曾端伯慥編《樂府雅詞》，以秋月詞《念奴嬌》爲徐師川作，梅詞《點絳唇》爲洪覺範作，皆誤也。」

［二］　「萬丈」，《苕溪漁隱叢話》作「千丈」。

［三］　「滿天」，《苕溪漁隱叢話》作「滿川」。

［四］　眉評，《蓼園詞選》無。

念奴嬌

詠月

姚孝寧

素娥睡起，駕冰輪碾破，一天秋緑。醉倚高樓風露下，凜凜寒生肌粟。横管孤吹，龍吟風勁，雪浪翻銀屋。壯遊回首，會稽何限脩竹。　今夜對月依然，樽前須快瀉，山頭鳴瀑。吸此清光傾肺腑，洗我明珠千斛。只恐蟬娟，明年依舊，衰鬢先成鵠。舉杯相勸，爲予且掛團玉。

按，此作乃和漢老作，而用其原韻耳。句句超雋，無一平熟語，自是俊才。「會稽修竹」句，不過言其陳迹耳。

【眉評】沈曰：「首句冠羣。」　沈曰：「放達汗漫，誦滿百遍可以上仙。」〔一〕

【校記】

〔一〕　眉評，《蓼園詞選》無。

念奴嬌

詠月　　韓子蒼駒

海天向晚，漸霞收餘綺，波澄微緑。木落山高真箇是，一雨秋容新沐。喚起姮娥，撩雲撥霧，駕此一輪玉。桂華踈淡，廣寒誰伴幽獨。　不見弄玉吹簫，樽前空對此，清光堪掬。霧鬢風鬟何處問，雲雨巫山六六。珠斗爛徧，銀河清淺，影轉西樓曲。此情誰會，倚風三弄横竹。

按，此詞總是憂君憂國之念，觸題而發耳。題是詠月，開首從秋字寫起，漸入到月。因就月説到姮娥之幽獨，即是蘇東坡「瓊樓玉宇，高處不勝寒」之意，借以比君勢之孤也。次闋是[一]就望月之人獨立無偶，以見己之獨立少同心也。結處「此情誰會」，不過嘆想得同志之人耳。比興深切，含而不露，斯爲情景交融者。凡寫景而不寓情則意盡言中，便少佳致。

【眉評】起五句是秋，「喚起」五句是月。次闋寫望月之人之心事。

【校記】

［一］「次闋是」，《蓼園詞選》作「次闋」。

念奴嬌

赤壁懷古

蘇子瞻

大江東去，浪淘盡、千古風流人物。故壘西邊，人道是、三國周郎赤壁。亂石穿空[一]，驚濤拍岸[二]，捲起千堆雪。江山如畫，一時多少豪傑。遥想公瑾當年，小喬初嫁了，雄姿英發。羽扇綸巾，談笑間、檣艣[三]灰飛煙滅。故國神遊，多情應笑我，早生華髮。人生[四]如夢，一樽還酹江月。

題是懷古，意是謂自己消磨壯心殆盡也。開口「大江東去」二句，歎浪淘人物，是自己與周郎俱在内也。「故壘」句至次闋「灰飛煙滅」句，俱就赤壁寫周郎之事。「故國」三句，是就周郎拍到自己。「人生似夢」二句，總結以應起二句。總而言之，題是赤壁，心實爲己而發。周郎是賓，自己是主。借賓定主，寓主于賓。是主是賓，離奇变幻。細思方得其主意處，不可但誦其詞而不知其命意所在也。

【眉評】起二句人已俱包在内。「故壘」至「灰飛煙滅」句俱説周郎事。「故國」三句從周郎引到自己上。末二句總結。[五]

【校記】

[一]「穿空」，《東坡樂府》作「崩雲」。

[二]「拍岸」，《東坡樂府》作「裂岸」。

[三]「檣艣」，《東坡樂府》作「强虜」。

[四]「人生」，《東坡樂府》作「人間」。

[五]眉評，《蓼園詞選》無。

念奴嬌

洞庭[一]　　張于湖

洞庭青草，近中秋、更無一點風色。玉界[二]瓊田三萬頃，著我扁舟一葉。素月分輝，銀河[三]共影，表裏俱澄徹。怡然[四]心會，妙處難與君説。　應念嶺海經年，孤光自照，肝肺[五]皆冰雪。短髮蕭騷襟袖冷，穩泛滄浪[六]空闊。盡挹[七]西江，細傾[八]北斗，萬象爲賓客。扣舷一笑[九]，不知今夕何夕。

此詞開首，從寫景不能繪情，必少佳致。此題咏洞庭，若只就洞庭落想，縱寫得壯觀，亦覺寡味。此詞開首，從「洞庭」説至「玉界瓊田三萬頃」，題已説完，即引入「扁舟一葉」。以下從舟中人心跡與湖光映帶寫，隱現離合，不可端倪，鏡花水月，是二是一。自爾神采高騫，興會洋溢。

【校記】

[一]　詞題，《于湖居士長短句》作「過洞庭」。

[二]　「玉界」，《于湖居士文集》作「玉鑒」。

[三]　「銀河」，《于湖居士文集》作「明河」。

[四]「怡然」,《于湖居士長短句》、《蓼園詞選》作「悠然」。
[五]「肝肺」,《絶妙好詞》、《蓼園詞選》作「肝膽」。
[六]「滄溟」,《于湖居士長短句》、《蓼園詞選》作「滄浪」。
[七]「盡挹」,《于湖居士長短句》作「盡吸」。
[八]「細傾」,《于湖居士長短句》作「細斟」。
[九]「一笑」,《于湖居士長短句》作「獨嘯」。

念奴嬌

風情[一] 朱希真敦儒

别離情緒,奈一番好景,一番愁慼。燕語鶯啼人乍遠,還是他鄉寒食。桃李無言,不堪攀折,總是風流客。東君也自,怪人泠淡[二]蹤跡。花豔草草春工,酒隨花意薄,疏狂何益。除却清風并皓月,脉脉此情誰識。料得文君,重簾不捲,只等[三]閑消息。不如歸去,受他真箇憐惜。

按,希真,洛陽人。以薦起,賜進士出身,爲秘書省正字,兼兵部郎官,遷兩浙東路提點刑獄。上書乞休，居嘉湖。詞品清超，此作尤爲峭拔。此必爲乞休後作。開首五句，言别京中友，途中冷淡清懷。「桃李」四句，不過言己心跡疎放冷淡。次闋起處，言所以疎放冷淡之故，總是酒與花意「薄」耳。「此情誰識」，見無人知此心者。末説「文君」，説「受他憐惜」，隱見妻能知愛惜我，而世少愛惜我者矣。妙在語意含蓄。

【夾評】「燕語」句：乞休而去也。「只等閑」句：言官況之薄耳。

【校記】

［一］詞題，《樵歌》無。夾評，《蓼園詞選》無。

［二］「泠淡」，《草堂詩餘》沈評本、《蓼園詞選》作「冷淡」。

［三］「只等」，《樵歌》作「且等」。

念奴嬌

送王長卿赴河間司録［一］　　趙承之鼎臣

舊遊何處，記金湯形勝，蓬瀛佳麗。緑水芙蓉，元帥與賓僚，風流濟濟。萬柳亭邊［二］，雅歌堂上，醉倒春風裏。十年一夢，覺來煙水千里。　惆悵送子重遊，南樓依舊否，朱欄誰倚。要識當時，惟是有明月，曾陪珠履[三]。量減盃中，雪添頭上，甚矣吾衰矣。酒徒相問，爲言憔悴如此。

按，承之，衛城人。元祐中進士，宣和中以右文殿修撰知鄧州，召爲大府卿，卒。此詞或係出爲鄧州後作。送王長卿，因有傷今追昔之感，尚属聚散常情。結處「甚矣吾衰」，似爲有激之言，或目擊靖康之難而有所激乎？

【校記】

[一] 詞題，《草堂詩餘》沈評本作「贈送」，小字注「王長卿赴河間司録」。

[二] 「亭邊」，《樂府雅詞》作「庭邊」。

[三] 「珠履」，《草堂詩餘》沈評本作「朱履」。

念奴嬌

梅花[一]　朱希真

見梅驚笑，問經年何處，收香藏白。似語如愁，却問我、何苦紅塵久客。觀裏栽桃，壇頭[二]種杏，到處成疎隔。千林無伴，淡然獨傲霜雪。且與管領春回，孤標争肯接，雄蜂雌蝶。豈是無情，知受了、多少淒涼風月。寄驛人遥，和羹心在，謾使[三]芳塵歇。東風寂寞，可人[四]誰爲攀折。

希真急流勇退，人品自爾清高。觀「受了多少淒涼風月」句，或有不能見用，不得已而託于求退者乎？且讀至「和羹心在」，可以知其志矣。希真作梅詞最多，以其性之所近也。此作尤奇矯無匹。起處作問答語，便自超雋異常。次闋起處，亦自高雅。「豈是無情」一折，意更周密。結語黯然。

【眉評】沈曰：「問梅梅問，筆意雲垂海立。」　沈曰：「翛然[五]獨往，不與蜂蝶爲伍，君子哉！」[六]

【校記】

[一]　詞題，《樵歌》無。

[二]　「壇頭」，《樵歌》作「仙家」。

[三]　「謾使」，《樵歌》、《草堂詩餘》沈評本作「忍使」。

[四]　「可人」，《樵歌》作「可憐」。

[五]　「翛然」，《草堂詩餘》沈評原文作「淡然」。

[六]　眉評，《蓼園詞選》無。

念奴嬌

荷花　　僧仲殊僧揮

水楓葉下，乍湖光清淺，凉生商素。西帝宸遊羅翠蓋，擁出三千宮女。絳綵嬌春，鉛華掩晝，占斷鴛鴦浦。歌聲摇曳，浣紗人在何處。　別岸孤裊一枝，廣寒宮殿，冷落棲愁苦。雪豔冰肌羞淡泊，偷把胭脂勻注。媚臉籠霞，芳心泣露，不肯爲雲雨。金波影裏，爲誰長恁凝竚。

按，仲殊，安州進士，姓張氏，棄家爲僧，居杭州吴山寶月寺。想或有目擊時事，因有所激而逃于禪者乎？此詞前闋寫西湖荷花之盛，隱隱見繁華之俗于言外。次闋自寫其孤寒，隱隱有目擊心憂，物外閑觀，不能自已之意。「爲誰凝竚」，世之有心人别有懷抱，妙在語意含蓄不盡。

【眉評】前段寫荷花如許繁豔。次段寫荷花如許冷落孤高。「不肯爲雲雨」，此所以托於禪意也，其志可憫。　沈曰：「可曉此老根塵未净。」[一]

【校記】

［一］眉評，《蓼園詞選》無。末句，《草堂詩餘》沈評原文作「卻曉此老根塵未盡」。

桂枝香 一名踈簾淡月

秋旅[一]

張宗瑞 輯

梧桐雨細。漸滴作秋聲，被風驚碎。潤逼衣篝，線裊蕙鑪沉水。悠悠歲月天涯醉。一分秋、一分憔悴。紫簫吹斷[二]，素箋恨切，夜寒鴻起。又何苦、淒涼客裡。負草堂春緑，竹溪空翠。落葉西風，吹老幾番塵世。從前諳盡江湖味。聽商歌、歸興千里。露侵宿酒，踈簾淡月，照人無寐。

朱湛盧曰：「東澤得詩法于姜堯章，世謂謫仙復作，不知其又能詞也。東澤，輯集名。」英雄失路，歲月易徂，迴想故鄉，能無耿耿。

【眉評】幽細。　唐詩：「充爐沈水度衣篝。」沈水，香也。　沈云：「『落葉』二語，仙理禪宗。」[三]

【校記】

[一] 調名，《東澤綺語》作「踈簾淡月　寓桂枝香」。詞題，《東澤綺語》作「秋思」。

[二] 「吹斷」，《東澤綺語》、《草堂詩餘》沈評本作「吟斷」。

[三] 眉評，《蓼園詞選》無。

桂枝香

金陵懷古　王介甫

登臨送目。正故國晚秋，天氣初肅。瀟灑[一]澄江似練，翠峰如簇。征帆去棹斜陽[二]裡，背西風、酒旗斜矗。綵舟雲淡，星河鷺起，圖畫[三]難足。　念自昔、豪華競逐。恨門外[四]樓頭，悲恨相續。千古憑高，對此謾嗟榮辱。六朝舊事隨流水，但寒煙、衰草凝緑。至今商女，時時尚歌[五]，後庭遺曲。杜牧詩：「商女不知亡國恨，隔江猶唱後庭花。」

沈際飛曰：「竇鞏詩：『傷心欲問南朝事，惟見江流去不回。日暮東風春草緑，鷓鴣飛上越王臺。』『六朝』句從此化出[六]。」又曰：「此篇及東坡『明月幾時有』、『冰肌玉骨』二篇，又白石《暗香》云『舊時月色，筭幾番、照我梅邊吹笛』，《疎影》云『苔枝綴玉，有翠禽小[七]，枝上同宿』，皆清空中出意趣，無筆力者難爲。」

【眉評】沈云：「『矗』字妙。」　脱化前人詩句而自有機杼，幽思綿緲。[八]

【校記】

〔一〕「瀟灑」,《樂府雅詞》、《草堂詩餘》沈評本作「千里」。

〔二〕「斜陽」,《樂府雅詞》、《草堂詩餘》沈評本作「殘陽」。

〔三〕「圖畫」,《樂府雅詞》、《草堂詩餘》沈評本作「畫圖」。

〔四〕「恨門外」,《樂府雅詞》、《草堂詩餘》沈評本作「歎門外」。

〔五〕「尚歌」,《樂府雅詞》作「猶唱」。

〔六〕「從此化出」,《草堂詩餘》沈評原文作「化此」。

〔七〕「小」,《蓼園詞選》作「小小」。

〔八〕眉評,《蓼園詞選》無。

水龍吟

春日遊摩訶池〔一〕

陸務觀

摩訶池上追遊路,紅緑參差春晚。韶光妍媚,海棠如醉,桃花欲暖。挑菜初閑,禁煙將近,一城絲管。看金鞍争道,香車飛蓋,争先占、新亭館。　惆悵年華暗換。黯銷魂、雨收雲散。鏡奩掩月,釵梁拆鳳,秦筝斜鴈。〔二〕身在天涯,亂山孤壘,危樓飛觀。歎春來只有，楊花和恨，向東風滿。

放翁一生憂國之心，觸處流出，無非一腔忠愛。此詞辭雖含蓄，而意極沈痛。蓋南渡國步日蹙，而上下安于逸樂，所謂「一城絲管」争占亭館也。次闋自歎年華已晚，身安廢棄，流落天涯，不能爲力也。結句「恨向東風滿」，饒有沈雄鬱勃之致，躍躍紙上。

【眉評】沈云：「三句凄錦哀玉。」〔三〕

【校記】

〔一〕詞題，《放翁詞》同，《草堂詩餘》沈評本作「春遊　摩訶池」。

〔二〕「秦筝斜鴈」，《草堂詩餘》沈評本作「筝絃零鴈」。

〔三〕眉評，《蓼園詞選》無。

水龍吟

春恨　　陳同甫亮

鬧花深處層樓，畫簾半捲東風軟。春歸翠陌，平莎茸嫩，垂楊金淺。遲日催花，淡雲閣雨，輕寒輕暖。恨芳菲世界，遊人未賞，都付與、鶯和燕。　寂寞憑高念遠。向南樓、一聲歸雁。金釵鬭草，青絲勒馬，風流雲散。羅綬分香，翠綃封淚，幾多幽怨。正銷魂又是，踈煙淡月，子規聲斷。

按，同父，永康人。淳熙間詣闕上書，孝宗欲官之，亟渡江歸。至光宗策進士，擢第一。史稱其千言立就，氣邁才雄，推倒智勇[一]，開拓心胷。授僉書建康府判官廳事，未至官而卒。其策言恢復之事甚剴切，無如當事者志圖逸樂，狃于苟安，此「春恨」詞所以作也。「鬧花深處層樓」，見不事事也。「東風軟」，即東風不競之意也。「遲日」、「淡雲」、「輕寒輕暖」，一暴十寒之喻也。好「世界」不求賢共理，惟與小人遊玩如鶯燕也。「念遠」者，念中原也。「一聲歸雁」，謂邊信至，樂者自樂，憂者徒憂也。

【眉批】沈曰：「有能賞而不知者，有欲賞而不得者，有似賞而不真者。人不如鶯[二]，人不如燕也。」[三]

【校記】

[一]「智勇」，《蓼園詞選》作「智功」。

[二]「不如鶯」，《草堂詩餘》沈評原文作「不如鶯也」。

[三]眉評，《蓼園詞選》無。

水龍吟

為韓南澗壽〔一〕　辛幼安

渡江天馬南來，幾人真是經綸手。長安父老，新亭風景，可憐依舊。夷甫諸人，神州沉陸，幾曾回首。算平戎萬里，功名本是，真儒事、君知否。況有文章山斗。對桐陰、滿庭清晝。當年墮地，而今試看，風雲奔走。緑野風煙，平泉草木，東山歌酒。待他年整頓，乾坤事了，爲先生壽。韓元吉，字无咎，號南澗，許昌人，官吏部尚書。

考《晉史》：元帝渡江讖：「五馬渡江，一馬化爲龍。」新亭，周顗〔二〕事。桓温自江陵北伐，望中原歎曰：「神州陸沈，王夷甫諸人，不得不任其責。」唐柳渾議和戎事曰：「夷狄易以兵制，難以信結〔三〕。」德宗曰：「渾，儒生〔四〕，未達邊事。」夜半，邠寧奏吐番劫盟。代宗大驚，以表示渾曰：「卿，儒士，乃知軍戎萬里情乎？」韓愈言行文章，學者仰之，如太山北斗。裴度有緑野堂。李德裕有平泉，宴遊之地。謝安有東山之勝。

按，幼安助耿京起義，克復東平，由山東間道赴行在奏事。忠義之氣，根于肺腑。見南澗，而勸以功名，亦猶壽史致遠之意也。

《草堂詩餘》載：「《指迷》云：壽詞盡言富貴則塵俗，盡言功名則諛佞，盡言神仙則迂誕。言功名而慨歎爲之壽詞中，合踞上座。」此猶刻舟求劍之説也。幼安忠義之氣，由山東間道來歸[五]，見有同心者，即鼓其義勇。辭似頌美，實句句是規勸[六]，豈可以尋常壽詞例之？誦其詩，讀其書，不知其人，可乎？是以論其世。不能知人論世，又豈能以論文？

【校記】

[一] 詞題，《稼軒長短句》作「甲辰歲壽韓南澗尚書」，《草堂詩餘》沈評本作「慶壽　爲韓南澗」。

[二] 「周顗」，《蓼園詞選》誤作「周願」。

[三] 「難以信結」，《蓼園詞選》誤作「以信結」。

[四] 「儒生」，《蓼園詞選》誤作「生」。

[五] 「來歸」，《蓼園詞選》作「歸來」。

[六] 「規勸」，《蓼園詞選》作「規勵」。

水龍吟

詠笛[一]　　蘇東坡

楚山脩竹如雲，異材秀出千林表。龍鬚半翦，鳳膺微漲，玉肌勻繞。木落淮南，雨晴雲夢，月明風裊。自中郎不見，桓伊去後，知辜負、秋多少。　聞道嶺南太守，後堂深、緑珠嬌小。綺窻學弄，梁州初遍，霓裳未了。嚼徵含宫[二]，泛商流羽，一聲雲杪。爲使君洗盡，蠻風瘴雨，作霜天曉。石崇妾緑珠，善笛。

沈際飛曰：「笛制取良幹，首存一節，節間留纖枝，剪而束之。節以下，若膺處則微漲，而全體皆須白净。『龍鬚』三句，善狀。」又曰：「五十餘字，堪與馬賦並傳。修語清遠，馬似不逮。」又曰：「用許故事，不爲事用。」又曰：「結嶺南太守上，妙妙[三]。」沈際飛又曰：「考[四]嶺南太守閭邱公顯，致仕居姑蘇。東坡每過必留連，嘗言不遊虎邱，不謁閭邱，乃二欠事。一日，出其後房善吹笛者，名懿卿，佐酒，坡作此贈之。」

【眉評】「秋」字奇警。字字奇闢研鍊而出。　或云：贈趙晦之侍兒。[五]

【校記】

［一］詞題，《東坡樂府》作「贈趙晦之吹篴侍兒」。

［二］「含宫」，原作「合宫」，據《草堂詩餘》沈評本、《蓼園詞選》改。

［三］「妙妙」，《草堂詩餘》沈評原文作「妙」。

［四］「考」，《草堂詩餘》沈評原文作「按」。

［五］眉評，《蓼園詞選》無。

水龍吟

梨花　　周美成

素肌應怯餘寒，豔陽占盡［一］青蕪地。樊川照日，靈關遮路，殘紅斂避。傳火樓臺，妒花風雨，長門深閉。亞簾櫳半濕，一枝在手，偏勾引得［二］、黄昏淚。別有風前月底。布繁英、滿園歌吹。朱鉛退盡，潘妃却酒，昭君乍起。雪浪翻空，粉裳縞夜，不成春意。玉容［三］不見，瓊英謾好，與何人比。

按，寫梨花冷淡性情，曰「占盡青蕪」，曰「長門閉」，曰「引黄昏淚」，曰「不成春意」，爲梨花寫神矣，却移不到桃李梅杏上。

《三秦記》：武帝園，一名樊川，一名御宿，有大梨如五升。《尹喜傳》：老子渡關西遊，省太真王母，食紫梨。

唐詩：「夜來風雨送梨花。」白詩：「惟聽梨園歌吹發。」韓詩：「江陵城西二月尾，花不見桃惟見李。風揉白練雪羞比，波浪翻空香無已。」誠齋詩序：「桃李同時，而退之詩不見桃花，不可解。因晚登碧落堂，望隔江桃暗而李獨明，乃悟其妙，盖炫晝縞夜云。」薛瓊英以香屑雜食啖之，長而肌香，名曰香兒。

【眉評】沈曰：「『殘紅斂避』四字神動。」沈曰：「心力强入。」沈曰：「但擬得個白耳。」[四]

【校記】

[一]「占盡」，《片玉集》作「占立」。

[二]「勾引得」，《片玉集》作「勾引」。

[三]「玉容」，《片玉集》、《草堂詩餘》沈評本作「恨玉容」。

[四]眉評，《蓼園詞選》無。

水龍吟

楊花[一]

章質夫 楶

燕忙鶯懶芳殘[二]，正堤上、柳花飄墜。輕飛亂舞，點畫青林[三]，全無才思。閑趁遊絲，静臨深院，日長門閉。傍珠簾散漫，垂垂欲下，依前被、風扶起。　蘭帳玉人睡覺，恠春衣[四]、雪霑瓊綴。繡床漸滿[五]，香毬無數，纔圓却碎。時見蜂兒，仰粘輕粉，魚吞[六]池水。望章臺路杳，金鞍遊蕩，有盈盈淚。

質夫，浦城人。試禮部第一，以平夏州功，累擢樞密直學士，龍圖閣端明殿學士，拜同知樞密院事，卒贈右銀青光禄大夫，謚莊簡。

黄叔暘曰：「傍珠簾」數語，形容盡矣，體會入微。

韓詩：「楊花榆莢無才思。」　白詩：「香毬趁拍迴環匝。」　柳詩：「仰蜂粘落絮。」　羅鄴詩：「輕輕碎粉落無香。」

【眉評】沈曰：「『傍珠簾』數語，悉楊花意態，東坡所和雖高，各不相及。」又曰：「『風扶起』，又有云『費盡東風扶不起』，都欲活。」[七]

【校記】

［一］詞題,《唐宋諸賢絶妙詞選》作「柳花」。

［二］「芳殘」,《唐宋諸賢絶妙詞選》作「花殘」。

［三］「輕飛」二句,《唐宋諸賢絶妙詞選》作「輕飛點畫,青林誰道」。

［四］「春衣」,《蓼園詞選》誤作「春夜」。

［五］「漸滿」,《唐宋諸賢絶妙詞選》作「旋滿」。

［六］「魚吞」,《唐宋諸賢絶妙詞選》作「魚吹」。

［七］眉評,《蓼園詞選》無。

水龍吟

楊花［一］　蘇東坡

似花還似非花,也無人惜從教墮。抛家傍路,思量却似［二］,無情有思。縈損柔腸,困酣嬌眼,欲開還閉。夢隨風萬里,尋郎去處,又還被、鶯呼起。　不恨此花飛盡,恨西園、落紅難綴。曉來雨過,遺蹤何在,一池萍碎。春色三分,二分塵土,一分流水。細看來不是，楊花點點，是離人淚。

首四句是寫楊花形態。「縈損」以下六句是寫望楊花之人之情緒。二闋用議論，情景交融，筆墨入化，有神無迹矣。

《曲洧舊聞》云：「章質夫《水龍吟》詠楊花有其命意用事，清麗[三]可喜。東坡和之，若豪放不入律，目徐而視之，聲韻諧婉，更覺質夫詞有纖綉工夫。故晁叔用云：『東坡如毛嬙、西施，浄洗粉面，與天下婦人鬭好，質夫豈可比耶？』」 沈際飛曰：「使以將軍铁板來唱『大江東下[四]』，必至江波鼎沸。苟此詞[五]，更進柳妙處一塵矣。」又曰：「讀他文字，精靈尚在文字裡，而坡老只見精靈，不見文字。」

【眉評】沈曰：「想鋒没石。」 沈曰：「隨風萬里尋郎，悉楊花神魂。」 《神農本草經》曰：「柳花入水，經宿化浮萍。」[六]

【校記】

[一] 詞題，《東坡樂府》作「次韻章質夫楊花詞」。

[二] 「却似」，《東坡樂府》作「却是」。

[三] 「清麗」，原作「清洒」，據《曲洧舊聞》、《蓼園詞選》改。

[四] 「大江東下」，《草堂詩餘》沈評原文、《蓼園詞選》作「大江東去」。

［五］「苟此詞」，《草堂詩餘》沈評原文作「若此詞」。

［六］眉評，《蓼園詞選》無。

瑞鶴仙

春遊［一］　周美成

悄郊原帶郭。行路永，客去車塵漠漠。斜陽映山落。斂餘紅，猶戀孤城欄角。凌波步弱。過短亭、何用素約。有流鶯勸我，重解繡鞍，緩引春酌。　不記歸時早暮，上馬誰扶，醒眠朱閣。驚飈動幕。扶殘醉，遶紅藥。嘆西園，已是花深無地，東風何事又惡。任流光過却。猶喜洞天自樂。

按，此詞美成或在出守順昌後作乎？似有鬱鬱不得意，而託于遊，託于酒，以自排遣。醉中語，猶自繞藥欄而怨東風，所云「洞天自樂」，亦無聊之意也。細玩應自得其用意所在。

【眉評】斜陽無情亦自有情矣，妙。　沈曰：「流鶯相勸，目空海内人物。」　沈曰：「真醉人情事。」看「東風何事又惡」句，知遊而盡醉，或亦有激而然。［二］

【校記】

［一］詞題，《片玉集》無。

［二］眉評，《蓼園詞選》無。

拜星月慢

秋怨［一］　　周美成

夜色催更，清塵收露，小曲幽坊月暗。竹檻燈窻，識秋娘庭院。笑相遇，似覺瓊枝玉樹［二］，暖日明霞光爛。水眄［三］蘭情，總平生稀見。　畫圖中、舊識春風面。誰知道、自到瑤臺畔，眷戀雨潤雲温，苦驚風吹散。念荒寒［四］、寄宿無人館，重門閉［五］、敗壁秋蟲歎。怎奈向、一縷相思，隔溪山不斷。

古詩：「願一見顔色，不獨遇瓊枝［六］。」　韓琮集：「吴魚楚雁［七］無消息，水眄蘭情別來久。」

杜詩：「畫圖省識春風面。」《楚詞》：「望瑤臺之偃蹇兮，見有娀［八］之佚女。」

按，美成以内廷供奉，出守順昌，道中寂寞，旅况凄清，自所不免。而依依戀主之情，「隔溪山不斷」，饒有敦厚之致。「驚風吹散」句，怨自有所歸也，可以怨矣。

【眉評】沈曰：「蟲曰『歎』，妙。　客邸真可憐。」　沈曰：「一餉三生，一禮[九]萬端。工于迸淚。」[一〇]

【校記】

[一] 調名，《片玉集》作「拜星月」。詞題，《片玉集》作「秋思」。

[二] 「玉樹」，《片玉集》作「玉樹相倚」。

[三] 「水盼」，《片玉集》作「水眄」。

[四] 「荒寒」，《草堂詩餘》沈評本作「荒」。

[五] 「重門閉」，原作「重門」，據《片玉集》、《草堂詩餘》沈評本改。

[六] 「不獨遇瓊枝」，江淹《雜體詩三十首》其一作「不異瓊樹枝」。

[七] 「吳魚楚雁」，韓琮《春愁》作「吳魚嶺雁」。

[八] 「有娥」，《楚辭·離騷》作「有娀」。

[九] 「一禮」，《草堂詩餘》沈評原文作「一縷」。

[一〇] 眉評，《蓼園詞選》無。

石州慢

感舊[一]

張仲宗元幹

寒水依痕，春意漸回，沙際煙闊。溪梅晴照生香，冷蘂數枝争發。天涯舊恨，試看幾許消魂，長亭門外山重疊。不盡眼中青，怕黄昏[二]時節。　情切。畫樓深閉，想見東風，暗消肌雪。辜負枕前雲雨，樽前花月。心期切處，更有多少淒凉，殷勤留與歸時說。到得再相逢[三]，恰經年離别。

此亦天涯落漠，望遠思家之作耳。但題曰感舊，詞有「天涯舊恨」句，或亦思舊友而作也。仲宗于紹興中，坐送胡銓及李綱詞除名，是其憂國之心，不肯附秦檜之和議可知矣。際國事孔棘之時，因思同心之友，遠謫異域，此心之所以耿耿也。起首六語，是望[四]天意之回。寒枝競發，是望謫者復用也。「天涯舊恨」至「黄昏節」，是目望中原又恐不明也。想東風消雪，是遠念同心者，應亦瘦損也。負枕前雲雨，是借夫婦以喻朋友也。因送友而除名，不得已而託于思家，意亦苦矣。

【眉評】沈曰：「『留說經年』上語合下，開唐人絶句意。」又曰：「質語，提筆便難。」[五]

【校記】

[一] 詞題,《蘆川詞》無,《草堂詩餘》沈評本作「初春感舊」。

[二] 「怕黄昏」,《蘆川詞》作「是愁來」。

[三] 「再相逢」,《蘆川詞》作「却相逢」。

[四] 「望」,《蓼園詞選》作「空」。

[五] 眉評,《蓼園詞選》無。

南浦

旅況[一]　魯逸仲

風悲畫角,聽單于、三弄落譙門。投宿駸駸征騎,飛雪滿孤村。酒市漸閑燈火,正敲牕、亂葉舞紛紛。送數聲驚雁,乍離[二]煙水,嘹唳度寒雲。　好在半朧溪月,到如今、無處不銷魂。故國梅花歸夢,愁損緑羅裙。爲問暗香閑豔,也相思、萬點付啼痕。算翠屏應是,兩眉餘恨倚黄昏。翠屏,指眉山也。

逸仲,爵里時地俱未詳。細玩詞中語意,似亦經靖康亂後作也。第詞旨含蓄,耐人尋味。

【眉評】《妍美詞選》云：「類万俟雅言。」[三]

【校記】

[一] 詞題，《唐宋諸賢絶妙詞選》作「旅懷」。

[二] 「乍離」，《唐宋諸賢絶妙詞選》、《草堂詩餘》沈評本作「下離」。

[三] 眉評，《蓼園詞選》無。

氐州第一

秋思[一]　　周美成

波落寒汀，村渡向晚，遥看數點帆小。亂葉翻鴉，驚風破雁，天角孤雲縹緲。官柳蕭踈，甚上掛[二]、微微殘照。景物關情，川途換目，頓來催老。　漸解狂朋歡意少。奈猶被、思牽情繞。座上琴心，機中錦字，覺最縈懷抱。也知人、懸望久，薔薇謝、歸來一笑。欲夢高唐，未成眠、霜空已曉[三]。

詞旨凄清，情懷闇淡，其境地可于筆墨外思之。

【眉評】□與景會，但寫景而此公身世可知矣，故「催老」句可直接。　戀舊之情，眷眷于懷，而事

與願違，傷如之何。[四]

【校記】

[一]　詞題，《片玉集》無。

[二]　「上掛」，《片玉集》作「尚掛」。

[三]　「已曉」，《片玉集》作「又曉」。

[四]　眉評，《蓼園詞選》無。

宴清都

秋思[一]　周美成

□□[二]無鐘鼓。殘燈滅，夜長人倦難度。寒吹斷梗，風翻暗雨[三]，洒窗填户。賓鴻謾説傳書，算過盡、千儔萬侶。始信得、庾信愁多，江淹恨極須賦。凄凉病損文園，徽絃乍拂，音韻先苦。淮水[四]夜月，金城暮草，夢魂飛去。秋霜半入清鏡，嘆帶眼、都移舊處。更久長、不見文君，歸時認否。

按，西漢趙充國願至金城，上方略。金城，近西羌地。侯老彭[五]詩：「兩鬢秋霜一鏡中。」曰文園，曰文君，似爲旅宦思家之作。或别有所託，亦未可知。而詞旨自爾凄然欲絶。

【眉評】□□千儔□□上用箇簰字妙。[六]

【校記】

[一] 詞題，《片玉集》無。

[二] 闕字，《片玉集》、《蓼園詞選》作「地僻」。

[三] 「暗雨」，《片玉集》作「暗雪」。

[四] 「淮水」，《片玉集》作「淮山」。

[五] 侯老彭，當爲「侯彭老」。

[六] 眉評，《蓼園詞選》無。此條有闕字，據《草堂詩餘》沈評原文，全句當作：「沈曰：『千儔萬侣』上，用箇『簰』字妙。」

花犯

梅花　　周美成

粉墻低，梅花照眼，依然舊風味。露痕輕綴。疑净洗鉛華，無限佳麗[一]。去年勝賞曾孤倚。冰盤共宴喜[二]。更可惜、雪中高樹，香篝薰素被。　今年對花最匆匆[三]，相逢似有恨，依依愁悴。凝望[四]久，青苔上、旋看飛墜。相將見、脆圓[五]薦酒，人正在、空江煙浪裏。但夢想、一枝瀟洒，黄昏斜照水。

《玉林詞選》云：「此只詠梅花，而紆餘反覆，道盡三年間事。昔人謂好詩圓美流轉如彈丸，余於此詞亦云。」愚謂此爲梅詞第一。

總是見宦跡無常，情懷落漠耳。忽借梅花以寫，意超而思永。言梅猶是舊風情，而人則離合無常。去年與梅共安冷淡，今年梅正開而人欲遠别，梅似含愁悴之意而飛墜。梅子將圓，而人在空江中，時夢想梅影而已。

【眉評】入首籠通首意，情已黯然。　低徊婉轉，絶世丰神。[六]

【校記】

[一]「佳麗」，《草堂詩餘》沈評本作「清麗」。

[二]「共宴喜」，《片玉集》、《草堂詩餘》沈評本作「同宴喜」。

[三]「最匆匆」，《草堂詩餘》沈評本作「太匆匆」。

[四]「凝望」，《片玉集》作「吟望」。

[五]「脆圓」，《片玉集》作「脆丸」。

〔六〕 眉評，《蓼園詞選》無。

春雲怨

上巳

馮偉壽艾子

春風惡劣。把數枝香錦，和鶯吹折。雨重柳腰嬌困，燕子欲扶扶不得。軟日烘烟，乾風收霧，芍藥荼蘼弄顔色。簾幕輕陰，圖書清潤，日永篆香絶。　盈盈笑靨宮黄額。試紅鸞小扇，丁香雙結。團鳳眉心倩郎貼。教洗金罍，共看西堂，醉花新月。曲水成空，麗人何處，往事暮雲萬葉。

偉壽，號雲月、雙溪子。黄叔暘曰：「偉壽精于律吕，詞多自製腔。」

【眉評】花折柳困，風雨之催殘已甚，不過爲芍藥荼蘼粧點，春光如此，天心何爲耶？好在「簾幕」三句收得和平。　沈曰：「何事不有下梢，豈關風雨？結語嗚咽。」

大槩看來，前闋是比，次闋是賦。因有下闋之意，夫妻恩愛乖違，乃有前闋之比興，如《詩》詠「終風」也。然夫婦亦非正面，不過寄託而已。則下闋仍是比興也，須領會于語言之外。

綺羅香

春雨[一]　史邦卿達祖

做冷欺花，將烟困柳，千里偷催春暮。盡日冥迷，愁裏欲飛還住。驚粉重、蝶宿西園，喜泥潤、燕歸南浦。最妨他、佳約風流，鈿車不到杜陵路。　沈沈江上望極，還被春潮晚急[二]，難尋官渡。隱約遥峰，和淚謝娘眉嫵。臨斷岸、新緑生時，是落紅、帶愁流處。記當日、門掩梨花，剪燈深夜語。

玉林詞話云：「『臨斷岸』以下數語，姜堯章稱賞，謂梅溪之詞『蓋能融情景於一家，會句意于兩得』，其謂是歟？」

【眉評】筆筆清新刻露。　情景奏泊，指與物化，收筆亦跳脱不測。[三]

刻雨耶？怨雨耶？多少淑偶佳期盡爲所誤，而伊仍浸淫漸漬聯綿不已，小人情態如是。句句清雋可思。好在結二語，寫得幽閑貞静，自有身分，怨而不怒。

【校記】

［一］詞題，《梅溪詞》作「詠春雨」。

[二]「晚急」，原作「急」，《草堂詩餘》沈評本同。據《梅溪詞》、《蓼園詞選》改。

[三] 眉評，《蓼園詞選》無。

雨霖鈴[一]

秋別　　柳耆卿永

寒蟬凄切。對長亭晚，驟雨初歇。都門暢飲[二]無緒，方留戀[三]處，蘭舟催發。執手相看淚眼，竟無語凝咽[四]。念去去、千里煙波，暮靄沉沉楚天闊。　多情自古傷離別。更那堪、冷落清秋節。今宵酒醒何處，楊柳岸、曉風殘月。此去經年，應是良辰，好景虛設。便縱有、千種風情[五]，更與[六]何人說。

送別詞，清和朗暢，語不求奇，而意致綿密，自爾穩愜。

【校記】

[一] 調名，《草堂詩餘》沈評本作「雨零鈴」。

[二]「暢飲」，《樂章集》、《草堂詩餘》沈評本作「帳飲」。

[三]「方留戀」，《樂章集》作「留戀」。

〔四〕「凝咽」,《樂章集》作「凝噎」。
〔五〕「風情」,《草堂詩餘》沈評本作「風流」。
〔六〕「更與」,《草堂詩餘》沈評本作「待與」。

花心動

春景〔一〕　　阮逸女

仙苑春濃,小桃開、枝枝已堪攀折。乍雨乍晴,輕暖輕寒,漸近賞花時節。柳摇臺榭東風軟,簾櫳静、幽禽調舌。斷魂遠,閑尋翠徑,頓成愁結。　此恨無人共説。還立盡、黄昏寸心空切。强整繡衾,獨掩朱扉,簟枕爲誰鋪設。夜長宫漏〔二〕傳聲遠,紗窻映、銀缸明滅。夢回處、梅梢半籠淡月。

花庵詞客云:阮逸女工於文詞,惟此曲傳于世。

風流婉約,蔚然深秀。

【眉評】韶秀。　深穩。　含蓄。〔三〕

【校記】

［一］詞題，《唐宋諸賢絶妙詞選》作「春詞」。

［二］「宫漏」，《唐宋諸賢絶妙詞選》、《草堂詩餘》沈評本作「更漏」。

［三］眉評，《蓼園詞選》無。

瀟湘逢故人慢

初夏［一］　　王和甫

薰風微動，方榴花［二］弄色，萱草成窩。翠幃敞輕羅。試水簟初展，幾尺湘波。疎簷廣廈，稱瀟湘［三］、一枕南柯。引多少、夢魂歸緒，洞庭雨棹煙蓑。驚回處，閑晝永，更時時、燕雛鶯友相過。正緑影婆娑。况庭有幽花，池有新荷。青梅煮酒，幸隨分、嬴取［四］高歌。功名事、到頭終在，歲華忍負清和。

寫夏日清況，栩栩欲活，饒具深致，耐人玩味。

【校記】

［一］詞題，《樂府雅詞》無。

［二］「榴花」，《樂府雅詞》作「櫻桃」。

［三］「稱瀟湘」，《樂府雅詞》作「寄瀟洒」。

［四］「贏取」，《樂府雅詞》作「贏得」。

尉遲盃

離別［一］　周美成

隋堤路。漸日晚、密靄生深樹。陰陰淡月籠沙，還宿河橋深處。無情畫舸，都不管、煙波隔南浦。等行人、醉擁重衾，載將離恨歸去。　因念［二］舊客京華，長偎傍、疎林小檻歡聚。冶葉倡條俱相識，仍慣見、珠歌翠舞。如今向、漁村水驛，夜如歲、焚香獨自語。有何人、念我無憀，夢魂凝想鴛侶。

杜牧詩：「煙籠寒水月籠沙。」　唐鄭仲賢詩：「亭亭畫舸向寒潭，直到行人酒半酣。不管烟波與風雨，載將離恨過江南。」　李義山詩：「冶葉倡條偏相識。」

按，此詞應是美成由待制出知順昌，初出汴京時作。自汴水買船東下，因念京中舊友，故曰「想鴛侶」也。情辭自爾凄切。

【眉評】沈曰："「等到醉時，畫舸煞有情，而猶謂無情，情至矣哉[三]！」蘇詞「載一船離恨向西州」，秦詞「載取暮愁歸去」，又是一觸發。[四]

【校記】

[一] 詞題，《片玉集》無。

[二] 「因念」，《片玉集》作「因思」。

[三] 「情至矣哉」，《草堂詩餘》沈評原文作「情真哉」。

[四] 眉評，《蓼園詞選》無。

二郎神

春怨　懷去妾[一]　　徐幹臣

悶來彈鵲，又攪碎[二]、一簾花影。謾試着春衫，還思纖手，薰徹金猊[三]燼冷。動是愁端[四]如何向，更怪得[五]、新來多病。嗟舊日沈腰，而今潘鬢，怎堪[六]臨鏡。重省。別時淚漬[七]，羅襟[八]猶凝。料爲我厭厭，日高慵起，長託春酲未醒。雁足[九]不來，馬蹄難駐[一〇]，門掩[一一]一庭芳景。空佇立、盡日欄干倚遍，晝長人靜。

徐伸[一二]，字幹臣，三衢人。政和初，以知音律爲太常典樂。出知常州。有《青山樂府》一卷。黄叔暘云：「青山詞多雜調，惟《二郎神》一曲，天下称之。」按，沈際飛刻《草堂詩餘》本，題作「懷去妾」，幹臣以太常出知常州，託于去妾以自抒其悃乎？辭意婉曲深致，最耐諷詠。

【眉評】沈曰：「『悶』字意義深。鵲本喜聲，因其[一三]無憑，故悶而彈之。」自己凄惻，又代爲摹想，詞意愈曲愈遠。[一四]

【校記】

[一] 調名，《樂府雅詞》作「轉調二郎神」。詞題，《樂府雅詞》無。

[二] 「攪碎」，《樂府雅詞》作「攪破」。

[三] 「金猊」，《樂府雅詞》作「金爐」。

[四] 「愁端」，《樂府雅詞》作「愁多」。

[五] 「更怪得」，《樂府雅詞》作「但怪得」。

[六] 「怎堪」，《樂府雅詞》作「不堪」。

[七] 「淚漬」，《樂府雅詞》作「淚滴」。

[八] 「羅襟」，《樂府雅詞》作「羅衣」。

［九］「雁足」，《樂府雅詞》作「雁翼」。
［一〇］「難駐」，《樂府雅詞》作「輕駐」，《草堂詩餘》沈評本作「難去」。
［一一］「門掩」，《樂府雅詞》作「門閉」。
［一二］「徐仲」，《蓼園詞選》誤作「徐仲」。
［一三］「因其」，《草堂詩餘》沈評原文作「爲其」。
［一四］眉評，《蓼園詞選》無。

望遠行

冬雪［一］

柳耆卿

長空降瑞，寒風剪，淅淅瑤花初下。亂飄僧舍，密灑歌樓，迤邐漸迷鴛瓦。好是漁人，披得一蓑歸去，江上晚來堪畫。滿長安，高却旗亭酒價。　幽雅。乘興最宜訪戴，泛小棹，越溪瀟灑。皓鶴奪鮮，白鷴失素，千里廣鋪寒野。須信幽蘭歌斷，同雲［二］收盡，別有瑤臺瓊樹［三］。放一輪明月，交光清夜。

鄭谷詩：「江上晚來堪畫處，漁人披得一蓑歸。」又：「長安酒價高。」［四］越溪，剡溪也，戴安道所居。

寫雪，通首清雅不俗。第以用前人意思多，總覺少獨得之妙句耳。

【眉評】沈云：「興趣可攀香山、浪仙、滄浪諸子。」沈曰：「吞剥惠蓮《雪賦》[五]。」[六]

【校記】

[一] 詞題，《樂章集》無。

[二] 「同雲」，《樂章集》作「彤雲」。

[三] 「瓊樹」，《樂章集》作「瓊榭」。

[四] 「長安酒價高」，鄭谷《輦下冬暮詠懷》作「雪滿長安酒價高」。

[五] 「吞剥惠蓮《雪賦》」，《草堂詩餘》沈評原文作「吞剥惠蓮《雪賦》了」。

[六] 眉評，《蓼園詞選》無。

望梅

小春　柳耆卿[一]

小寒時節。正同雲暮慘，勁風朝冽[二]。信早梅、偏占陽和，向日處、凌晨數枝[三]先發。時有香來，望明豔、遥知[四]非雪。展礲金嫩蘂，弄粉素英，旖旎清徹。[五]　仙姿更誰並列。有幽光[六]照水，疎影籠月。且大家、留倚欄干，鬬醁醑飛看[七]，錦箋吟閲。桃李春花，料[八]比此、芬芳俱別。見和羹[九]大用，莫把[一〇]翠條謾折。

爲梅花寫照，筆墨玲瓏，有超超[一一]物外之致。

【眉評】沈曰：「『幽光』[一二]八字譜盡梅花。桃李，小人也；梅花[一三]，君子也。填詞即綺麗[一四]，而三百微婉之旨存焉。」[一五]

【校記】

[一] 此作佚名，見《梅苑》。

[二] 「朝冽」，《梅苑》作「朝烈」。

[三] 「日處凌晨數枝」，《梅苑》作「日暖臨溪一枝」。

[四] 「遥知」，《梅苑》作「瑶枝」。

[五] 「展礲金」三句，《梅苑》作：「想玲瓏嫩蕊，綽約横斜，旖旎清絶。」

[六] 「幽光」，《梅苑》作「幽香」。

[七] 「鬬醁醑飛看」，《梅苑》作「對緑醑飛觥」。

[八] 「春花料」，《梅苑》作「繁華奈」。

[九] 「見和羹」，《梅苑》作「等和羹」。

[一〇]「莫把」,《梅苑》作「休把」。
[一一]「超超」,《蓼園詞選》作「超然」。
[一二]「幽光」,《草堂詩餘》沈評原文無。
[一三]「梅花」,《草堂詩餘》沈評原文作「梅」。
[一四]「綺麗」,《蓼園詞選》作「綺靡」。
[一五]眉評,《蓼園詞選》無。

望湘人

春思　賀方回鑄

厭鶯聲到枕,花氣動簾,醉魂愁夢相半。被惜餘薰,帶驚剩眼。幾許傷春春晚。淚竹痕鮮,佩蘭香老,湘天濃暖。記小江、風月佳時,屢約非烟游伴。　須信鸞弦易斷。奈雲和再鼓,曲終人遠。認羅襪無蹤,舊處弄波清淺。青翰棹艤,白蘋洲畔。儘目臨皋飛觀。不解寄、一字相思,幸有歸來雙燕。

咸通中,臨淮武公業愛妾步非烟,善秦聲,好文章。

意致濃腴,得騷怨之遺韻。方回以孝惠皇后族孫,通判泗州,又倅太平州,退居吴下,自號慶湖居士。張文潛称其樂府絶妙一世，幽索如屈宋，悲壯如蘇李，斷推此種。

【眉評】沈曰：「鶯自聲而到枕，花何氣而動簾，可称葩藻。『厭』字嶙峋。」 又曰：「曲意不斷，折中有折。」 沈曰：「厭鶯而幸燕，文人無賴。」[一]

【校記】

[一] 眉評，《蓼園詞選》無。

夜飛鵲

離別[一]　　周美成

河橋送人處，凉夜[二]何其。斜月遠墮餘輝。銅盤燭淚已流盡，霏霏凉露霑衣。相將散離會處[三]，探風前津鼓，樹杪參旗。華騮[四]會意，縱揚鞭、亦自行遲。迢遞路回清野，人語漸無聞，空帶愁歸。何意重紅滿地，遺鈿不見，斜徑都迷。兔葵燕麥，向殘陽、影與人齊。但徘徊班草，唏噓酹酒，極望天西。

《天文志》：參旗，九星在參，一曰天旗。　劉禹錫《再遊玄[五]都觀》詩叙：「惟兔葵燕麥，動摇春風耳。」

一首送別詞耳，自將行至遠送，又自去後寫懷望之情，層次井井而意致綿密，詞采穠深，時出雄厚之句，耐人咀嚼。

【眉評】沈曰：「物猶如此[六]，人何以堪。」沈曰：「粧襯幽涼。」沈曰：「怎奈玉人不見何。」[七]

【校記】

[一] 詞題，《片玉集》作「別情」。

[二] 「涼夜」，《草堂詩餘》沈評本作「良夜」。

[三] 「離會處」，《片玉集》作「離會」。

[四] 「華騮」，《片玉集》作「花驄」。

[五] 「玄」，原作「元」，諱字逕改。

[六] 「物猶如此」，《蓼園詞選》作「物既如是」。

[七] 眉評，《蓼園詞選》無。

風流子 一名內家嬌

初春[一]　秦少游

東風吹碧草，年華換、行客老滄州。見梅吐舊英，柳搖新綠，惱人春色，還上枝頭。寸心亂，北隨雲黯黯，東逐水悠悠。斜日半山，暝煙兩岸，數聲橫笛，一葉扁舟。青門同携手。前歡記、渾似夢裡揚州。誰念斷腸南陌，回首西樓。算天長地久，有時有盡，奈何綿綿，此恨無休。擬待倩人説與，生怕伊愁[二]。

《長恨歌》：「天長地久有時盡，此恨綿綿無絶時[三]。」

此必少游被謫後，念京中舊友而作，託于懷所歡之辭也。情致濃深，聲調清越，回環雒誦，真能奕奕動人者矣。

【眉評】沈曰：「『怕伊愁』是以欲説還休也。曰『擬待』，情意委婉。[四]」[五]

【校記】

[一] 詞題，《淮海居士長短句》無。

[二] 「伊愁」，《淮海居士長短句》作「人愁」。

[三] 「無絶時」，白居易《長恨歌》作「無絶期」。

[四] 「曰『擬待』，情意委婉」，《草堂詩餘》沈評原文作「曰『擬待情人』，不婉」。

[五] 眉評，《蓼園詞選》無。

風流子

秋思[一]　張文潛耒

亭皋木葉下[二]，重陽近、又是搗衣秋。奈愁入庾腸，老侵潘鬢，謾簪黄菊，花也應羞。楚天晚，白蘋煙盡處，紅蓼水邊頭。芳草有情，夕陽無語，雁横南浦，人倚西樓。　玉容知安否，香牋共錦字，兩處悠悠。空恨碧雲離合，青鳥沉浮。向風前懊惱，芳心一點，寸眉兩葉，禁甚閑愁。情到不堪言處，分付東流。

庾信詩：「閉户欲斷愁，愁終不肯去。斂跡欲避愁，愁已知人處。」

文潛，淮陰人。第進士，歷官起居舍人，以直龍圖閣知潤州，坐黨籍謫官，晚監南嶽廟，主管崇福宫。建炎初，贈集英殿修撰。曰「楚天晚」，必其監南嶽時作也。所云「玉容知安否」，憂主之心也。曰「分付東流」，愁豈隨流而去乎？亦與流俱長而已。

【眉評】沈曰：「鋪景朗倩。」　沈曰：「不禁愁，可知愁多。反言乃透。」又曰：「分付東流，情蕩而無極矣。」[三]

【校記】

［一］詞題，《樂府雅詞》無。

［二］「亭皐木葉下」，《樂府雅詞》作「木葉亭皐下」。

［三］眉評，《蓼園詞選》無。

風流子

秋怨［一］

周美成

楓林凋晚葉，關河迥，楚客慘將歸。望一川暝靄，雁聲哀怨，半規涼月，人影參差。酒醒後，淚花銷鳳蠟，風幕捲金泥。砧杵韻高，喚回殘夢，綺羅香減，牽起餘悲。亭皋分襟地，難拚處、偏是掩面牽衣。何況愁［二］懷長結，重見無期。想寄恨書中，銀鉤空滿，斷腸聲裏，玉筯還垂［三］。多少暗愁密意，惟有天知。

「花銷鳳蠟」、「幕捲金泥」，自是以待制出知順昌時作，而戀主之情，婉曲周至。至「惟有天知」字，其心亦苦矣。

【眉評】沈曰：「『砧杵』［四］四句扇對，魂芳魄豔。」沈曰：「不得已而呼天。」又曰：「兼金石綺綵

之美,長篇不易[五]。」[六]

【校記】

[一]　詞題,《片玉集》無。

[二]　「愁」,《草堂詩餘》沈評本作「怨」。

[三]　「還垂」,《草堂詩餘》沈評本作「偷垂」。

[四]　「砧杵」,《草堂詩餘》沈評原文作「『砧杵』寄恨」。

[五]　「不易」,《草堂詩餘》沈評原文作「未易」。

[六]　眉評,《蓼園詞選》無。

風流子

風情[一]　周美成

新緑小池塘。風簾動,碎影舞斜陽。羨金屋去來,舊時巢燕,土花繚繞,前度莓墻。繡閣幃[二]深幾許,聽得理絲簧。欲説又休,慮乖芳信,未歌先咽,愁近清觴[三]。　遥知新粧了,開朱户、應自待月西廂。最苦夢魂,今宵不到伊行。問甚時説與,佳音密耗,寄將秦鏡，偷換韓香。天便教人，霎時厮見何妨。

沈際飛曰：「末句馳騁，恣其望，申其鬱。張玉田云：『詞欲雅而正。志之所之，一爲物役，則失其雅正之音。耆卿、伯可不必論，雖美成有所不免。如「爲伊淚落」、「尋消問息減容光」，及「最苦夢魂」、「霎時厮見」，淳意[四]盡變爲澆風已。』然此[五]膠柱鼓瑟[六]之論也。」

按，此詞亦猶前詞之旨也。因見舊燕度莓墻而巢于金屋，乃思自身已在鳳幃之外，而聽別人理絲簧，未免悲咽耳。次闋亦託詞以戀主之意，讀者不可以辭害意也。

【眉評】沈曰：「『土花』對『金屋』工。」　凄婉欲絶。[七]

【校記】

[一]　詞題，《片玉集》無。

[二]　「繡閣幃」，《片玉集》作「繡閣裏鳳幃」，《草堂詩餘》沈評本作「繡閣鳳幃」。

[三]　「末歌」二句，《片玉集》作「末歌先噎，愁轉清商」。

[四]　「淳意」，《草堂詩餘》沈評原文作「淳外」。

[五]　「然此」，《草堂詩餘》沈評原文作「此」。

[六]　「瑟」，《蓼園詞選》作「琴」。

[七]　眉評，《蓼園詞選》無。

丹鳳引[一]

春恨　　周美成

迤邐春光無賴，翠藻翻池，黄蜂遊閣。朝來風暴，飛絮亂投簾幕。生憎暮景，倚墻臨岸，杏靨夭邪，榆錢輕薄。晝永思惟[二]傍枕，睡起無憀，殘照猶在庭角。況是別離氣味，坐來便覺[三]心緒惡。痛引[四]澆愁酒，奈愁濃如酒，無計銷鑠。那堪昏暝，簌簌半簷花落。弄粉調朱柔素手，問何時重握。此時此意，長怕人道着。

唐詩：「錢塘蘇小小，人道是夭邪。」又：「長安女兒雙[五]髻鴉，隨風起蝶學夭邪。」《古今詩話》：「李白嘗謂徐仲[六]雅曰：『公筠詩，如女子弄粉調朱。』」

按，此亦猶前詞之意也。「翠藻翻池」，喻自己之顛覆也。「黄蜂遊閣」，喻別人之得意也。「杏靨」、「榆錢」，俱刺譏之意耳。次闋是別京中好友而作。「素手」、「重握」，指素心之友也。細玩自得其用意處。

【眉評】沈云：「夭音歪。」　沈云：「奈酒至愁還又，酒與愁尚分二候。『愁濃如酒』，知酒之爲愁，愁之爲酒乎？」[七]

【校記】

[一] 調名，《草堂詩餘》沈評本作「丹鳳吟」。

[二] 「思惟」，《片玉集》作「惟思」。

[三] 「便覺」，《片玉集》作「但覺」。

[四] 「痛引」，《片玉集》作「痛飲」。

[五] 「雙」，《蓼園詞選》誤作「仲」。

[六] 「仲」，《蓼園詞選》誤作「雙」。

[七] 眉評，《蓼園詞選》無。

沁園春

退閑[一]　　辛幼安

三逕初成，鶴怨猿驚，稼軒未來。甚雲山自許，平生志氣[二]，衣冠人笑，抵死塵埃。意倦須還，身閑要早[三]，豈爲蓴羹鱸膾哉。秋江上，看驚弦雁避，駭浪船回。　東岡更葺茅齋。好都把軒窻臨水開。要小舟行釣，先應種柳，踈籬護竹，莫礙觀梅。秋菊堪餐，春蘭可佩，留待先生手自栽。沉吟久，怕君恩未許，此意徘徊。

稼軒忠義之氣，當高宗初南渡，由山東間道奔行在，竭蹶間關，力圖恢復，豈是安于退閑者？自秦檜柄用，而正人氣沮矣。所謂驚弦駭浪，迫于不得已而思退，心亦苦矣。末又云：「怕君恩未許，此意徘徊。」退不能退，何以爲情哉？

【眉評】沈曰：「功名一雞肋，世路九羊腸。張翰蓴蟹[四]有脱而逃，稼軒識得。」此諭未足見其心。張翰與稼軒總是兩路人。[五]

【校記】

〔一〕詞題，《稼軒長短句》作「帶湖新居將成」。

〔二〕「志氣」，《稼軒長短句》作「意氣」。

〔三〕「要早」，《稼軒長短句》、《草堂詩餘》沈評本作「貴早」。

〔四〕「蓴蟹」，《草堂詩餘》沈評原文作「蓴鱸」。

〔五〕眉評，《蓼園詞選》無。

摸魚兒

春晚　沈本注曰：「淳熙己亥，自湖北漕移湖南，同官王正置酒小亭山作。」〔一〕

辛幼安

更能消、幾番風雨。匆匆春又歸去。惜春長怕花開早，何況落紅無數。春且住。見説道、天涯芳草無歸路。怨春不語。算只有殷勤，畫簷蛛網，盡日惹飛絮。　長門事，準擬佳期又誤。蛾眉曾有人妬。千金縱買相如賦，脉脉此情誰訴。君莫舞。君不見、玉環飛燕皆塵土。閑愁最苦。休去倚危欄，斜陽正在，煙柳斷腸處。

《鶴林玉露》云：「詞意殊怨。斜陽煙柳之句，其與『未須愁日暮，天際乍輕陰』者異矣。使在漢唐時，寧不賈種豆種桃之禍哉？愚聞壽皇見此詞，頗不悦，然終不加罪。可謂至德也已。」又：「題江西造口詞：『鬱孤臺下清江水。中間多少行人淚。西北是長安。可憐無數山。　青山遮不住。畢竟東流去。江晚正愁予。山深聞鷓鴣。』蓋南渡之初，虜人追隆祐太后御舟至造口，不及而還。幼安因此起興。『聞鷓鴣』之句，謂恢復行不得也。」

辭意似過于激切。第南渡之初，危如累卵。「斜陽」句，亦危言聳聽之意耳。持重者多危詞，赤心人少甘語，亦可以諒其志哉。

沈際飛曰：「稼軒中年被劾，凡十六章，自況淒楚如是[二]。」

【眉評】時哉勿可失，壯士所以聞雞而起舞也。「天涯」句，指弥望中原無可歸也。「畫簷蛛網」，喻自己之力微也。　「娥眉妬」，指秦檜輩也，即上首驚弦駭浪之意。[三]

【校記】

[一]　詞題，《稼軒長短句》作「淳熙己亥，自湖北漕移湖南，同官王正之置酒小山亭爲賦」。《草堂詩餘》沈評本注，「王正」作「王正之」，「作」作「賦」。

[二]　「如是」，《草堂詩餘》沈評原文無。

[三]　眉評，《蓼園詞選》無。

摸魚兒

退居[一]　　晁無咎

買陂塘、旋栽楊柳，依稀淮岸湘浦[二]。東臯雨足[三]新痕[四]漲，沙嘴鷺來鷗聚。堪愛處。最好是、一川夜月光流渚。無人自舞[五]。任翠幄張天，柔裀[六]藉地，酒盡未能去。　青綾被，休憶[七]金閨故步。儒冠曾把身誤。弓刀千騎成何事，荒了召平[八]瓜圃。君試覷。滿青鏡、星星鬢影今如許。功名浪語。便做得[九]班超，封侯萬里，歸計恐遲暮。

花庵詞客云：晁無咎《摸魚兒》，真能道急流勇退之意，真西山極愛賞之。

觀「休憶金閨故步」句，是由翰林遷謫後作也。語意峻切，而風調自清迴拔俗，故真西山極賞之。

孫仲益云：「軒冕之榮，造物于人，不甚愛惜。而一邱一壑，未嘗輕以與人。」言之有味。

【眉評】「東皋」二句，興也。　《漢官典職》：尚書郎入直，供青綾被。謝朓詩：「既通金閨籍。」江淹賦：「金閨之諸彦。」注：「即金馬門。」[一〇]

【校記】

[一] 詞題，《晁氏琴趣外篇》作「東皋寓居」。

[二] 「湘浦」，《晁氏琴趣外篇》作「江浦」。

[三] 「雨足」，《晁氏琴趣外篇》作「嘉雨」。

[四] 「新痕」，《草堂詩餘》沈評本作「輕痕」。

[五] 「自舞」，《晁氏琴趣外篇》作「獨舞」。

[六] 「柔裀」，《草堂詩餘》沈評本作「紫裀」。

［七］「休憶」，《晁氏琴趣外篇》作「莫憶」。
［八］「召平」，《草堂詩餘》沈評本作「邵平」。
［九］「做得」，《晁氏琴趣外篇》作「似得」。
［一〇］眉評，《蓼園詞選》無。

賀新郎

春情　　李玉

篆縷銷金鼎。醉沉沉、庭陰轉午，畫堂人静。芳草王孫知何處，惟有楊花糝徑。漸玉枕、騰騰春醒。簾外殘紅春已透，鎮無聊、殢酒厭厭病。雲鬢亂，未忺整［一］。江南舊事休重省。遍天涯、尋消問息，斷鴻難倩。月滿西樓憑欄久，依舊歸期未定。又恐［二］餅沉金井。嘶騎不來銀燭暗，枉教人、立盡梧桐影。誰伴我，對鸞鏡。

《玉林詞話》云：「李君之詞，雖不多見，然風流藴藉，盡于《賀新郎》一詞矣。」情詞旖旎，風骨珊珊［三］，幽秀中自饒雋旨。

【眉評】沈云：「風情耿耿。」［四］

【校記】

［一］「忺整」，《草堂詩餘》沈評本作「懽整」。

［二］「又恐」，《唐宋諸賢絶妙詞選》、《草堂詩餘》沈評本作「又只恐」。

［三］「珊珊」，原作「珊」。

［四］眉評，《蓼園詞選》無。

賀新郎

初夏［一］　　葉夢得

睡起流鶯語。掩蒼苔、房櫳向曉，亂紅無數。吹盡殘花無人問［二］，惟有垂楊自舞。漸暖靄、初回輕暑。寶扇重尋明月影，暗塵侵、尚有［三］乘鸞女。驚舊恨，鎮如許［四］。江南夢斷衡臯［五］渚。浪粘天、蒲萄漲緑，半空煙雨。無限樓前滄波意，誰採蘋花寄取。但悵望、蘭舟容與。萬里雲帆何時到，送孤鴻、目斷千山阻。誰爲我，唱金縷。

沈際飛曰：「一意一機，自語自話。草木［六］花鳥，字面迭來，不見質實。受知于蔡元長，宜也。」

夢得，理學名臣，晚年致政家居而作此詞，自有所指，可細玩之。

《文選》：「裁爲合歡扇，團圓似明月。」《龍城録》：「八月望日，明皇遊月宫，見素娥千餘人，皆皓衣，乘白鸞[七]。」

李太白詩：「離恨滿滄波。」柳子厚詩：「春風無限瀟湘意，欲採蘋花不自由。」採蘋花，即《離騷》擷芳草之意也。

【眉評】曹豳詩：「門外無人問落花。」《襄陽歌》：「遥看漢水鴨頭緑，憐似[八]葡萄初醱醅。」[九]

【校記】

［一］詞題，《石林詞》無，《草堂詩餘》沈評本作「春晚」。

［二］「無人問」，《石林詞》作「無人見」。

［三］「尚有」，《石林詞》作「上有」。

［四］「鎮如許」，《石林詞》作「遽如許」。

［五］「衡皋」，《石林詞》作「横江」。

［六］「草木」，《蓼園詞選》誤作「章本」。

［七］「白鸞」，原作「白鶯」。

［八］「憐似」，李白《襄陽歌》作「恰似」。

［九］眉評，《蓼園詞選》無。

賀新郎

夏景[一]　　蘇東坡

乳燕飛華屋。悄無人、槐陰[二]轉午，晚涼新浴。手弄生綃白團扇，扇手一時似玉。漸困倚、孤眠清熟。簾外誰來推繡户，枉教人、夢斷瑶臺曲。又却是，風敲竹。　石榴半吐紅巾蹙。待浮花、浪蘂都盡，伴君幽獨。秾豔一枝細看取，芳心千重似束。又恐被、秋風[三]驚緑。若待得君來向此，花前對酒不忍觸。共粉淚，兩蔌蔌。

前一闋是寫所居之幽僻，次闋又借榴花以比此心藴結，未獲達于朝廷，又恐其年已老也。末四句，是花是人，婉曲纏綿，耐人尋味不盡。

沈際飛曰：「恍惚輕儇。」又曰：「本詠夏景，至換頭單説榴花。高手[四]作文，語意到處即爲之，不當限以繩墨。」又曰：「榴花開，榴花謝。似芳心，『共粉淚』，想像咏物妙境。」　香山詩：「山榴花似結巾紅[五]。」

【校記】

[一]　詞題，《東坡樂府》無。

〔二〕「槐陰」，《東坡樂府》、《草堂詩餘》沈評本作「桐陰」。
〔三〕「秋風」，吳訥《唐宋名賢百家詞》本《東坡詞》作「西風」。
〔四〕「高手」，《蓼園詞選》作「高」。
〔五〕「山榴花似結巾紅」，白居易《題孤山寺山石榴花示諸僧衆》作「山榴花似結紅巾」。

賀新郎

夏景〔一〕　　趙文鼎善扛

文鼎，宗室，號解林居士。

晝永重簾捲。乍池塘、一番過雨，芰荷初展。竹引新梢半含粉，綠蔭扶疎滿院。過花絮、蜂稀蝶懶。窗户沉沉人不到，伴清幽、時有流鶯囀。凝思久，意何限。　玉釵墜枕風鬟亸。湛虚堂、壺冰瑩徹，簟波零亂。自是仙姿清無暑，月影空垂素扇。破午睡、香銷餘篆。一枕湖山千里夢，正白蘋、煙棹歸來晚。雲弄〔二〕碧，楚天遠。

夏日諷誦數遍，如在水晶宫裡住，凉意偪人。

【眉評】沈曰：「練達。一清無暑。」王維詩：「綠竹含新粉。」蘇養直《清江曲》：「白蘋煙棹歸來晚，秋滿蘆花兩岸霜。」〔三〕

【校記】

［一］詞題，《中興以來絶妙詞選》作「夏」。

［二］「雲弄」，《蓼園詞選》誤作「弄雲」。

［三］眉評，《蓼園詞選》無。

賀新郎

端午　　劉潛夫克莊

潛夫［一］，莆田人。以蔭仕，淳熙中賜同進士出身，官龍圖閣直學士。有《後村別調》一卷。

深院榴花吐。畫簾開、綵衣［二］紈扇，午風清暑。兒女紛紛新結束，時樣［三］釵符艾虎。已有［四］遊人觀渡。老大逢場慵作戲，任［五］陌頭、年少争旗鼓。溪雨急，浪花舞。　靈均標致高如許。憶生平、既紉蘭佩，又懷椒醑。誰信騷魂千載後，波底垂涎角黍。又説是、蛟饞龍怒。把似而今醒到了，料當年、醉死差無苦。聊一笑，弔千古。

沈際飛曰：「駁世俗見聞，洗靈均心事，詞壇［六］有剏立之功。淳祐辛丑八月，御筆署劉某文名久著，史學尤精，特賜同進士出身，殆不怍也。」

非爲靈均雪恥，實爲無識者下一針砭。思理超超，意在筆墨之外，可細玩之。

【眉評】會心人自當作如是觀。［七］

【校記】

［一］「潛夫」，《蓼園詞選》作「潛山」。

［二］「綵衣」，《後村長短句》作「練衣」。

［三］「新結束時樣」，《後村長短句》、《草堂詩餘》沈評本作「誇結束新樣」。

［四］「已有」，《後村長短句》、《草堂詩餘》沈評本作「早已有」。

［五］「任」，《蓼園詞選》作「在」。

［六］「詞壇」，《草堂詩餘》沈評原文作「于詞壇」。

［七］眉評，《蓼園詞選》無。

賀新郎

端午　　劉潛夫［一］

思遠樓前路。望平堤、十里湖光，畫船無數。綠蓋盈盈紅粉面，葉底荷花解語。鬭巧結、同心雙縷。尚有經年離别恨，一絲絲、總是相思處。相見也，又重午。　清江舊事傳荆楚。嘆人情、千載如新，尚沉菰黍。且盡樽前今日醉，誰肯獨醒弔古。泛幾盞、菖蒲緑醑。兩兩龍舟争競渡，奈朱簾[二]、暮捲西山雨。看未足，怎歸去。

前者是就競渡者及沈角黍者落想，是從實處落想。此首前闋是就觀競渡者落想，是避實擊虚之法。下一闋，「誰肯獨醒」，翻用得妙。「看未足，怎歸去」，妙有寄託，含蓄無限意。

【眉評】沈曰：「致情緊切，非他詞織事等也[三]。」「當年醉死差無苦」、「且盡樽前今日醉」，若相承而出。詩曰：「果使屈平知此意，當年不做獨醒人。」[四]俱翻案法。[五]

【校記】

[一] 舊本《草堂詩餘》作者佚名，《齊東野語》引首句作甄龍友詞。

[二] 「朱簾」，舊本《草堂詩餘》作「珠簾」。

[三] 「等也」，《草堂詩餘》沈評原文作「等」。

[四] 「詩曰」句，《草堂詩餘》沈評作：「詩云：『果使屈原知此趣，當年不做獨醒人。』」司馬光原詩作：「果使屈原知醉趣，當年不作獨醒人。」

[五] 眉評，《蓼園詞選》無。

賀新郎

七夕

宋謙父自遜

靈鵲橋初就。記迢迢、重湖風浪，去年時候。歲月不留人易老，萬事茫茫宇宙。但獨對、西風搔首。巧拙豈關今夕事，奈癡兒、騃女流傳謬。添話柄，柳州柳。　道人識破灰心久。只好風、凉月佳時，跣狂如舊。休笑雙星經歲别，人到中年已後。雲雨夢、可曾常有。雪藕調冰花熏茗，正梧桐、雨過新凉透。且隨分，一盃酒。

沈際飛曰：「大盲開眼矣。潛夫端午詞有嗣響。　古詩：『雙星今夜貪歡樂[一]，那得工夫賜巧思。』正起謙父之論。　中年以前，日子萬不可輕棄了。[二]人生精力一日減一日，意興一年減一年，時乎時乎不再來，欲揮朝雲之涕。」

古人云：「文徵實而難巧，意翻空而易奇。」觀潛夫兩作并此作，益信。結數語，有含蓄，妙在「隨分」二字。

《草堂詩餘續集》載宋謙父，名自遜，號壺山，宋南昌人。文筆高絶，當代名流皆愛敬之。其詞集名《漁樵笛譜》。

【眉評】亦是翻案法。亦是翻空法。[三]

【校記】

［一］「貪歡樂」，原作「食歡樂」，據《草堂詩餘》沈評原文改。

［二］「中年以前，日子萬不可輕棄了」，《草堂詩餘》沈評原文作「中年已前，經歲之别不要輕覷了」。

［三］眉評，《蓼園詞選》無。

賀新郎

遊湖［一］

劉改之過

睡覺啼鶯［二］曉。醉西湖、兩峯日日，買花簪帽。去盡酒徒無人問，惟有玉山自倒。任拍手、兒童爭笑。一騎［三］乘風翻然去，避魚龍、不見波聲悄。歌韻遠，唤蘇小。神仙路近［四］蓬萊島。紫雲深、參差禁樹，有煙花遶。人世紅塵西障日，百計不如歸好。付樂事、與他年少。費盡柳金梨雪句，問沉香、亭北何時召。心未愜，鬢先老。

黄叔暘云：「改之，稼軒之客。詞多壯語，盖學稼軒者也。」陶九成云：「改之造語，贍逸有思致。」

按，改之爲稼軒之客，稼軒一生忠義，坎壈［五］崎嶇，後以激而思退，作《沁園春》及《摸魚兒》詞以抒其意。此詞所謂「百計不如歸好」,亦稼軒之意,有激之詞也。前闋尤奇崛鬱勃,得騷雅之遺。志隱而彰,旁若無人,可以悲其遇。

【眉評】「蓬萊」指深宮也。雲深煙遶,紅塵障日,可以知壅蔽之多矣。[六]

【校記】

[一]　詞題,《龍洲詞》作「遊西湖」。

[二]　「啼鶯」,《龍洲詞》作「鶯啼」。

[三]　「一騎」,《龍洲詞》作「一舸」。

[四]　「路近」,《龍洲詞》作「路遠」。

[五]　「坎壈」,《蓼園詞選》誤作「坎壇」。

[六]　眉評,《蓼園詞選》無。

金明池

春遊　　秦少游[一]

瓊苑金池,青門紫陌,似雪楊花滿路。雲日淡、天低晝永,過三點、兩點細雨。好花枝、半出墻頭，似悵望、芳草王孫何處。更水遶人家，橋當門巷，燕燕鶯鶯飛舞。怎得東君長爲主。把緑鬢朱顔，一時留住。佳人唱、金衣莫惜，才子倒、玉山休訴。况春來、倍覺傷心，念故國情多，新年愁苦。縱寶馬嘶風，紅塵拂面，也則尋芳歸去。

吴融詩：「三點五點映山雨，一枝兩枝臨水花。」

沈際飛曰：「『人生有幾韶光美，倒盡金樽拚醉眠。』　朱淑真云：『願教青帝常爲主，莫遣紛紛點翠苔。』秦作曼聲，琳琅振耳。」

前闋寫韶光婉媚，奕奕動人。次闋起處，願朱顔留住，意已感慨。至結句猶峻切，語意含蓄得妙。

【眉評】沈曰：「花神現身時分。」緑鬢朱顔，花耶？人耶？雙管齊下，意致濃郁。結處寶馬紅塵，亦須歸去，便見有春不能與人盡賞之意。[二]

【校記】

[一]　此詞又見舊本《草堂詩餘》，作者佚名。

[二]　眉評，《蓼園詞選》無。

大酺

春雨　周美成

對宿煙收，春禽静，飛雨時鳴高屋。墻頭青玉旆，洗鉛霜都盡，嫩梢相觸。潤逼琴絲，寒侵枕障，蟲網吹粘簾竹。郵亭無人處，聽簷聲不斷，困眠初熟。奈愁極頓驚，夢輕難記，自憐幽獨。　行人歸意速。最先念、流潦妨車轂。怎奈向、蘭成憔悴，衛玠清羸，等閑時、易傷心目。未怪平陽客，雙淚落、笛中哀曲。况蕭索、青蕪國，紅糝鋪地，門外荊桃如菽。夜遊共誰秉燭。

馬融好音律，能鼓琴吹笛。而爲督郵，無留事，獨卧郿縣平陽塢中。有雒客舍逆旅，吹笛，爲氣出精列相和。融去京師逾年，暫聞[一]甚悲而樂之。　觀「平陽客」句，用馬融去京事，知爲由待制出知順昌後作。寫得凄清落漠，令人惻惻。

【眉評】許敬宗曰：「春雨如膏，行人惡其泥濘。」　韓詩：「桃枝綴紅糝。」

【夾評】「墻頭青玉旆」：竹也。[二]

【校記】

[一]「暫間」,《草堂詩餘》沈評原文作「暫聞」。

[二] 眉評、夾評,《蓼園詞選》無。

六醜

落花[一]　周美成

正單衣試酒,悵客裏、光陰虛擲。願春暫留,春歸如過翼。一去無跡。爲問家[二]何在,夜來風雨,送楚宮[三]傾國。釵鈿墮處遺香澤。亂點桃蹊,輕翻柳陌。多情更誰[四]追惜。但蜂媒蝶使,時叩牕隔[五]。　東園岑寂。漸蒙籠暗碧。靜遶珍叢底,成嘆息。長條故惹行客。似牽衣待話,別情無極。殘英小、强簪巾幘。終不似、一朵釵頭顫裊,向人欹側。漂流處、莫趁潮汐。恐斷鴻[六]、尚有相思字,何由見得。

自歎年老遠宦,意境落漠,借花起興。以下是花是自己,比興無端,指與物化,奇情四溢,不可方物,人巧極而天工生矣。結處意致尤纏綿無已,耐人尋繹。

【眉批】韓偓《哭花》詩:「夜來風雨葬西施。」「叩窻隔」句,凄清寂漠。[七]

【校記】

［一］詞題，《片玉集》作「薔薇謝後作」。

［二］「爲問家」，《片玉集》作「爲問花」。

［三］「送楚宮」，《片玉集》作「葬楚宮」。

［四］「更誰」，《片玉集》作「爲誰」。

［五］「牕隔」，《草堂詩餘》沈評本作「窗槅」。

［六］「斷鴻」，《陽春白雪》作「斷紅」。

［七］眉評，《蓼園詞選》無。

附録

蓼園詞選序

況周頤

近人操觚爲詞，輒曰吾學五代，學北宋，學南宋。近十數年，學清真、夢窗者尤多。以是自刻繩、自表襮，認筌執象，非知人之言也。詞之爲道，貴虖有性情，有襟袌，涉世少、讀書多。平日求詞詞外，臨時取境題外。尺素寸心，八極萬仞，恢之彌廣，斯按之逾深。返象外於環中，出自然於追琢，率吾性之所近，眇衆慮而爲言。乃至詣精造微，庶幾神明，與古人通。奚必迹象與古人合，矧虖於衆古人中而斷斷蘄合一古人也？惟是致力之始，門徑不可不知。晚近輕佻、纖巧、餖飣、噭囂諸失，皆門徑之誤中之。舍步趨古人，末繇辨識門徑，擷羣賢之菁華，詔徠敩以津逮。綜觀宋已前諸選本，《花閒》未易遽學，《花菴》閒涉標榜，弁陽翁《絶妙好詞》泰半同時儕輩之作，往往以詞存人，或此人别有佳搆，翁未及見，而遂闕如，烏在其爲黄絹幼媍也？唯《草堂詩餘》、《樂府雅詞》、《陽春白雪》，較爲醇雅。以格調氣息言，似虖《草堂》尤勝。中閒十之一二近俳近俚，爲大醇之小疵。自餘名章俊語，撰録精審，清㢟腴潤，最便初學。學之雖不能至，即亦絶無流弊，於性情、於襟褱不無裨益，不失其爲取法虖上也。《蓼園詞選》者，取材于《草堂》，而汰其近俳近俚諸作者也。每闋綴以小箋，意在引掖初學。蓼園先生姓黄氏，吾姊夫籲卿比部之曾大父。姊氏名桂珊，字月芬，明慧，能爲小詩。楷書昉歐陽率更，絶秀勁，嘗手寫《爾雅》，授余讀。曩歲壬申，余年十二，先未嘗知詞，偶往省姊氏，得是書案頭，叚歸雒誦，詫爲鴻寶。繇是遂學爲詞，蓋余詞之導師也。曩撰詞話有云：「讀詞之法，取前人名句意境絶佳者，將此意境締搆於吾想望中，然後澄思眇慮，以吾身入虖其中，而涵泳翫索之，吾性靈與相浹而俱化，乃真實爲吾有，而外物不能奪。」所謂前人名句意境絶佳者，皆載在是編者也。晚卧滄江，學殖荒落，兹事亦復衰退。涉世雖少，而讀書不多，不能詣精造微，負吾導師，愧矣。尗雍公子，微尚清遠，蚤歆香名。其於倚聲之學，尤能犨精覃思，發前人所未發，非近人操觚爲詞者比。其性情襟褱，與予尤有沆瀣之合。十年已來，得漚尹同聲之雅爲吾師，得尗雅後來之秀爲吾友，斯道爲之不孤，抑又幸矣。尗雅從余叚觀是書，謀付排印，以廣其傳，以爲初學周行之示。屬序於余，爲識其崖略如此。庚申季春月幾望，臨桂況周頤夔笙書于秀盦。

《草堂詩餘正集》删餘詞

楊文鈺　點校

搗練子

秋閨　秦少游[一]

心耿耿，淚雙雙。斜月斜風冷透牕。人去秋來宮漏永，夜深無語對銀釭。

【校記】

［一］　此詞作者佚名，見舊本《草堂詩餘》。

憶王孫

夏景　李重元

風蒲獵獵小池塘。過雨荷花滿院香。沉李浮瓜冰雪涼。竹方牀。針線慵拈午夢長。

憶王孫

冬景　李重元

同雲風掃雪初晴。天外孤鴻三兩聲。獨擁寒衾不忍聽。月籠明。牕外梅花影瘦橫。

如夢令

春晚　周美成 一刻少游[一]

池上春歸何處。滿目落花飛絮。孤館悄無人,夢斷月堤歸路。無緒。無緒。簾外五更風雨。

【校記】

[一] 此當爲秦觀詞。

如夢令

春晚　　謝無逸

花落鶯啼春暮。陌上緑楊飛絮。金鴨晚香寒，人在洞房深處。無語。無語。葉上數聲疎雨。

如夢令

春恨　　晏叔原〔一〕

樓外殘陽紅滿。春入柳條將半。桃李不禁風，回首落英無限。腸斷。腸斷。人共楚天俱遠。

【校記】

〔一〕此當爲秦觀詞，見《淮海居士長短句》。

如夢令

冬景　秦少游

冬夜月明如水。風緊驛亭深閉。夢破鼠窺燈，霜送曉寒侵被。無寐。無寐。門外馬嘶人起。

長相思

春閨　馮延巳

紅滿枝。綠滿枝。宿雨厭厭睡起遲。閒庭花影移。　憶歸期。數歸期。夢見雖多相見稀。相逢知幾時。

長相思

秋怨

李後主

一重山。兩重山。山遠天高煙水寒。相思楓葉丹。菊花開，菊花殘。塞鴈高飛人未還。一簾風月閒。

長相思

秋懷

黄叔暘

天悠悠。水悠悠。月印金樞曉未收。笛聲人倚樓。蘆花秋。蓼花秋。催得吴霜點鬢稠。香箋莫寄愁。

長相思

閨怨　白居易

深畫眉。淺畫眉。蟬鬢鬅鬙雲滿衣。陽臺行雨迴。巫山高，巫山低。暮雨瀟瀟郎不歸。空房獨守時。

薄命女

宮怨　和凝

天欲曉。宮漏穿花聲繚繞。牕裏星光少。冷霞寒侵帳額，殘月光沈樹杪。夢斷錦幃空悄悄。强起愁眉小。

點絳脣

春暮　　賀方回［一］

紅杏飄香，柳含烟翠拖金縷。水邊朱戶。門掩黄昏雨。燭影揺紅，一枕傷春緒。歸不去。鳳樓何處。芳草迷歸路。

【校記】

［一］此當爲蘇軾詞，見《東坡外集》。

點絳脣

春閨　　何籀［一］

春雨濛濛，淡煙深鎖垂楊院。煖風輕扇。落盡桃花片。薄倖不來，前事思量遍。無繇見。淚痕如線。界破殘粧面。

【校記】

［一］此詞作者佚名，見舊本《草堂詩餘》。

點絳唇

秋閨　蘇叔黨［一］

高柳蟬嘶，採菱歌斷秋風起。晚雲如髻。湖上山横翠。　簾捲西樓，過雨涼生袂。天如水。畫樓十二。有箇人同倚。

【校記】

［一］此當爲汪藻詞，見《玉照新志》。

點絳唇

天台　蘇東坡

醉漾輕舟，信流直到花深處。塵緣相誤。無計花間住。　煙水茫茫，回首斜陽暮。

山無數。亂紅如雨。不記來時路。

浣溪沙

春景　　周美成[一]

小院閒窗春色深。重簾未捲影沈沈。倚樓無語理瑤琴。　遠岫出雲催薄暮，細風吹雨弄輕陰。梨花欲謝恐難禁。

【校記】

[一] 此當爲李清照詞，見《樂府雅詞》。

浣溪沙

春半　　秦少游[一]

青杏園林煮酒香。佳人初試薄羅裳。柳絲摇曳燕飛忙。　乍雨乍晴花易老，閒愁閒悶日偏長。爲誰消瘦減容光。

【校記】

［一］此首當爲晏殊詞，見《珠玉詞》。亦或歐陽修詞，見《歐陽文忠公近體樂府》。

浣溪沙

春閨　張子野

樓倚江邊百尺高。暮煙收處見歸橈。幾時期信似春潮。　花片片飛風弄蝶，柳陰陰下水平橋。日長人去又今宵。

浣溪沙

春閨　張子野［一］

水滿池塘花滿枝。亂香深裏語黃鸝。東風輕軟弄簾幃。　日正長時春夢短，燕交飛處柳烟低。玉窓紅子鬬棋時。

【校記】

〔一〕　此首當爲趙令時詞，見《樂府雅詞》。

浣溪沙　夏景

周美成

日射欹紅蠟蔕香。風乾微汗粉襟涼。碧綃對捲簟紋光。　自剪柳枝明畫閣，戲抛蓮菂種橫塘。長亭無事好思量。

浣溪沙　夏景

周美成

翠葆參差竹徑成。新荷跳雨淚珠傾。曲欄斜轉小池亭。　風約簾衣歸燕急，水摇扇影戲魚驚。柳梢殘日弄微晴。

菩薩蠻

春閨　温庭筠

南園滿地堆輕絮。愁聞一霎清明雨。雨後却斜陽。杏花零落香。無言勻睡臉。
枕上屏山掩。時節欲黃昏。無憀獨倚門。

菩薩蠻

秋閨　秦少游

蛩聲泣露驚秋枕。羅幃淚濕鴛鴦錦。獨臥玉肌涼。殘更與恨長。陰風翻翠幌。
雨澀燈花暗。畢竟不成眠。鴉啼金井寒。

菩薩蠻

離別　　孫巨源

樓頭尚有三通鼓。何須抵死催人去。上馬苦匆匆。琵琶曲未終。回頭凝望處。那更廉纖雨。謾道玉爲堂。玉堂今夜長。

菩薩蠻

落梅〔一〕　　孫濟師

一聲羌笛吹嗚咽。玉溪夜半梅翻雪。江月正茫茫。斷橋流水香。含章春欲暮。落日千山雨。一點着枝酸。吴姬先齒寒。

【校記】

〔一〕此首顧從敬本無。

菩薩蠻

江西造口[一]　辛幼安

鬱孤臺下清江水。中間多少行人淚。西北望長安。可憐無數山。青山遮不住。畢竟江流去。江晚正愁予。山深聞鷓鴣。

【校記】

［一］此首顧從敬本無。

醜奴兒令

秋怨　李後主

轆轤金井梧桐晚，幾樹驚秋。晝雨如愁。百尺蝦鬚上玉鉤。瓊牕春斷雙蛾皺，回首邊頭。欲寄鱗遊。九曲寒波不泝流。

憶秦娥

春思

康伯可

春寂寞。長安古道東風惡。東風惡。臙脂滿地，杏花零落。臂銷不奈黄金約。天寒尚怯春衫薄。春衫薄。不禁珠淚，爲君彈却。

憶秦娥

閨情

孫夫人[一]

花深深。一鈎羅韈行花陰。行花陰。閒將柳帶，試結同心。日邊消息空沉沉。畫眉樓上愁登臨。愁登臨。海棠開後，望到如今。

【校記】

[一] 此首《古杭雜記》作鄭文妻詞。

憶秦娥

佳人　　周美成[一]

香馥馥。樽前有箇人如玉。人如玉。翠翹金鳳，内家粧束。　嬌羞愛把眉兒蹙。逢人只唱相思曲。相思曲。一聲聲是，怨紅愁綠。

【眉評】艷麗無比。　風流淒艷，令讀者忍俊不禁。

【校記】

［一］此從《花草粹編》，元本《草堂詩餘》作無名氏詞，《草堂詩餘雋》作蘇軾詞。

憶秦娥

感懷　邯鄲道上望叢臺作　　曾純甫

風蕭瑟。邯鄲古道傷行客。傷行客。繁華一瞬，不堪思憶。　叢臺歌舞無消息。金樽玉管空陳迹。空陳迹。連天草樹，暮雲凝碧。

謁金門

春恨　　韋莊

空相憶。無計與傳消息。天上嫦娥人不識。寄書何處覓。　春睡覺來無力。不忍把伊書跡。滿院落花春寂寂。斷腸芳草碧。

清平樂

春情　　趙德麟

春風依舊。着意隋堤柳。搓得鵞兒黄欲就。天氣清明廝勾。　去年紫陌青門。今宵雨魄雲魂。斷送一生憔悴，能消幾箇黄昏。

清平樂　詠雪　孫夫人

悠悠颺颺。做盡輕模様。夜半蕭蕭窓外響。多在梅邊竹上。朱樓向曉簾開。六花片片飛來。無奈薰爐烟霧，騰騰扶上金釵。

更漏子　秋思　温庭筠

玉罏香，紅蠟淚。偏照畫堂秋思。眉翠薄，鬢雲殘。夜長衾枕寒。梧桐樹。三更雨。不道離情正苦。一葉葉，一聲聲。空階滴到明。

鶴沖天

宮詞[一]　　和凝

曉月墜，宿雲披。銀燭錦屏攲。建章鐘動玉繩低。宮漏出花遲。　　春態淺。來雙燕。紅日漸長一線。嚴粧攏罷囀黃鸝。飛上萬年枝。

【校記】

[一]　此首顧從敬本無。

阮郎歸

春景　　李後主[一]

東風吹水日銜山。春來長是閒。落花狼籍酒闌珊。笙歌醉夢間。　　春睡覺，晚粧殘。無人整翠鬟。留連光景惜朱顏。黃昏獨倚闌。

【校記】

［一］此首又見馮延巳《陽春集》。

阮郎歸

旅況　秦少游

湘天風雨破寒初。燈殘庭院虚。麗譙吹徹小單于。迢迢清夜徂。　鄉夢斷，旅魂孤。崢嶸歲又除。衡陽猶有鴈傳書。郴陽和鴈無。

阮郎歸

詠茶　黄山谷［一］

歌停檀板舞停鸞。高陽飲興闌。獸煙噴盡玉壺乾。香分小鳳團。　雪浪淺，露花圓。捧甌春筍寒。絳紗籠下躍金鞍。歸時人倚欄。

【校記】

［一］　此首又見《全芳備祖》作蘇軾詞。

阮郎歸

詠茶［一］　黄山谷

烹茶留客駐雕鞍。月斜窓外山。見郎容易別郎難。有人愁遠山。歸去後，憶前歡。畫屏金博山。一杯春露莫留殘。與郎扶玉山。

【校記】

［一］　此首顧從敬本《草堂詩餘》在注文内，不別出。

畫堂春

春晴　秦少游［一］

東風吹柳日初長。雨餘芳草斜陽。杏花零落燕泥香。睡損紅粧。香篆暗消鸞鳳，畫屏縈遶瀟湘。暮寒輕透薄羅裳。無限思量。

【校記】

［一］此首又見黄庭堅《山谷詞》。

武陵春

春晚　　李易安

風住塵香花已盡，日晚倦梳頭。物是人非事事休。欲語淚先流。　聞説雙溪春尚好，也擬泛輕舟。只恐雙溪舴艋舟。載不動、許多愁。

青衫濕

感舊　《詞選》云：宴北人張侍御家有感。　　吴彦高

南朝千古傷心事，還唱後庭花。舊時王謝，堂前燕子，飛向誰家。　恍然一夢，仙肌勝雪，宫鬢堆鴉。江州司馬，青衫淚濕，同是天涯。

海棠春

春曉　　秦少游

流鶯窓外啼聲巧。睡未足、把人驚覺。翠被曉寒輕，寶篆沈煙裊。宿醒未解宫娥報。道別院、笙歌會早。試問海棠花，昨夜開多少。

柳梢青

佳人　　周美成［一］

有箇人人。海棠標韻，飛燕輕盈。酒暈潮紅，羞娥凝緑，一笑生春。爲伊無限傷心。更説甚、巫山楚雲。斗帳香消，紗窓月冷，着意温存。

【校記】

［一］此無名氏詞，見舊本《草堂詩餘》。

西江月

春日　柳耆卿

鳳額繡簾高捲，獸環朱户頻摇。兩竿紅日上花梢。春睡厭厭難覺。好夢狂隨飛絮，閒愁濃勝香醪。不成雨暮與雲朝。又是韶光過了。

西江月

重陽　蘇東坡

點點樓前細雨。重重江外平湖。當年戲馬會東徐。今日淒涼南浦。莫恨黄花未吐。且教紅粉相扶。酒闌不必看茱萸。俯仰人間今古。

西江月

警悟　　朱希真

世事短如春夢，人情薄似秋雲。不須計較苦勞心。萬事元來有命。幸遇三杯酒美，況逢一朵花新。片時歡笑且相親。明日陰晴未定。

西江月

自樂[一]　　朱希真

日日深杯酒滿，朝朝小圃花開。自歌自舞自開懷。且喜無拘無礙。青史幾番春夢，紅塵多少奇才。不須計較與安排。領取而今見在。

【校記】

［一］　此首顧從敬本《草堂詩餘》在注文内，不别出。

西江月

勸酒　黄山谷

斷送一生惟有,破除萬事無過。遠山微影蘸横波。不飲旁人笑我。花病等閒瘦弱,春愁没處遮攔。盃行到手莫留殘。不道月斜人散。

西江月

梅花　蘇東坡

玉骨那愁瘴霧,冰肌自有仙風。海僊時遣探芳叢。倒掛緑毛幺鳳。素面翻嫌粉涴,洗粧不褪脣紅。高情已逐曉雲空。不與梨花同夢。

西江月

平山堂　東坡守揚州，登此堂有感　蘇東坡

三過平山堂，半生彈指中。十年不見老仙翁，壁上龍蛇飛動。欲弔文章太守，仍歌楊柳春風。休言萬事轉頭空，未轉頭時皆夢。

桃源憶故人

冬景　秦少游

玉樓深鎖薄情種。清夜悠悠誰共。羞見枕衾鴛鳳。悶即和衣擁。無端畫角嚴城動。驚破一番新夢。窓外月華霜重。聽徹梅花弄。

惜分飛

贈妓　　毛澤民

淚濕闌干花着露。愁到眉峰碧聚。此恨平分取。更無言語空相覷。　斷雨殘雲無意緒。寂寞朝朝暮暮。今夜山深處。斷魂分付潮囘去。

探春令

春恨　　晏叔原[一]

緑楊枝上曉鶯啼，報融和天氣。被數聲、吹入紗窗裏。又驚起嬌娥睡。　緑雲斜彈金釵墜。惹芳心如醉。爲少年濕了，鮫綃帕上，都是相思淚。

【校記】

[一] 此無名氏詞，見舊本《草堂詩餘》。

少年游　冬景

周美成

并刀如水，吴鹽勝雪，纖手破新橙。錦幄初温，獸煙不斷，相對坐調笙。低聲問、向誰行宿，城上已三更。馬滑霜濃，不如休去，直自少人行。

少年游　曉行

林少詹

霽霞散曉月猶明。疎木掛殘星。山逕人稀，翠蘿深處，啼鳥兩三聲。霜華重逼雲裘冷，心共馬蹄輕。十里青山，一溪流水，都做許多情。

醉花陰　重陽　李易安

薄霧濃雲愁永晝。瑞腦銷金獸。時節又重陽，寶枕紗厨，半夜涼初透。東籬把酒黄昏後。有暗香盈袖。莫道不銷魂，簾捲西風，人似黄花瘦。

南柯子　憶舊　僧仲殊

十里青山遠，潮平路帶沙。數聲啼鳥怨年華。又是淒涼時候、在天涯。白露收殘月，清風散曉霞。緑楊堤畔鬧荷花。記得年時沽酒、那人家。

南柯子

贈妓[一]　　秦少游

玉漏迢迢盡，銀河淡淡横。夢回宿酒未全醒。已被鄰雞催起、怕天明。　臂上妝猶在，襟閒淚尚盈。水邊燈火漸人行。天外一鈎殘月、帶三星。

【校記】

[一]　此首顧從敬本無。

怨王孫

春暮　　李易安

帝里春晚。重門深院。草緑階前，暮天雁斷。樓上遠信誰傳。恨綿綿。　多情自是多沾惹。難拚舍。又是寒食也。秋千巷陌，人靜皎月初斜。浸梨花。

浪淘沙　閨情

康伯可

蹙損遠山眉。幽怨誰知。羅衾滴盡淚胭脂。夜過春寒愁未起，門外鴉啼。　惆悵阻佳期。人在天涯。東風頻動小桃枝。正是銷魂時候也，撩亂花飛。

浪淘沙　閨思

康伯可

愁撚斷釵金。遠信沈沈。秦箏調怨不成音。郎馬不知何處也，樓外春深。　好夢已難尋。夜夜餘衾。目窮千里正傷心。記得當初郎去路，綠樹陰陰。

浪淘沙

懷舊　李後主

簾外雨潺潺。春意闌珊。羅衾不暖五更寒。夢裏不知身是客，一晌貪歡。　獨自莫凭闌。無限江山。别時容易見時難。流水落花歸去也，天上人間。

鷓鴣天

上元　向伯恭

紫禁煙花一萬重。鼇山宫闕隱晴空。玉皇端拱彤雲上，人物嬉遊陸海中。　星轉斗，駕回龍。五侯池館醉春風。而今白髮三千丈，愁對寒燈數點紅。

玉樓春

立春　毛澤民

小園半夜東風轉。吹皺冰池雲母面。曉披閶闔見朝陽，知向碧階添幾線。小煙弄柳晴先煖。殘雪禁梅香尚淺。殷勤洗拂舊東君，多少韶華都借看。

玉樓春

寒食　謝無逸

弄晴數點梨梢雨。門外畫橋寒食路。杜鵑飛破草間烟，蛺蝶惹殘花底霧。東君著意憐樊素。一段韶華都付與。粧成不管露桃嗔，舞罷從教風柳妒。

玉樓春

春睡

歐陽烱

日照玉樓花似錦。樓上醉和春色寢。綠楊風送小鶯聲，殘夢不成離玉枕。　堪愛晚來韶景甚。寶柱秦箏方再品。青娥紅臉笑來迎，又向海棠花下飲。

玉樓春

春恨

錢思公

城上風光鶯語亂。城下烟波春拍岸。綠楊芳草幾時休，淚眼愁腸先已斷。　情懷漸變成衰晚。鸞鏡朱顏驚暗換。昔年多病厭芳樽，今日芳樽唯恐淺。

玉樓春

宮詞　李後主

晚粧初了明肌雪。春殿嬪娥魚貫列。鳳簫吹斷水雲閒，重按霓裳歌遍徹。臨春誰更飄香屑。醉拍闌干情味切。歸時休放燭花紅，待踏馬蹄清夜月。

玉樓春

妓館　歐陽永叔

妖冶風情天與措。清瘦肌膚氷雪妒。百年心事一宵同，愁聽雞聲牕外度。信阻青禽雲雨暮。海月空驚人兩處。强將離恨倚江樓，江水不能流恨去。

玉樓春

咏晚　　賈子明

都城水緑嬉遊處。仙棹往來人笑語。紅隨遠浪泛桃花，雪散平堤飛柳絮。　東君欲共春歸去。一陣狂風和驟雨。碧油紅旆錦障泥，斜日畫橋芳草路。

玉樓春

冬景　　徐昌圖

沈檀烟起盤雲霧。一翦霜風吹繡户。漢宫花面學梅粧，謝女雪詩裁柳絮。　長垂天幕孤鸞舞。旋炙銀笙雙鳳語。紅窓酒病對寒氷，永覺相思無夢處。

虞美人

風情　葉少藴

落花已作風前舞。又送黄昏雨。曉來庭院半殘紅。惟有遊絲千丈裊晴空。　慇懃花下重攜手。更盡盃中酒。美人不用斂歌眉。我亦多情無奈酒闌時。

虞美人

感舊　李後主

春花秋月何時了。往事知多少。小樓昨夜又東風。故國不堪回首月明中。　雕闌玉砌應猶在。只是朱顏改。問君却有幾多愁。恰似一江春水向東流。

南鄉子

曉景　周美成

晨色動妝樓。短燭熒熒悄未收。自在開簾風不定，颼颼。池面氷澌趂水流。　早起怯梳頭。欲綰雲鬟又却休。不會沈吟思底事，凝眸。兩點春山滿鏡愁。

南鄉子

閨晴　孫夫人

曉日壓重簷。斗帳春寒起未忺。天氣困人梳洗懶，眉尖。淡畫春山不喜添。　閒把繡絲撏。認得金鍼又倒拈。陌上遊人歸也未，厭厭。滿院楊花不捲簾。

小重山

春閨　　趙德仁［一］

樓上風和玉漏遲。鞦韆庭院静，落花飛。午窓纔起煖金巵。匀面了，欄畔看春池。何事苦顰眉。碧雲春信斷，儘來時。鴛鴦遊戲鎮相隨。雲霧斂，新月掛天西。

【校記】

［一］此趙令時詞，見《樂府雅詞》。令時，字德麟。德仁，或德麟之誤。

小重山

宫詞　　和凝

春入神京萬木芳。禁林鶯語滑，蝶飛狂。曉桃凝露妒啼粧。紅日永，風和百花香。烟鎖柳絲長。御溝澄碧水，轉池塘。時時微雨洗風光。天衢遠到處，引笙簧。

小重山

宫詞　　　　韋莊

一閉昭陽春又春。夜寒更漏永，夢君恩。卧思陳事暗銷魂。羅衣濕，新揾舊啼痕。歌吹隔重閽。遶庭芳草緑，倚長門。萬般惆悵向誰論。凝情立，宫殿欲黄昏。

小重山

佳人　　　　宋豐之

花樣妖嬈柳樣柔。眼波流不斷，滿眶秋。窺人佯整玉搔頭。嬌無力，舞罷却成羞。無計與遲留。滿懷禁不得，許多愁。一溪春水泛行舟。無情月，偏照水東樓。

一剪梅　離別

李易安

紅藕香殘玉簟秋。輕解羅裳,獨上蘭舟。雲中誰寄錦書來,鴈字回時,月滿西樓。花自飄零水自流。一種相思,兩處閒愁。此情無計可消除,纔下眉頭,却上心頭。

臨江仙　春暮

晁無咎[一]

緑暗汀洲三月暮,落花風靜帆收。垂楊低映木蘭舟。半篙春水滑,一段夕陽愁。灞水橋東回首處,美人親上簾鈎。青鸞無計入紅樓。行雲歸楚峽,飛夢到揚州。

【校記】

[一]　此無名氏詞,見舊本《草堂詩餘》。

臨江仙

夜景

李知幾

煙柳疎疎人悄悄，畫樓風外吹笙。倚闌聞喚小紅聲。熏香臨欲睡，玉漏已三更。坐待不來來不去，一方明月中庭。粉墻東畔小橋橫。起來花影下，扇子撲飛螢。

臨江仙

宮詞

鹿虔扆

金鏁重門荒苑靜，倚窗愁對秋空。翠華一去寂無蹤。玉樓歌吹，聲斷已隨風。煙月不知人事改，夜闌還照深宮。藕花相向野塘中。暗傷亡國，清露泣香紅。

臨江仙

夏景　歐陽永叔

池外輕雷池上雨，雨聲滴碎荷聲。小樓西角斷虹明。闌干倚處，待得月華生。燕子飛來栖畫棟，玉鈎垂下簾旌。凉波不動簟紋平。水晶雙枕，旁有墮釵横。

蝶戀花

元日立春　辛幼安

誰向椒盤簪綵勝。整整韶華，爭上春風鬢。往日不堪重記省。爲花長抱新春恨。春未來時先借問。晚恨開遲，早又飄零近。今歲花期消息定。只愁風雨無憑準。

蝶戀花

清明

趙德麟

欲減羅衣寒未去。不捲珠簾，人在深深處。殘杏枝頭花幾許。啼紅止恨清明雨。

盡日水沈香一縷。宿酒醒遲，惱破春情緒。飛燕又將歸信誤。小屏風上西江路。

蝶戀花

春暮

李後主[一]

遙夜亭皋閑信步。纔過清明，漸覺傷春暮。數點雨聲風約住。朦朧淡月雲來去。

桃李依依香暗度。誰在鞦韆，笑裏輕輕語。一片芳心千萬緒。人間没箇安排處。

【校記】

[一] 此詞又見《唐宋諸賢絶妙詞選》，作李冠詞。

蝶戀花

春恨　趙德麟[一]

捲絮風頭寒欲盡。墜粉飄香，日日紅成陣。新酒又添殘酒困。今春不減前春恨。蝶去鶯來無處問。隔水樓高，望斷雙魚信。惱亂横波秋一寸。斜陽只與黄昏近。

【校記】

[一] 此詞又見晏幾道《小山詞》。

蝶戀花

懷舊　俞克成

夢斷池塘驚乍曉。百舌無端，故作枝頭鬧。報道不禁寒料峭。未教舒展閑花草。盡日簾垂人不到。老去情疎，底事傷春瘦。相對一樽歸計早。玉山不減巫山好。

蝶戀花

春情　歐陽永叔

海燕雙飛歸畫棟。簾幕無風，花影頻移動。半醉海棠春睡重。緑鬟堆枕香雲擁。　翠被雙盤金縷鳳。憶得前春，有箇人人共。花裏鶯聲時一弄。日斜驚起相思夢。

蝶戀花

贈妓　司馬才仲

妾本錢塘江上住。花落花開，不管流年度。燕子銜將春色去。紗窗幾陣黄梅雨。　斜插犀梳雲半吐。檀板輕敲，唱徹黄金縷。望斷行雲無覔處。夢回明月生南浦。

蘇幕遮

風情　周美成[一]

隴雲沉，新月小。楊柳梢頭，能有春多少。試着羅裳寒尚峭。簾捲青樓，占得東風早。翠屏深，香篆裊。流水落花，不管劉郎到。三疊陽關聲漸杳。斷雨殘雲，只怕巫山曉。

【校記】

［一］此無名氏詞，見舊本《草堂詩餘》。

漁家傲

春恨　周美成

幾日輕陰寒惻惻。東風急處花成積。醉踏陽春懷故國。歸未得。黄鸝久住如相識。賴有蛾眉能暖客。長歌屢勸金杯側。歌罷月痕來照席。貪歡適。簾前重露成涓滴。

漁家傲

小春　　歐陽永叔

十月小春梅蘂綻。紅爐煖閣新烟遍。錦帳美人貪睡暖。羞起懶。玉壺一夜冰澌滿。
樓上四垂簾不捲。天寒山色偏宜遠。風急鴈行吹字斷。紅日晚。江天雪意雲撩亂。

漁家傲

漁父　　張仲宗

釣笠披雲青嶂繞。緑簑雨細春江渺。白鳥飛來風滿棹。收綸了。漁童拍手樵青嘯。
明月太虚同一照。浮家泛宅忘昏曉。醉眼冷看城市鬧。烟波老。誰能惹得閒煩惱。

漁家傲

旅況　張仲宗

樓外天寒山欲暮。溪邊雪後藏雲樹。小艇風斜沙觜露。流年度。春光巳向梅梢住。短夢今宵還到否。葦村四望知何處。客裏從來無意緒。催歸去。故園正要鶯花主。

醉春風

春閨　趙德仁[一]

陌上清明近。行人難借問。風流何處不歸來,悶悶悶。回鴈峰前,戲魚波上,試尋芳信。夜永蘭膏燼。春睡何曾穩。枕邊珠淚幾時乾,恨恨恨。惟有窓前,過來明月,照人方寸。

【校記】

[一] 此無名氏詞,見《樂府雅詞》。

聲聲令

春思　　俞克成[一]

簾移碎影，香褪衣襟。舊家庭院嫩苔侵。東風過盡，暮雲鎖，綠窗深。怕對人、閒枕剩衾。　樓底輕陰。春信斷，怯登臨。斷腸魂夢兩沈沈。花飛水遠，便從今。莫追尋。又怎禁、驀地上心。

【校記】

［一］此或作章楶詞，見楊金本《草堂詩餘》，或作無名氏詞，見洪武本《草堂詩餘》。

風中柳

閨情　　孫夫人

銷減芳容，端的爲郎煩惱。鬢慵梳、宮妝草草。別離情緒，待歸來都告。怕傷郎、又還休道。　利鎖名韁，幾阻當年歡笑。更那堪、鱗鴻信杳。蟾枝高折，願從今須早。莫辜負、鏡中人老。

鳳凰閣

傷春

葉道卿[一]

遍園林緑暗，渾如翠幄。下無一片是花萼。可恨狂風横雨，忒煞情薄。盡底把、韶華送却。楊花無奈，是處穿簾透幕。豈知人意正蕭索。春去也，這般愁、没處安著。怎奈向、黄昏院落。

【校記】

［一］此無名氏詞，見舊本《草堂詩餘》。

青玉案

詠雪

陳瑩中

碧空黯淡同雲繞。漸枕上、風聲峭。明透紗窗天欲曉。珠簾纔捲，美人驚報，一夜青山老。使君命客金尊倒。正千里瓊瑶未經掃。歆壓江梅春信早。十分農事，滿城和氣，管取來年好。

青玉案

警悟　　吴彦高[一]

人生南北如岐路。世事悠悠等風絮。造化小兒無定據。翻來覆去，倒横直豎，眼見都如許。伊周功業何須慕。不學淵明便歸去。坎止流行隨所寓。玉堂金馬，竹籬茅舍，總是無心處。

【校記】

[一]　此無名氏詞，見舊本《草堂詩餘》。

天仙子

水閣　沈會宗

景物因人成勝槩。滿目更無塵可礙。等閒簾幕小闌干，衣未解。心先快。明月清風如有待。

誰信門前車馬隘。別是人間閒世界。坐中無物不清涼，山一帶。水一派。流水白雲長自在。

江城子

春思　謝無逸

杏花村館酒旗風。水溶溶。颺殘紅。野渡舟橫，楊柳綠陰濃。望斷江南山色遠，人不見，草連空。

夕陽樓外晚煙籠。粉香融。淡眉峰。記得年時，相見畫屏中。只有關山今夜月，千里外，素光同。

江城子

春别　　秦少游

西城楊柳弄春柔。動離憂。淚難收。猶記多情、曾爲繫歸舟。碧野朱橋當日事，人不見，水空流。　韶華不爲少年留。恨悠悠。幾時休。飛絮落花、時節一登樓。便做春江都是淚，流不盡，許多愁。

千秋歲

次少游韻　　僧覺範

半身屏外，睡覺唇紅退。春思亂，芳心碎。空餘簪髻玉，不見流蘇帶。試與問，今人秀整誰宜對。　湘浦曾同會。手搴輕羅蓋。疑是夢，今猶在。十分春易盡，一點情難改。多少事，却隨恨遠連雲海。

風入松

春晚　康伯可[一]

一宵風雨送春歸。緑暗紅稀。畫樓整日無人到，與誰同、撚好花枝。門外薔薇開也，枝頭梅子酸時。　玉人應是數歸期。翠斂愁眉。塞鴻不到雙魚遠，嘆樓前、流水難西。新恨欲題紅葉，東風滿院花飛。

【校記】

[一]又作田中行詞。

隔浦蓮近

夏景　周美成

新篁摇動翠葆。曲徑通深窈。夏果收新脆，金丸落、驚飛鳥。濃靄迷岸草。蛙聲鬧。驟雨鳴池沼。水亭小。　浮萍破處，簾花簷影顛倒。綸巾羽扇，困卧北窗清曉。屏裏吴山夢自到。驚覺。依然身在江表。

何滿子

秋怨　　孫巨源

悵望浮生急景，凄凉寶瑟餘音。楚客多情偏怨别，碧山遠水登臨。目送連天衰草，夜闌幾處踈砧。　黄葉無風自落，秋雲不雨長陰。天若有情天亦老，摇摇幽恨難禁。惆悵舊歡如夢，覺來無處追尋。

傳言玉女

元宵　　晁叔用

一夜東風，吹散柳梢殘雪。御樓烟煖，對鰲山彩結。簫鼓向晚，鳳輦初回宫闕。千門燈火，九街風月。　綉閣人人，乍嬉遊、困又歇。艶粧初試，把珠簾半揭。嬌波溜人，手撚玉梅低説。相逢長是，上元時節。

解蹀躞

秋思　周美成

候館丹楓吹盡，面旋隨風舞。夜寒霜月、飛來伴孤旅。還是獨擁秋衾，夢餘酒困都醒，滿懷離苦。　甚情緒。深念淩波微步。幽房暗相遇。淚珠都作、秋宵枕前雨。此恨音驛難通，待憑征雁歸時，寄將愁去。

訴衷情近

初夏　柳耆卿

景闌晝永，漸入清和氣序。榆錢飄滿閒階，蓮葉嫩生翠沼。遥望水邊幽徑，山崦孤村，是處園林好。　閑情悄。綺陌遊人漸少。少年風韻，自覺隨春老。追前好。帝城信阻，天涯目斷，暮雲芳草。竚立空殘照。

祝英臺近

春怨[一]

無名氏

剪酴醿，移紅藥，深院教鸚鵡。消遣宿酲，攲枕熏沈炷。自從載酒西湖，探梅南浦，久不見、雪兒歌舞。　恨無據。因甚不展眉頭，凝愁過百五。雙燕無情，難寄斷腸句。可憐淚濕青綃，怨題紅葉，落花亂、一簾風雨。

【校記】

[一] 此首顧從敬本無。

側犯

夏夜

周美成

暮霞霽雨，小蓮出水紅粧靚。風定。看步襪江妃照明鏡。飛螢度暗草，秉燭遊花徑。人靜。攜艷質、追涼就槐影。　金環皓腕，雪藕清泉瑩。誰念省。滿身香、猶是舊荀令。見説胡姬,酒壚寂靜。烟鎖漠漠,藻池苔井。

四園竹

秋怨　周美成

浮雲護月,未放滿朱扉。鼠摇暗壁,螢度破窓,偷入書幃。秋意濃,閑竚立、庭柯影裏。好風襟袖先知。　夜何其。江南路遶重山,心知謾與前期。奈何燈前墮淚,腸斷蕭娘,舊日書辭。猶在紙。鴈信絶,清宵夢又稀。

御街行

秋日懷舊　范希文

紛紛墜葉飄香砌。夜寂靜、寒聲碎。真珠簾捲玉樓空,天淡銀河垂地。年年今夜,月華如練,長是人千里。　愁腸已斷無由醉。酒未到、先成淚。殘燈明滅枕頭欹,諳盡孤眠滋味。都來此事,眉間心上,無計相迴避。

陽關引

離別　　寇平仲

塞草烟光闊。渭水波聲咽。春朝雨霽輕塵斂，征鞍發。指青青楊柳，又是輕攀折。動黯然、知有後會甚時節。　更盡一盃酒，歌一闋。歎人生裏，難歡聚，易離別。且莫辭沈醉，聽取陽關徹。念故人、千里自此共明月。

紅林檎近

雪晴　　周美成

風雪驚初霽，水鄉增暮寒。樹杪墮毛羽，簷牙掛琅玕。纔喜堆門積巷，可惜迤邐銷殘。漸看低竹翩翻。清池漲微瀾。　步屐晴正好，宴席晚方歡。梅花耐冷，亭亭來入冰盤。對山前橫素，愁雲變色，放杯同覓高處看。

紅林檎近

詠雪　周美成

高柳春纔軟，凍梅寒更香。暮雪助清峭，玉塵散林塘。那堪飄風遞冷，故遣度幕穿牕。似欲料理新粧。呵手弄絲簧。　冷落詞賦客，蕭索水雲鄉。援毫授簡，風流猶憶東梁。望虛簷徐轉，囘廊未掃，夜長莫惜空酒觴。

金人捧露盤

春晚感舊　曾純甫

記神京，繁華地，舊游蹤。正御溝、春水溶溶。平康巷陌，繡鞍金勒躍青驄。解衣沽酒醉絃筦，柳綠花紅。　到如今，餘霜鬢，嗟前事，夢魂中。但寒烟、滿目飛蓬。雕欄玉砌，空餘三十六離宮。塞笳驚起暮天鴈，寂寞東風。

鬭百花

春恨　　柳耆卿

煦色韶光明媚，輕靄低籠芳樹。池塘淺蘸烟蕪，簾幙閒垂風絮。春困懨懨，抛擲鬭草工夫，冷落踏青心緒。終日扃朱戶。　遠恨綿綿，淑景遲遲難度。年少傅粉，依前醉眠何處。深院無人，黄昏乍拆鞦韆，空鎖滿庭花雨。

爪茉莉

秋夜　　柳耆卿

每到秋來，轉添甚况味。金風動、冷清清地。殘蟬噪晚，甚聒得、人心欲碎。更休道、宋玉多悲，石人也、須下淚。　衾寒枕冷，夜迢迢、更無寐。深院静、月明風細。巴巴望曉，怎生捱、更迢遞。料我兒、只在枕頭根底。等人睡、來夢裏。

驀山溪

別意　黄山谷

鴛鴦翡翠,小小思珍偶。眉黛斂秋波,儘湖南、山明水秀。娉娉嫋嫋,恰近十三餘,春未透。花枝瘦。正是愁時候。　尋芳載酒。肯落他人後。只恐遠歸來,緑成陰、青梅如豆。心期得處,每自不由人,長亭柳。君知否。千里猶回首。

驀山溪

春半　張東父

青梅如豆,斷送春歸去。小緑間長紅,看幾處、雲歌柳舞。偎花識面,對月共論心,携素手,採香遊,踏遍西池路。　水邊朱戶。曾記銷魂處。小立背鞦韆,空悵望、娉婷韻度。楊花撲面,香糝一簾風,情脉脉,酒懨懨,回首斜陽暮。

驀山溪

春情　易彥祥

海棠枝上，留得嬌鶯語。雙燕幾時來，竝飛入、東風院宇。夢回芳草，緑遍舊池塘，梨花雪，桃花雨。畢竟春誰主。　東郊拾翠，襟袖霑飛絮。寶馬趁雕輪，亂紅中、香塵滿路。十千斗酒，相與買春閒，吳姬唱，秦娥舞。拚醉青樓暮。

驀山溪

自述　宋謙父

壺山居士，未老心先懶。愛學道人家，辦竹几、蒲團茗椀。青山可買，小結屋三間，開一逕，俯清溪，脩竹栽教滿。　客來便請，隨分家常飯。若肯小留連，更薄酒、三盃兩琖。吟詩度曲，風月任招呼，身外事，不關心，自有天公管。

滿路花

冬景　周美成

金花落燼燈,銀礫鳴窗雪。夜深微漏斷,行人絶。風扉不定,竹圃琅玕折。玉人新間闊。著甚悰情,更當恁地時節。　無言攲枕,帳底流清血。愁如春後絮,來相接。知他那裏,爭信人心切。除共天公説。不成也還,似伊無箇分別。

滿路花

風情　朱希真[一]

簾烘淚雨乾,酒壓愁城破。冰壺防飲渴,培殘火。朱消粉褪,絶勝新梳裹。不是寒宵短,日上三竿,殢人猶要同卧。　如今多病,寂寞章臺左。黄昏風弄雪,門深鎖。蘭房密愛,萬種思量過。也須知有我。着甚情悰,你但忘了人呵。

【校記】

［一］ 此周邦彦詞，見《清真集》。

蕙蘭芳引

秋懷　　周美成

寒瑩晚空，點清鏡、斷霞孤鶩。對客館深扃，霜草未衰更緑。倦遊厭旅，但夢繞、阿嬌金屋。想故人别後，盡日空疑風竹。　塞北氍毹，江南圖障，是處温燠。更花管雲箋，猶寫寄情舊曲。音塵迢遞，但勞遠目。今夜長，爭奈枕單人獨。

洞仙歌

夏夜　　蘇東坡

冰肌玉骨，自清涼無汗。水殿風來暗香滿。繡簾開、一點明月窺人，人未寢，攲枕釵横鬢亂。　起來携素手，庭户無聲，時見疎星渡河漢。試問夜如何，夜已三更，金波澹、玉繩低轉。但屈指、西風幾時來，又不道流年，暗中偷換。

夏雲峰

夏景　　柳耆卿

宴堂深。軒楹雨，輕壓暑氣低沈。花洞彩舟泛斝，坐繞清潯。楚臺風快，湘簟冷、永日披襟。坐久覺、疎弦脆管，時換新音。　越娥蕙態蘭心。逞妖豔、泥懽邀寵難禁。筵上笑歌間發，舄履交侵。醉鄉深處，須盡興、滿酌高吟。向此免、名韁利鎖，虛費光陰。

東風齊着力

除夕　　胡浩然

殘臘收寒，三陽初轉，已換年華。東君律管，迤邐到山家。處處笙簧鼎沸，會嘉宴、坐列仙娃。花叢裏，金爐滿爇，龍麝烟斜。　此景轉堪誇。深意祝、壽山福海增加。玉觥滿泛，且莫羨流霞。幸有迎春壽酒，銀瓶浸、幾朶梅花。休辭醉，園林秀色，百草萌芽。

法曲獻仙音

感懷　　周美成

蟬咽涼柯，燕飛塵幕，漏閣籤聲時度。倦脱綸巾，困便湘竹，桐陰半侵朱户。向抱影凝情處。時聞打牕雨。　耿無語。歎文園、近來多病，情緒嬾，尊酒易成間阻。縹緲玉京人，想依然、京兆眉嫵。翠幕深中，對徽容、空在紈素。待花前月下，見了不教歸去。

意難忘

佳人　　周美成

衣染鶯黄。愛停歌駐拍，勸酒持觴。低鬟蟬影動，私語口脂香。荷露滴，竹風涼。拚劇飲淋浪。夜漸深、籠燈就月，細與端相。　知音見説無雙。解移宫换羽，未怕周郎。長顰知有恨，貪耍不成粧。些箇事，惱人腸。待説與何妨。又恐伊、尋消問息，瘦減容光。

塞翁吟

夏景　周美成

暗葉啼風雨，牕外曉色瓏璁。散水麝，小池東。亂一岸芙蓉。蘄州簟展雙紋浪，輕帳翠縷如空。夢遠別，淚痕重。淡鉛粉斜紅。忡忡。嗟憔悴、新寬帶結，羞艷冶、都銷鏡中。有蜀紙、堪憑寄恨，等今夜、灑血書詞，剪燭親封。菖蒲漸老，早晚成花，教見薰風。

滿江紅

春暮　蘇東坡

東武城南，新堤固、漣漪初溢。隱隱遍、長林高阜，卧紅堆碧。枝上殘花吹盡也，與君試向江邊覓。問向前、猶有幾多春，三之一。　官裏事，何時畢。風雨外，無多日。相將泛曲水，滿城爭出。君不見蘭亭修禊事，當時座上皆豪逸。到而今、修竹滿山陰，空陳迹。

滿江紅

春閨　　周美成

晝日移陰，攬衣起、春帷睡足。臨寶鑑、緑雲繚亂，未忺粧束。蝶粉蜂黄都退了，枕痕一線紅生玉。背畫欄、脉脉悄無言，尋琴局。　重會面，何時卜。無限事，縈心曲。想秦箏依舊，尚鳴金屋。芳草連天迷遠望，寶香熏被成孤宿。最苦是、蝴蝶滿園飛，無人撲。

滿江紅

警世[一]　　僧晦庵

膠擾勞生，待足後、何時是足。據見定、隨家豐儉，便堪龜縮。得意濃時休進步，須知世事多翻覆。漫教人、白了少年頭，徒碌碌。　誰不愛，黄金屋。誰不羡，千鍾禄。奈五行不是，這般題目。枉費心神空計較，兒孫自有兒孫福。又何須、采藥訪神仙，唯寡欲。

【校記】

[一] 此首顧從敬本無。

尾犯

秋怨　柳耆卿

夜雨滴空堦,孤館夢回,情緒蕭索。一片閒愁,想丹青難貌。秋漸老、蛩聲正苦,夜將闌、燈花旋落。最無端處,總把良宵,抵恁孤眠卻。　佳人應怪我,別後寡信輕諾。記得當初,剪香雲爲約。甚時向、深閨幽處,按新詞、流霞共酌。再同歡笑,肯把金玉珍珠博。

玉漏遲

春景　宋子京

杏香飄禁苑,須知自古,皇都春早。燕子來時,繡陌漸熏芳草。蕙圃夭桃過雨,弄碎影、紅篩清沼。深院悄。綠楊影裏,鶯聲低巧。　早是賦得多情,更對景臨風,鎮辜歡笑。

數曲欄干，故國謾勞登眺。天際微雲過盡，亂峰鎖、一竿斜照。歸路杳。東風淚零多少。

六幺令

重陽　　周美成

快風收雨，亭館清殘燠。池光靜横秋影，岸柳如新沐。聞道宜城酒美，昨日新醅熟。輕鑣相逐。衝泥策馬，來折東籬半開菊。　華堂花艶對列，一一驚郎目。歌韻巧共泉聲，間雜琮琤玉。惆悵周郎已老，莫唱當時曲。幽歡難卜。明年誰健，更把茱萸再三囑。

掃地花

春恨　　周美成

曉陰翳日，正霧靄煙横，遠迷平楚。暗黄萬縷。聽鳴禽按曲，小腰欲舞。細遶回堤，駐馬河橋避雨。信流去。那一葉怨題，今在何處。　春事能幾許。任占地持盃，掃花尋路。淚珠濺俎。歎將愁度日，病傷幽素。恨入金徽，見說文君更苦。黯凝竚。掩重關、遍城鐘鼓。

天香

冬景　　王充[一]

霜瓦鴛鴦，風簾翡翠，今年又是寒早。矮釘明窗，側開朱户，斷莫亂教人到。重冷未解，雲共雪、商量不了。青帳垂氈要密，紅窓放圍宜小。　　呵梅弄粧試巧。繡羅衣、瑞雲芝草。伴我語時同語，笑時同笑。已被金尊勸酒，又唱箇、新詞故相惱。盡道窮冬，元來恁好。

【校記】

［一］《樂府雅詞》録作王觀詞，一本作無名氏詞。

天香

對梅花懷王侍御　　劉方叔

漠漠江臯，迢迢驛路，天教爲春傳信。萬木叢邊，百花頭上，不管雪飛風緊。尋交訪舊，惟翠竹、寒松相認。不意牽詩動興，何心襯粧添暈。　孤標最甘冷落，全不許、蝶親蜂近。直自從來潔白，箇中清韻。儘做重聞塞管，也何害、香銷粉痕盡。待到和羹，纔明底蘊。

燕春臺

元夜　　張子野

麗日千門，紫煙雙闕，瓊林又報春回。殿角風微，當時去燕還來。五侯池館屏開。探芳菲走馬，重簾人語，轔轔車幰，遠近輕雷。　雕觴霞灩，翠幕雲飛，楚腰舞柳，宫面粧梅。金猊夜暖，羅衣暗裛香煤。洞府人歸，笙歌院落，燈火樓臺。下蓬萊。猶有花上月，清影徘徊。

滿庭芳

冬景　　康伯可

霜幕風簾，閒齋小户，素蟾初上雕櫳。玉杯醽醁，還與可人同。古鼎沈煙篆細，玉筍破、橙橘香濃。梳粧懶，脂輕粉薄，約畧淡眉峰。　清新，歌幾許，低隨慢唱，語笑相供。道文書針線，今夜休攻。莫厭蘭膏更繼，明朝又、紛冗匆匆。酩酊也，冠兒未卸，先把被兒烘。

滿庭芳

佳人　蘇東坡

香靉雕盤，寒生冰筯，畫堂別是風光。主人情重，開宴出紅粧。膩玉圓搓素頸，藕絲嫩、新織仙裳。雙歌罷，虛檻轉月，餘韻尚悠颺。　人間，何處有，司空見慣，應謂尋常。坐中有狂客，惱亂愁腸。報道金釵墜也，十指露、春筍纖長。親曾見，全勝宋玉，想像賦高唐。

滿庭芳

警世　蘇東坡

蝸角虛名，蠅頭微利，算來着甚干忙。事皆前定，誰弱又誰強。且趂閒身未老，儘放我、些子疎狂。百年裏，渾教是醉，三萬六千場。　思量。能幾許，憂愁風雨，一半相妨。又何須抵死，説短論長。幸對清風皓月，苔茵展、雲幙高張。江南好，千鍾美酒，一曲滿庭芳。

滿庭芳

吉席　胡浩然

瀟灑佳人，風流才子，天然分付成雙。蘭堂綺席，燭影耀熒煌。數幅紅羅繡帳，寶粧篆、金鴨焚香。分明是，芙蕖浪裏，一對浴鴛鴦。　歡娱，當此際，山盟海誓，地久天長。願五男二女，七子成行。男作公卿將相，女須嫁、君宰侯王。從兹去，榮華富貴，福禄壽無疆。

滿庭芳

漁舟　張子野[一]

紅蓼花繁，黄蘆葉亂，夜深玉露初零。霽天空闊，雲淡楚江清。獨棹孤篷小艇，悠悠過、煙渚沙汀。金鈎細，絲綸慢捲，牽動一潭星。　時時，横短笛，清風皓月，相與忘形。

任人笑生涯，泛梗飄萍。飲罷不妨醉卧，塵勞事、有耳誰聽。江風静，日高未起，枕上酒微醒。

【校記】

［一］此秦觀詞，見《淮海居士長短句》。

鳳凰臺上憶吹簫

離別　李易安

香冷金猊，被翻紅浪，起來慵自梳頭。任寶奩塵滿，日上簾鈎。生怕離懷别苦，多少事、欲説還休。新來瘦，非干病酒，不是悲秋。

休休。這回去也，千萬遍陽關，也則難留。念武陵人遠，烟鎖秦樓。惟有樓前流水，應念我、終日凝眸。凝眸處，從今又添，一段新愁。

水調歌頭

春半　　劉改之

春事能幾許，密葉着青梅。日高花困，海棠風熌想都開。不惜春衣典盡，只怕春光歸去，片片點蒼苔。能得幾時好，追賞莫徘徊。　雨飄紅，風換翠，苦相催。人生行樂，且須痛飲莫辭杯。坐則高談風月，醉則恣眠芳草，醒後亦佳哉。湖上新亭好，何事不曾來。

水調歌頭

詠月　　張安國

江山自雄麗，風露與高寒。寄聲月姊，借我玉鑑此中看。幽壑魚龍悲嘯，倒影星辰搖動，海氣夜漫漫。擁起白銀闕，危駐紫金山。　表獨立，飛玉珮，整雲冠。漱冰濯雪，眇視萬里一毫端。回首三山何處，聞道羣仙笑我，邀我欲俱還。揮手從此去，翳鳳更驂鸞。

燭影摇紅

上元　吴大年

樓雪初消，麗譙吹罷單于晚。使君千炬起班春，歌吹香風煖。十里珠簾盡捲。人正在、蓬壺閬苑。賣薪買酒，立馬傳觴，昇平重見。　誰識鼇頭，去年曾侍傳柑宴。至今衣袖帶天香，行處氤氳滿。已是春宵苦短。且莫遣、歡遊意嬾。細聽歸路，璧月光中，玉簫聲遠。

燭影摇紅

春恨　王晉卿[一]

香臉輕勻，黛眉巧畫宫粧淺。風流天付與精神，全在嬌波轉。早是縈心可慣。更那堪、頻頻顧盼。幾回得見，見了還休，爭如不見。　燭影摇紅，夜闌飲散春宵短。當時誰解唱陽關，離恨天涯遠。無奈雲收雨散。凭闌干、東風淚眼。海棠開後，燕子來時，黄昏庭院。

【校記】

〔一〕 據《能改齋漫録》，此詞爲周邦彦增損王詵詞而成。

燭影揺紅

閨情　　孫夫人〔一〕

乳燕穿簾，亂鶯啼樹清明近。隔簾時度柳花飛，猶覺寒成陣。長記眉峰偷隱。臉桃紅、難藏酒暈。背人微笑，半嚲鸞釵，輕籠蟬鬢。　別久啼多，眼應不似當時俊。滿園朱翠逞春嬌，没箇他風韻。若見賓鴻試問。待相將、綵牋寄恨。幾時得見，鬭草歸來，雙鴛微潤。

【校記】

〔一〕 此佚名詞，見舊本《草堂詩餘》。

倦尋芳

春閨　潘元質

獸環半掩，鴛甃無塵，庭院瀟灑。樹色沈沈，春盡燕嬌鶯姹。夢草池塘青漸滿，海棠軒檻紅相亞。聽簫聲，記秦樓夜約，彩鸞齊跨。　漸迤邐、更催銀箭，何處貪歡，猶繫驕馬。旋剪燈花，兩點翠眉誰畫。香滅羞回空帳裏，月高猶在重簾下。恨疎狂，待歸來、碎揉花打。

漢宮春

元宵　慈寧殿被旨作　康伯可

雲海沉沉，峭寒收建章，雪殘鳷鵲。華燈照夜，萬井禁城行樂。春隨鬢影，映參差、柳絲梅萼。丹禁杳，鼇峰對聳，三山上通寥廓。　春衫繡羅香薄。步金蓮影下，三千綽約。冰輪桂滿，皓色冷浸樓閣。霓裳帝樂，奏昇平、天風吹落。留鳳輦、通宵宴賞，莫放漏聲閒卻。

漢宮春

上元前一日立春　　京仲遠

煖律初回。又燒燈市井，賣酒樓臺。誰將星移萬點，月滿千街。輕車細馬，隘通衢、蹴起香埃。今歲好，土牛作伴，挽留春色同來。　不是天公省事，要一時壯觀，特地安排。何妨綵樓鼓吹，綺席樽罍。良宵勝景，語邦人、莫惜徘徊。休笑我，癡頑不去，年年爛醉金釵。

聲聲慢

夏景　　劉巨濟[一]

梅黄金重，雨細絲輕，園林霧烟如織。殿閣風微，簾外燕喧鶯寂。池塘彩鴛戲水，露荷翻、千點珠滴。閒晝永，稱瀟湘竿叟，爛柯仙客。　日午槐陰低轉，茶甌罷、清風頓生雙腋。碾玉盤深，朱李靜沉寒碧。朋儕閒歌白雪，卸巾紗、樽俎狼藉。有皓月、照黄昏，眠又未得。

【校記】

［一］此佚名詞，見舊本《草堂詩餘》。

醉蓬萊

上巳　葉少藴

問春風何事，斷送繁紅，便拚歸去。牢落征途，笑行人羈旅。一曲陽關，斷雲殘靄，做渭城朝雨。欲寄離愁，緑陰千囀，黄鸝空語。　遥想湖邊，浪摇空翠，絃管風高，亂花飛絮。曲水流觴，有山翁行處。翠袖朱欄，故人應也，弄畫船烟浦。會寫相思，尊前爲我，重翻新句。

醉蓬萊中秋

中秋　懷無逸兄

謝幼槃

望晴峰染黛，暮靄澄空，碧天無漢。圓鏡高飛，又一年秋半。皓色誰同，歸心暗折，聽唳雲孤鴈。問月停杯，錦袍何處，一尊無伴。　好在南鄰，詩盟酒社，刻燭爭成，引觴愁緩。今夕樓中，繼阿連清玩。飲劇狂歌，歌終起舞，醉冷光零亂。樂事難窮，疎星易曉，又成浩歎。

醉蓬萊

老人星［一］

柳耆卿

漸亭皋葉下，隴首雲飛，素秋新霽。華闕中天，鎖鬱葱佳氣。嫩菊黄深，拒霜紅淺，近寶階香砌。玉宇無塵，金莖有露，碧天如水。　正值昇平，萬機多暇，夜色澄鮮，漏聲迢遞。南極星中，有老人呈瑞。此際宸遊，鳳輦何處，度管絃聲脆。太液波翻，披香簾捲，月明風細。

【校記】

［一］此首顧從敬本無。

帝臺春

春恨　　李景元

芳草碧色。萋萋遍南陌。飛絮亂紅，也似知人，春愁無力。憶得盈盈拾翠侶，共携賞、鳳城寒食。到今來，海角逢春，天涯行客。愁旋釋。還似織。淚暗拭。又偷滴。謾倚遍危欄，儘黄昏、也只是暮雲凝碧。拚則而今已拚了，忘則怎生便忘得。又還問鱗鴻，試重尋消息。

八聲甘州

追和東坡韻　晁無咎

謂東坡未老賦歸來，天未遣公歸。向西湖兩處，秋波一種，飛靄澄暉。又擁竹西歌吹，僧老木蘭非。一笑千秋事，浮世危機。　莫倚平山欄檻，是醉翁飲處，江雨霏霏。送孤鴻揮手，相接眼中稀。念平生、相從江海，任飄蓬、不遣此心違。登臨事，更何須惜，吹帽淋衣。

玲瓏四犯

春思　周美成

穠李夭桃，是舊日潘郎，親試春艷。自別河陽，長負露房烟臉。憔悴鬢點吴霜，念想夢魂飛亂。歎畫欄、玉砌都換。纔始有緣重見。　夜深偷展香羅薦。暗窓前、醉眠葱蒨。浮花浪蘂都相識，誰更曾擡眼。休問蒨色舊香，但認取、芳心一點。又片時一陣，風雨惡，吹分散。

晝夜樂

贈妓　柳耆卿

秀香家住桃花徑。算神仙、才堪並。層波細剪明眸，膩玉圓搓素頸。愛把歌喉當筵逞。遏天邊、亂雲愁凝。言語似嬌鶯，一聲聲堪聽。　洞房飲散簾幃靜。擁香衾、歡心稱。金爐麝裊青烟，鳳帳燭摇紅影。無限狂心乘酒興。這歡娱、漸入佳境。猶自怨鄰雞，道秋宵不永。

高陽臺

春思　僧皎如〔一〕

紅入桃腮，青回柳眼，韶華已破三分。人不歸來，空教草怨王孫。平明幾點催花雨，夢半闌、攲枕初聞。問東君，因甚將春，老却閒人。　東郊十里香塵，旋安排玉勒，整頓雕輪。趂取芳時，去尋島上紅雲。朱衣引馬黄金帶，算到頭、總是虚名。莫閒愁，一半悲秋，一半傷春。

【校記】

〔一〕此王觀詞，見《陽春白雪》。

金菊對芙蓉

秋怨　　　康伯可

梧葉飄黄，萬山空翠，斷霞流水爭輝。正金風西起，海燕東歸。凭欄不見南來鴈，望故人、消息遲遲。木樨開後，不應悞我，好景良時。　只念獨守孤幃。把枕前囑付，一旦分飛。上秦樓遊賞，酒殢花迷。誰知别後相思苦，悄爲伊、瘦損香肌。花前月下，黄昏院落，珠淚偷垂。

金菊對芙蓉

重陽　辛幼安

遠水生光,遥山聳翠,霽烟深鎖梧桐。正零瀼玉露,淡蕩金風。東籬菊有黄花吐,對映水、幾簇芙蓉。重陽佳致,可堪此景,酒釅花濃。　追念景物無窮。歎少年胷襟,忒煞英雄。把黄英紅萼,甚物堪同。除非腰佩黄金印,座中擁、紅粉嬌容。此時方稱情懷,盡拚一飲千鍾。

金菊對芙蓉

桂花　僧仲殊

花則一名,種分三色,嫩紅妖白嬌黄。正清秋佳景,雨霽風凉。郊墟十里飄蘭麝,瀟灑處、旖旎非常。自然風韻,開時不惹,蝶亂蜂狂。　携酒獨揖蟾光。問花神何屬,離兑中央。引騷人乘興,廣賦詩章。幾多才子爭攀折,嫦娥道、三種清香。狀元紅是,黄爲榜眼，白探花郎。

玉蝴蝶

春思　晁叔用

目斷江南千里，灞橋一望，煙水微茫。盡鎖重門，人去暗惜流光。雨輕輕、梨花院落，風淡淡、楊柳池塘。暗偏長。佩沈湘浦，雲散高唐。　清狂。重來一夢，手搓梅子，煮酒新嘗。寂寞經春，小橋依舊燕飛忙。玉鈎欄、凭多漸煖，金縷枕、别久猶香。最難忘。看花南陌，待月西廂。

玉蝴蝶

春遊　柳耆卿

漸覺東郊明媚，夜來膏雨，一洒塵埃。滿目淺桃深杏，露染煙裁。銀塘静、魚鱗簟展，煙岫翠、龜甲屏開。殷晴雷。雲中鼓吹，游遍蓬萊。　徘徊。隼旟前後，三千珠履，十二金釵。雅俗熙熙，下車成宴盡春臺。好雍容、東山妓女，堪笑傲、北海樽罍。且追陪。鳳池歸去，那更重來。

玉蝴蝶

秋思　柳耆卿

望處雨收雲斷，凭欄悄悄，目送秋光。晚景蕭疎，堪動宋玉悲涼。水風輕、蘋花漸老，月露冷、梧葉飄黄。遣情傷。故人何在，煙水茫茫。　難忘。文期酒會，幾辜風月，屢變星霜。海闊山遥，未知何處是瀟湘。念雙燕、難憑遠信，指暮天、空識歸航。黯相望。斷鴻聲裏，立盡斜陽。

絳都春

清明　刘叔安

和風乍扇，又還是去年，清明重到。喜見燕子，巧説千般如人道。牆頭陌上青梅小。是處有、閒花芳艸。偶然思想，前歡醉賞，牡丹時候。當此三春媚景，好連宵恣樂，情懷歌酒。縱有珠珍，難買紅顔長年少。從他烏兔茫茫走。更莫待、花殘鶯老。恁時歡笑，休把萬金换了。

絳都春

梅花　　朱希真[一]

寒陰漸曉。報驛使探春，南枝開早。粉蘂弄香，芳臉凝酥瓊枝小。雪天分外精神好。向白玉堂前應到。化工不管，朱門閉也，暗傳音耗。　輕渺。盈盈笑靨，稱嬌面、愛學宫粧新巧。幾度醉吟，獨倚闌干黄昏後。月籠疎影横斜照。更莫待、單于吹老。便須折取歸來，膽瓶頓了。

【校記】

［一］　此佚名詞，見舊本《草堂詩餘》。

念奴嬌

春恨　書東流村壁　辛幼安

野棠花落，又匆匆過了，清明時節。刬地東風欺客夢，一枕銀屏寒怯。曲岸持觴，垂楊立馬，此地曾經别。樓空人去，舊遊飛燕能説。　聞道綺陌東頭，行人長見，簾底纖纖月。舊恨春江流不盡，新恨雲山千疊。料得明朝，尊前重見，鏡裏花難折。也應驚問，近來多少華髮。

念奴嬌

夏日避暑　僧仲殊

故園避暑，愛繁陰翳日，流霞供酌。竹影篩金泉漱玉，紅映薇花簾箔。素質生風，香肌無汗，繡扇長閒却。雙鸞棲處，緑筠時下風籜。　吹斷舞影歌聲，陽臺人去，有當年池閣。佩結蘭英凝念久，言語精神依約。燕别雕梁，鴻歸紫塞，音信憑誰托。爭知好景，爲君長是蕭索。

念奴嬌

中秋　　蘇東坡

憑高眺遠，見長空萬里，雲無留迹。桂魄飛來光射處，冷浸一天秋碧。玉宇瓊樓，乘鸞來去，人在清涼國。江山如畫，望中煙樹歷歷。　我醉拍手狂歌，舉杯邀月，對影成三客。起舞徘徊風露下，今夕不知何夕。便欲乘風，翩然歸去，何用騎鵬翼。水晶宫裏，一聲吹斷横笛。

念奴嬌

詠月　上太守　　范元卿

玉樓絳氣，捲霞綃雲浪，飛空蟾魄。人世江山驚照耀，煙靄鼇峰千尺。陸海蓬壺，銀葩星暈，點破琉璃碧。有人吟笑，紫荷香滿晴陌。　況是東府君侯，西清別騎，樽俎開華席。迤邐飛輪催杖履，入對青藜仙客。襦袴歌謡，昇平風露，拚取金蓮側。梅花吹動，滿城依舊春色。

念奴嬌

詠月　黄山谷

斷虹霽雨，淨秋空、山染修眉新緑。桂影扶疎，誰便道、今夕清輝不足。萬里青天，姮娥何處，駕此一輪玉。寒光零亂，爲人偏照醽醁。　年少從我追遊，晚城幽徑，遶張園森木。共倒金荷家萬里，難得樽前相屬。老子平生，江南江北，最愛臨風曲。孫郎微笑，坐來聲歕霜竹。

念奴嬌

詠月　朱希真

插天翠柳，被何人堆上，一輪明月。照我藤牀涼似水，飛入瑶臺銀闕。露冷笙簫，風清環佩，玉鎖無人掣。閒雲收盡，海光天影相接。　誰信有藥長生，素娥新煉就，飛霜液雪。擊碎珊瑚爭似看，仙桂扶疎奇絶。洗盡凡心，滿身清露，冷浸蕭蕭髮。明朝塵世，記取休向人説。

念奴嬌

詠月　　范元卿

尋常三五，問今夕何夕，嬋娟都勝。天闊雲收崩浪静，深碧琉璃千頃。銀漢無聲，冰輪直上，桂濕扶疎影。綸巾玉麈，庾樓無限清興。　誰念江海飄零，不堪回首，驚鵲南枝冷。萬點蒼山何處是，修竹吾廬三徑。香霧雲鬟，清輝玉臂，醉了愁重醒。參横斗轉，轆轤聲斷金井。

念奴嬌

詠雪　呈朱漕　張安國

朔風吹雨,送淒涼天意,垂垂欲雪。萬里南荒雲霧滿,弱水蓬萊相接。凍合龍岡,寒侵銅柱,碧海冰澌結。憑高一笑,問君何處炎熱。　家在楚尾吳頭,歸期猶未,對此驚時節。記得年時貂帽煖,鐵馬千羣觀獵。狐兔成車,歌鐘殷地,歸踏層城月。持杯且醉,不須北望淒切。

念奴嬌

和詞　無名氏

炎精中否,歎人材委靡,都無英物。戎馬長驅三犯闕,誰作長城堅壁。楚漢吞并,曹劉割據,白骨今如雪。書生鑽破簡編,説甚英傑。　天意眷我中興,吾君神武,小曾孫周發。海岳封疆俱效職,狂虜會須灰滅。翠羽南巡,叩閽無路,徒有衝冠髮。孤忠耿耿，劍鋒冷浸秋月。

念奴嬌

西湖　和人韻　　　　　　辛幼安

晚風吹雨，戰新荷聲亂，明珠蒼璧。誰把香奩收寶鏡，雲錦周遭紅碧。飛鳥翻空，遊魚吹浪，慣趂笙歌席。坐中豪氣，看公一飲千石。　遥想處士風流，鶴隨人去，已作飛仙客。茆舍竹籬今在否，松竹已非疇昔。欲説當年，望湖樓下，水與雲寬窄。醉中休問，斷腸桃葉消息。

念奴嬌

自壽　　　　　　鄭中卿

嗟來咄去，被天公把做，小兒調戲。蹀雪龍庭歸未久，還促炎州行李。不半年間，北胡南越，一萬三千里。征衫着破，着衫人可知矣。　休問海角天涯，黄蕉丹荔，自足供甘旨。泛緑依紅無箇事，時舞斑衣而已。救蟻藤橋，養魚盆沼，是亦經綸耳。伊周安在，且須學老萊子。

應天長

寒食［一］　周美成

條風布煖，霏霧弄晴，池塘遍滿春色。正是夜堂無月，沉沉暗寒食。梁間燕，社前客，似笑我、閉門愁寂。亂花過，隔院芸香，滿地狼籍。長記那回時，邂逅相逢，郊外駐油壁。又見漢宮傳燭，飛烟五侯宅。青青草，迷路陌，强載酒、細尋前跡。市橋遠，柳下人家，猶自相識。

【校記】

［一］　此首顧從敬本無。

應天長

閨情[一]　　康伯可

管絃繡陌，燈火畫橋，塵香舊時歸路。腸斷蕭娘，舊日風簾映朱户。鶯能舞，花解語。念後約、頓成輕負。緩雕轡、獨自歸來，凭欄情緒。　楚岫在何處。香夢悠悠，花月更誰主。惆悵後期，空有鱗鴻寄紈素。枕前淚，窗外雨。翠幙冷、夜凉虚度。未應信、此度相思，寸腸千縷。

【校記】

［一］此首顧從敬本無。

遶佛閣

旅況　　周美成

暗塵四斂。樓觀迥出，高映孤館。清漏將短。厭聞夜久、籤聲動書幔。桂華又滿。閒步露草,偏愛幽遠。花氣清婉。望中迤邐,城陰度河岸。倦客最蕭索,醉倚斜橋穿柳線。還似汴堤、虹梁橫水面。看浪颭春燈,舟下如箭。此行重見。歎故友難逢,羈思空亂。兩眉愁、向誰舒展。

解語花

元宵　周美成

風銷焰蠟,露浥烘爐,花市光相射。桂華流瓦。纖雲散、耿耿素娥欲下。衣裳淡雅。看楚女、纖腰一把。簫鼓喧、人影參差,滿路飄香麝。　因念帝城放夜。望千門如畫,嬉笑遊冶。鈿車羅帕。相逢處、自有暗塵隨馬。年光是也。惟只見、舊情衰謝。清漏移、飛蓋歸來,從舞休歌罷。

慶春澤

上元

劉叔安

燈火烘春，樓臺浸月，良宵一刻千金。錦步承蓮，彩雲簇仗難尋，蓬壺影動星毬轉，映兩行、寶珥瑶簪。恣嬉遊，玉漏聲催，未歇芳心。　笙歌十里誇張地，記年時行樂，憔悴而今。客裏情懷，伴人間笑閒吟。小桃未盡劉郎老，把相思、細寫瑶琴。怕歸來，紅紫欺風，三徑成陰。

萬年歡

元宵

胡浩然

燈月交光，漸輕風布煖，先到南國。羅綺嬌容，十里絳紗籠燭。花艷驚郎醉目。有多少、佳人如玉。春衫袂，整整齊齊，内家新様妝束。　歡情未足。更闌謾、勾牽舊恨，縈亂心曲。悵望歸期，應是紫姑頻卜。暗想雙眉對蹙。斷絃待、鸞膠重續。休迷戀，野草閒花，鳳簫人在金谷。

玉燭新

早梅 周美成

溪源新臘後。見數朵江梅，剪裁初就。暈酥破玉芳英嫩，故把春心輕漏。前村昨夜，想弄月、黄昏時候。孤岸峭，疎影横斜，濃香暗沾襟袖。　樽前賦與多才，問嶺外風光，故人知否。壽陽謾斗。終不似、照水一枝清瘦。風嬌雨秀。好亂插、繁花盈首。須信道，羌管無情，看看又奏。

木蘭花慢

重陽 京仲遠

算秋來景物，皆勝賞、況重陽。正露冷欲霜，煙輕不雨，玉宇開張。蜀人從來好事，遇良辰、不肯負時光。藥市家家簾幕，酒樓處處絲簧。　婆娑，老子興難忘。聊復與平章。也隨分登高，茱萸綴席，菊蘂浮觴。明年未知健否，笑杜陵、底事獨淒涼。不道頻開笑口，年年落帽何妨。

憶舊遊

春恨　　周美成

記愁橫淺黛，淚洗紅鉛，門掩秋宵。墜葉驚離思，聽寒螿夜泣，亂雨瀟瀟。鳳釵半脱雲鬟，牕影燭花摇。漸暗竹敲凉，疎螢照曉，兩地魂銷。　　迢迢。問音信，道徑底花陰，時認鳴鑣。也擬臨朱户，歎因郎憔悴，羞見郎招。舊巢更有新燕，楊柳拂河橋。但滿眼京塵，東風竟日吹露桃。

水龍吟

贈妓　　秦少游

小樓連苑橫空，下窺繡轂雕鞍驟。疏簾半捲，單衣初試，清明時候。破暖輕風，弄晴微雨，欲無還有。賣花聲過盡，斜陽院宇，紅成陣、飛鴛甃。　玉佩丁東別後。悵佳期、參差難又。名韁利鎖，天還知道，和天也瘦。花下重門，柳邊深巷，不堪回首。念多情但有，當時皓月，照人依舊。

水龍吟

清明　和章質夫韻　　劉叔安

弄晴臺館收煙候，時有燕泥香墜。宿酲未解，單衣初試，騰騰春思。前度桃花，去年人面，重門深閉。記彩鸞別後，青驄歸去，長亭路、芳塵起。　十二屏山遍倚。任蒼苔、點紅如綴。黄昏人靜，暖香吹月，一簾花碎。芳意婆娑，緑陰風雨，畫橋烟水。笑多情司馬，留春無計，濕青衫淚。

瑞鶴仙

上元　　康伯可

瑞煙浮禁苑。正絳闕春回，新正方半。冰輪桂華滿。溢花衢歌市，芙蓉開遍。龍樓兩觀。見銀燭、星球有爛。捲珠簾、盡日笙歌，盛集寶釵金釧。　堪羨。綺羅叢裏，蘭麝香中，正宜遊翫。風柔夜煖。花影亂，笑聲喧。鬧蛾兒滿路，成團打塊，簇着冠兒鬬轉。喜皇都、舊日風光，太平再見。

瑞鶴仙

春情　　歐陽永叔[一]

臉霞紅印枕。睡覺來、冠兒還是不整。屏間麝煤冷。但眉山壓翠，淚珠彈粉。堂深晝永。燕交飛、風簾露井。悵無人、與説相思，近日帶圍寬盡。　重省。殘燈朱幌，淡月紗窗，那時風景。陽臺路遠，雲雨夢、便無準。待歸來、先指花梢教看，却把心期細問。問因循、過了青春，怎生意穩。

【校記】

〔一〕　此陸淞詞，見《絶妙好詞》。

瑞鶴仙

檃栝醉翁亭　黄山谷

環滁皆山也。望蔚然深秀，琅琊山也。山行六七里，有翼然泉上，醉翁亭也。翁之意也。得之心、寓之酒也。更野芳佳木，風高石出，景無窮也。　遊也。山肴野蔌，酒洌泉香，沸籌觥也。太守醉也。喧嘩衆賓歡也。況宴酣之樂、非絲非竹，太守樂其樂也。問當時、太守謂誰，醉翁是也。

慶春宫

秋怨　　周美成

雲接平岡，山圍寒野，路回漸漸孤城。衰柳啼鴉，驚風驅鴈，動人一片秋聲。倦途休駕，淡煙裏、微茫見星。塵埃憔悴，生怕黄昏，離思牽縈。　華堂舊日逢迎。花豔參差，香霧飄零。弦管當頭，偏憐嬌鳳，夜深簧煖笙清。眼波傳意，恨密約、匆匆未成。許多煩惱，只爲當時，一餉留情。

晝錦堂

閨情　　周美成〔一〕

雨洗桃花，風飄柳絮，日日飛滿雕簷。懊惱一春幽恨，盡屬眉尖。愁聞雙飛新燕語，更堪孤枕宿醒忺。雲鬟亂，獨步畫堂，輕風暗觸珠簾。　多厭。晴晝永，瓊户悄，香銷金獸慵添。自與蕭郎别後，事事俱嫌。短歌新曲無心理，鳳簫龍管不曾拈。空惆悵，常是每年三月，病酒懨懨。

【校記】

［一］此無名氏詞，見舊本《草堂詩餘》。

宴清都

春閨　何籀

細草沿堦輭。紅日薄，蕙風輕藹微煖。東君靳惜，桃英尚小，柳芽猶短。羅幃幙高捲。又早是、歌慵笑懶。凭畫樓、那更天遠，山遠水遠人遠。　堪嘆。傅粉疎狂，竊香俊雅，無計拘管。青絲絆馬，紅纓繫羽，甚處迷戀。無言淚珠零亂。翠袖儘、重重漬遍。故要得、別後思量，歸時覷見。

齊天樂

端午　　周美成[一]

疏疏幾點黄梅雨。佳時又逢重午。角黍包金,香蒲泛玉,風物依然荊楚。形裁艾虎。更釵裊朱符,臂纏紅縷。撲粉香綿,唤風綾扇小窗午。　沉湘人去已遠,勸君休對景,感時懷古。慢囀鶯喉,輕敲象板,勝讀離騷章句。荷香暗度。漸引入醄醄,醉鄉深處。卧聽江頭,畫船喧韻鼓。

【校記】

[一]　此楊無咎詞,見《逃禪詞》。

喜遷鶯

立春　　胡浩然[一]

譙門殘月。聽畫角曉寒,梅花吹徹。瑞日烘雲,和風解凍,青帝乍臨東闕。煖向土牛簫鼓,天路珠簾高揭。最好是,戴綵幡春勝,釵頭雙結。　奇絶。開宴處,珠履玳簪,俎豆爭羅列。舞袖翩翻,歌喉縹緲,壓倒柳腰鶯舌。勸我應時納祐,還把金爐香爇。願歲歲,這一巵春酒,長陪佳節。

【校記】

〔一〕此史浩詞,見《鄮峰真隱詞曲》。

喜遷鶯

閏元宵　吴子和

銀蟾光彩。喜稔歲閏正,元宵還再。樂事難并,佳時罕遇,依舊試燈何礙。花市又移星漢,蓮炬重芳人海。盡勾引,遍嬉遊寶馬,香車喧隘。　晴快。天意教、人月更圓,償足風流債。媚柳烟濃,夭桃紅小,景物迥然堪愛。巷陌笑聲不斷,襟袖餘香仍在。待歸也,便相期明日,踏青挑菜。

喜遷鶯

端午　　吴子和[一]

梅霖初歇。乍絳色海榴，爭開佳節。角黍包金，香蒲切玉，是處玳筵羅列。鬭巧盡輸少年，玉腕綵絲雙結。艤綵舫，看龍舟兩兩，波心齊發。　　奇絶。難畫處，激起浪花，飜作湖間雪。畫鼓轟雷，紅旗掣電，奪罷錦標方徹。望中水天日暮，猶自珠簾高揭。棹歸晚，載荷香十里，一鈎新月。

【校記】

[一]　此黄裳詞，見《演山先生文集》。

喜遷鶯

慶壽　檜相生日　　康伯可

臘殘春早。正簾幕護寒，樓臺清曉。寶運當千，佳辰餘五，嵩嶽誕生元老。帝遣皐安宗社，人仰雍容廊廟。盡總道，是文章孔孟，勳庸周召。　師表。方眷遇，魚水君臣，須信從來少。玉帶金魚，朱顔緑鬢，占斷世間榮耀。篆刻鼎彝將遍，整頓乾坤都了。願歲歲，見柳梢青淺，梅英紅小。

春從天上來

感舊　　吴彦高

海角飄零。歎漢苑秦宫，墜露飛螢。夢裏天上，金屋銀屏。歌吹競舉青冥。問當時遺譜，有絶藝、鼓瑟湘靈。促哀彈，似林鶯嚦嚦，山溜泠泠。　梨園太平樂府，醉幾度春風，鬢變星星。舞徹中原，塵飛滄海，風雪萬里龍庭。寫胡笳幽怨，人憔悴、不似丹青。酒微醒。一軒涼月，燈火青熒。

永遇樂

春情

解方叔

風煖鶯嬌，露濃花重，天氣和煦。院落烟收，垂楊舞困，無柰堆金縷。誰家巧縱，青樓絃管，惹起夢雲情緒。憶當時、紋衾粲枕，未嘗暫孤鴛侶。　芳菲易老，故人難聚。到此翻成輕誤。閬苑仙遥，蠻箋縱寫，何計傳深訴。青山緑水，古今長在，惟有舊歡何處。空贏得、斜陽暮草，淡烟細雨。

送入我門來

除夕

胡浩然

荼壘安扉，靈馗掛户，神儺烈竹轟雷。動念流光，四序式週回。須知今歲今宵盡，似頓覺明年明日催。向今夕，是處迎春送臘，羅綺筵開。　今古偏同此夜，賢愚共添一歲，貴賤仍偕。互祝遐齡，山海固難摧。石崇富貴籛鏗壽，更潘岳儀容子建才。仗東風盡力，一齊吹送，入此門來。

歸朝歡

春遊　馬莊父

聽得提壺沽美酒。人道杏花深處有。杏花狼藉鳥啼風，十分春色今無九。麝煤銷永晝。青烟飛上庭前柳。畫堂深，不寒不煗，正是好時候。　團團寶月憑纖手。暫借歌喉招舞袖。真珠滴破小槽紅，香肌縮盡纖羅瘦。投分須白首。黃金散與親和舊。且銜杯，壯心未落，風月長相守。

歸朝歡

春閨　張子野

聲轉轆轤聞露井。曉引銀瓶牽索綆。西園人語夜來風，叢英飄墮紅成徑。寶猊烟未冷。蓮臺香蠟殘痕凝。等身金，誰能得意，買此好光景。　粉落輕粧紅玉瑩。月枕横釵雲墜領。有情無物不雙栖，文禽只合常交頸。晝夜歡豈定。爭如翻作春宵永。日曈曨，嬌柔懶起，簾押捲花影。

西河

金陵懷古　　周美成

佳麗地。南朝盛事誰記。山圍故國遶清江，髻鬟對起。怒濤寂寞打空城，風檣遥度天際。斷崖樹，猶倒倚。莫愁艇子曾繫。空餘舊迹鬱蒼蒼，霧沉半壘。夜深月過女墻來，傷心東望淮水。酒旗戲鼓甚處市。想依稀、王謝鄰里。燕子不知何世。向尋常、巷陌人家相對。如説興亡，斜陽裏。

春霽

春晴　　胡浩然

遲日融和，乍雨歇東郊，嫩艸凝碧。紫燕雙飛，海棠相襯，粧點上林春色。黯然望極。

困人天氣渾無力。又聽得。園苑、數聲鶯囀柳陰直。當此暗想，故國繁華，儼然遊人，依舊南陌。院深沉、梨花亂落，那堪如練點衣白。酒量頓寬溪量窄。算此情景，除非殢酒狂歡，恣歌沈醉，有誰知得。

秋霽

秋晴　胡浩然［一］

虹影侵堦，乍雨歇長空，萬里凝碧。孤鶩高飛，落霞相映，遠狀水鄉秋色。黯然望極。動人無限愁如織。又聽得。雲外、數聲新雁正嘹嚦。當此暗想，画閣輕抛，杳然殊無，些個消息。漏聲稀、銀屏冷落，那堪殘月照窓白。衣帶頓寬猶阻隔。算此情苦，除非宋玉風流，共懷傷感，有誰知得。

【校記】

［一］此無名氏詞，見舊本《草堂詩餘》。

秋霽

檃括東坡前赤壁　　朱希真[一]

壬戌之秋，是蘇子與客，泛舟赤壁。舉酒屬客，月明風細，水光與天相接。扣舷唱月。桂棹蘭槳堪遊逸。又有客。能吹洞簫，和聲嗚咽。追想孟德，困於周郎，到今空有，當時蹤跡。算惟有、清風朗月，取之無禁用不竭。客喜洗盞還再酌。既已同醉，相與枕藉舟中，始知東方，晃然既白。

【校記】

［一］此無名氏詞，見舊本《草堂詩餘》。

解連環

怨别　　周美成

怨懷難托。嗟情人斷絶，信音遼邈。縱妙手、能解連環，似風散雨收，霧輕雲薄。燕子樓空，暗塵鎖、一床弦索。想移根換葉，儘是舊時，手種紅藥。汀州漸生杜若。料舟移岸曲，人在天角。漫記得、當日音書，把閒語閒言，待總燒卻。水驛春回，望寄我、江南梅萼。拚今生、對酒對花，爲伊淚落。

二郎神

七夕　　柳耆卿

炎光初謝。過暮雨、芳塵輕灑。乍露冷、風清庭户，爽天如水，玉鈎遥挂。應是星娥嗟久阻，敍舊約、飆輪欲駕。極目處、微雲暗度，耿耿銀河高瀉。閒雅。須知此景，古今無價。運巧思、穿針樓上女，擡粉面、雲鬟相亞。鈿合金釵私語處，算誰在、回廊影下。願天上人間，占得歡娱，年年今夜。

傾盃樂

上元　應製　　柳耆卿

禁漏花深，繡工日永，蕙風布煖。變韶景、都門十二，元宵三五，銀蟾光滿。連雲複道淩飛觀。聳皇居麗，佳氣瑞烟蔥倩。翠華宵幸，是處層城閬苑。龍鳳燭、交光星漢。對咫尺、鰲山開雉扇。會樂府兩籍神仙，梨園四部絃管。向曉色、都人未散。盈萬井、山呼鼇抃。願歲歲天仗裏，常瞻鳳輦。

望海潮

春景　　秦少游

梅英踈淡，氷澌溶洩，東風暗換年華。金谷俊游，銅駞巷陌，新晴細履平沙。長記誤隨車。正絮翻葉舞，芳思交加。柳下桃蹊，亂分春色到人家。西園夜飲鳴笳。有華燈礙月，飛蓋妨花。蘭苑未空，行人漸老，重來是事堪嗟。煙暝酒旗斜。但倚樓極目，時見棲鴉。無奈歸心，暗隨流水到天涯。

望海潮

錢塘　柳耆卿

東南形勝，三吴都會，錢塘自古繁華。烟柳画橋，風簾翠幕，參差十萬人家。雲樹繞堤沙。怒濤卷霜雪，天塹無涯。市列珠璣，户盈羅綺競豪奢。　重湖疊巘清佳。有三秋桂子，十裏荷花。羌管弄晴，菱歌泛夜，嬉嬉釣叟蓮娃。千騎擁高牙。乘時聽簫鼓，吟賞煙霞。異日圖將好景，歸去鳳池誇。

望海潮

贄賀太原知府王君貺尚書　沈公述

山光凝翠，川容如畫，名都自古并州。簫鼓沸天，弓刀似水，連營十萬貔貅。金騎走長楸。少年人一一，錦帶吴鉤。路入榆關，雁飛汾水正宜秋。　追思昔日風流。有儒將醉吟，才子狂游。松偃舊亭，城高故國，空餘舞榭歌樓。方面倚賢侯。便恐爲霖雨，歸去難留。好向西溪，恣攜絃管宴蘭舟。

薄倖

春情　　賀方回

淡粧多態。便滴滴、頻回盼睞。便認得、琴心先許，欲綰合歡雙帶。記畫堂、風月逢迎，輕顰淺笑嬌無柰。向睡鴨鑪邊，翔鴛屏裏，羞把香羅偷解。　自過了燒燈後，都不見、踏青挑菜。幾回憑雙燕，丁寧深意，往來翻恨重簾礙。約何時再。正春濃酒困，人閒晝永無聊賴。懨懨睡起，猶有花梢日在。

大聖樂

初夏　　康伯可[一]

千朵奇峰，半軒微雨，曉來初過。漸燕子、引教雛飛，菡萏暗薰芳草，池面涼多。淺斟瓊卮浮緑蟻，展湘簟、雙紋生細波。輕紈舉，動團圓素月，仙桂婆娑。臨風對月恣樂，便好把、千金邀豔娥。幸太平無事，擊壤鼓腹，携酒高歌。富貴安居，功名天賦，爭奈皆由時命呵。休眉鎖。問朱顔去了，還更來麽。

【校記】

［一］此無名氏詞，見舊本《草堂詩餘》。

霜葉飛

秋思　　周美成

露迷衰草。疎星挂，凉蟾低下林表。素娥青女鬬嬋娟，正倍添悽悄。漸颯颯、丹楓撼曉。横天雪浪魚鱗小。見皓月相看，又透入、清輝半餉，特地留照。迢遞望極關山，波穿千里，度日如歲難到。鳳樓今夜聽西風，奈五更愁抱。想玉匣、哀絃閉了。無心重理相思調。念故人、牽離恨，屏掩孤顰，淚流多少。

女冠子

上元　　　　李漢老

帝城三五。燈光花市盈路。天街遊處。此時方信，鳳闕都民，奢華豪富。紗籠纔過處。喝道轉身，一壁小來且住。見許多、才子豔質，攜手並肩低語。東來西往誰家女。買玉梅爭戴，緩步香風度。北觀南顧。見畫燭影裏，神仙無數。引人魂似醉，不如趂早，步月歸去。這一雙情眼，怎生禁得，許多胡覷。

女冠子

夏景　　　　柳耆卿

淡煙飄薄。鶯花謝、清和院落。樹陰翠、密葉成幄。麥秋霽景，夏雲忽變，奇峰倚寥廓。波煖銀塘，漲新萍綠魚躍。想端憂多暇，陳王是日，嫩苔生閣。　正鑠石天高，流金晝永，楚榭光風轉蕙，披襟處、波翻翠幕。以文會友，沈李浮瓜忍輕諾。別館清閒，避炎蒸、豈須河朔。但尊前隨分，雅歌豔舞，盡成歡樂。

女冠子

夏景　　康伯可［一］

火雲初布。遲遲永日炎暑。濃陰高樹。黄鸝葉底，羽毛學整，方調嬌語。薰風時漸動，峻閣池塘，芰荷爭吐。畫梁紫燕，對對銜泥，飛來又去。　想佳期、容易成辜負。共人人、同上畫樓斟香醑。恨花無主。卧象床犀枕，成何情緒。有時魂夢斷，半窗殘月，透簾穿户。去年今夜，扇兒扇我，情人何處。

【校記】

［一］又作柳永詞，見《樂章集》。

女冠子

雪景

周美成[一]

同雲密布。撒梨花、柳絮飛舞。樓臺悄似玉，向紅爐、煖閣院宇。深沉廣排筵會，聽笙歌猶未徹，漸覺輕寒，透簾穿户。亂飄僧舍，密洒歌樓，酒帘如故。想樵人、山徑迷蹤路。料漁父、收綸罷釣歸南浦。路無伴侣。見孤村寂寞，招颭酒旗斜處。南軒孤雁過，嚦嚦聲聲，又無書度。見臘梅、枝上嫩蕊，兩兩三三微吐。

【校記】

［一］此無名氏詞，見舊本《草堂詩餘》。

惜餘春慢

夜景

周美成

水浴清蟾，葉喧凉吹，巷陌馬聲初斷。閒依露井，笑撲流螢，惹破畫羅輕扇。人静夜久凭欄，愁不歸眠，立殘更箭。歎年華一瞬，人今千里，夢沉書遠。空見説、鬢怯瓊梳，容消金鏡，漸懶趂時勻染。梅風地溽，虹雨苔滋，一架舞紅都變。誰信無憀爲伊，才減江淹，情傷荀倩。但明河影下，遥看稀星數點。

惜餘春慢

春情　魯逸仲

弄月餘花，團風輕絮，露濕池塘春草。鶯鶯戀友，燕燕將雛，惆悵睡殘清曉。還似初相見時，攜手旗亭，酒香梅小。向登臨長是，傷春滋味，淚彈多少。因甚却、輕許風流，終非長久，又説分飛煩惱。羅衣瘦損，繡被香消，那更亂紅如掃。門外無窮路岐，天若有情，和天須老。念高唐歸夢，淒涼何處，水流雲遶。

賀新郎

端午　　劉方叔

翠葆摇新竹。正榴花、枝頭葉底，鬬紅爭緑。誰在紗窗停針線，閑理竹西舊曲。又還是、蘭湯新浴。手弄合歡雙彩索，笑偎人、福壽低相祝。金鳳彈，艾花矗。　龍舟撰水飛相逐。記當年、懷沙舊恨，至今遺俗。雨過平蕪浮天闊，畫鷁凌波盡簇。沸十里、笙歌聲續。好是蟾鈎隨歸棹，任歡呼、船重成頽玉。猶未忍，罩銀燭。

賀新郎

檃栝東坡後赤壁　　宋謙父[一]

步自雪堂去。望臨皋、將歸二客，從予遵路。木葉蕭蕭霜露降，仰見天高月吐。共對影、行歌頻顧。月白風清如此夜，歎無肴、有酒成虚度。聞薄暮，網罾舉。　歸而斗酒謀諸婦。便攜鱗、載酒相從，舊追遊處。斷岸横江尋赤壁，不復江山如故。但放舟、中流容與。客去冥然方就睡，夢蹁躚、羽衣揖余語。相顧笑，遂驚悟。

【校記】

［一］此無名氏詞，見舊本《草堂詩餘》。

賀新郎

吉席　辛幼安

瑞氣籠清曉。卷珠簾、次第笙歌，一時齊奏。無限神仙離蓬島，鳳駕鸞車初到。見擁箇、仙娥窈窕。玉佩玎璫風縹緲，望嬌姿、一似垂楊裊。天上有，世間少。劉郎正是當年少。更那堪、天教付與，最多才貌。玉樹瓊枝相映耀，誰與安排忒好。有多少、風流歡笑。直待來春成名了，馬如龍、緑綬欺芳草。同富貴，又偕老。

白苧

冬雪

柳耆卿[一]

繡簾垂，畫堂悄，寒風淅瀝。遥天萬里，黯淡同雲羃羃。漸紛紛、六花零亂散空碧。姑射宴瑶池，把碎玉、零珠抛擲。林巒望中，高下瓊瑶一色。嚴子陵釣臺，歸路迷踪跡。追惜。燕然畫角，寶鑰珊瑚，是時丞相，虚作銀城换得。當此際、偏宜訪袁安宅。醺醺醉了，任他金釵舞困，玉壺傾側。又是東君，暗遣花神，先報南國。昨夜江梅，漏泄春消息。

【校記】

［一］此傳爲紫姑神詞，見《碧雞漫志》。

十二時

秋夜

柳耆卿

晚晴初，淡煙籠月，風透蟾光如洗。覺翠帳、涼生秋思。漸入微寒天氣。敗葉敲窗，西風滿院，睡不成還起。更漏咽、滴破憂心，萬感並生，都在離人愁耳。天怎知、當時一句，做得十分縈繫。夜永有時，分明枕上，覷着孜孜地。燭暗時酒醒，元來又是夢裏。睡覺來、披衣獨坐，萬種無憀情意。怎得伊來，重諧雲雨，再整餘香被。祝告天發願，從今永無拋棄。

蘭陵王

春恨　張仲宗

卷珠箔。朝雨輕陰乍閣。闌干外，煙柳弄晴，芳草侵階映紅藥。東風如許惡。吹落。梢頭嫩萼。屏山掩，沉水倦薰，中酒心情怕盃勺。　尋思舊京洛。正年少疎狂，歌笑迷着。障泥油壁催梳掠。曾馳道同載，上林携手，燈夜初過早共約。又爭信飄泊。寂寞。念行樂。甚粉淡衣襟，音斷弦索。瓊枝璧月春如昨。悵别後華表，那回雙鶴。相思除是，向醉裏，暫忘卻。

蘭陵王

詠柳　　周美成

柳陰直。煙裏絲絲弄碧。隋堤上，曾見幾番，拂水飄綿送行色。登臨望故國。誰惜。京華倦客。長亭路，年去歲來，應折柔條過千尺。　閒尋舊踪跡。又酒趂哀絃，燈照離席。梨花榆火催寒食。愁一箭風快，半篙波煖，回頭迢遞便數驛。望人在天北。　悽惻。恨堆積。漸別浦縈回，津堠岑寂。斜陽冉冉春無極。念月榭携手，露橋聞笛。沈思前事，似夢裏，淚暗滴。

瑞龍吟

春景　　周美成

章臺路。還見褪粉梅梢，試花桃樹。愔愔坊曲人家，定巢燕子，歸來舊處。　黯凝竚。因記箇人癡小，乍窺門户。侵晨淺約宫黄，障風映袖，盈盈笑語。　前度劉郎重到，訪鄰尋里，同時歌舞。唯有舊家秋娘，聲價如故。吟箋賦筆，猶記燕臺句。知誰伴、名園露飲，東城閒步。事與孤鴻去。探春盡是，傷離意緒。官柳低金縷。歸騎晚、纖纖池塘飛雨。斷腸院落，一簾風絮。

浪淘沙慢

春別　　周美成

晝陰重，霜凋岸草，霧隱城堞。南陌脂車待發。東門帳飲乍闋。正拂面垂楊堪攬結。掩紅淚、玉手親折。念漢浦離鴻去何許，經時信音絶。　情切。望中地遠天闊。向露冷風清，無人處、耿耿寒漏咽。嗟萬事難忘，惟是輕別。翠尊未竭。憑斷云留取，西樓殘月。　羅帶光銷紋衾疊。連環解、舊香頓歇。怨歌永、瓊壺敲盡缺。恨春去、不與人期，弄夜色，空餘滿地梨花雪。

緑頭鴨

中秋[一]

晁次膺

晚雲收，淡天一片琉璃。爛銀盤、來從海底，皓色千里澄輝。瑩無塵、素娥淡佇，淨可數、丹桂參差。玉露初零，金風未凜，一年無似此佳時。向坐久、疎星時度，烏鵲正南飛。瑶臺冷，闌干凭煖，欲下遲遲。　念佳人、音塵別後，對此應解相思。最關情、漏聲正永，暗斷腸、花影偷移。料得來宵，清光未減，陰晴天氣又爭知。共凝戀、如今別後，還是隔年期。人縱健，清尊素月，長願相隨。

【校記】

[一] 此首顧從敬本無。

西平樂

旅思　周美成

稺柳蘇晴，故溪歇雨，川迴未覺春賒。駞褐寒侵，正憐初日，輕陰抵死須遮。歎事逐孤鴻盡去，身與塘蒲共晚，爭知向此，征途區區，佇立塵沙。追念朱顏翠髮，曾到處、故地使人嗟。　道連三楚，天低四野，喬木依前，臨路敧斜。重慕想，東陵晦跡，彭澤歸來，左右琴書自樂，松菊相依，何況風流鬢未華。多謝故人，親馳鄭驛，時倒融尊，勸此淹留，共過芳時，翻令倦客思家。

玉女摇仙佩

佳人　柳耆卿

飛瓊伴侶，偶別珠宮，未返神仙行綴。取次梳粧，尋常言語，有得幾多姝麗。擬把名花比。恐傍人笑我，談何容易。細思算，奇葩豔卉，惟是深紅淺白而已。爭如這多情，占得人間，千嬌百媚。　須信畫堂繡閣，皓月清風，忍把光陰輕棄。自古及今，佳人才子，少得當年雙美。且恁相偎倚。未消得，憐我多才多藝。願妳妳、蘭心蕙性，枕前燈下，表余深意。爲盟誓。今生斷不孶鴛被。

多麗　春情

聶冠卿

想人生，美景良辰堪惜。向其間、賞心樂事，古來難是并得。况東城、鳳臺沁苑，泛晴波、淺照金碧。露洗華桐，烟霏絲柳，緑陰摇曳，蕩春一色。畫堂迥、玉簪瓊佩，高會盡詞客。清歡久、重然絳蠟，别就瑶席。　有飄若驚鴻體態，暮爲行雨標格。逞朱唇、緩歌妖麗，似聽流鶯亂花隔。慢舞縈回，嬌鬟低嚲，腰肢纖細困無力。忍分散、彩雲歸後，何處更尋覓。休辭醉，明月好花，莫謾輕擲。

寶鼎現

上元　　康伯可[一]

夕陽西下，暮靄紅隘，香風羅綺。乘麗景、華燈爭放，濃焰燒空連錦砌。睹皓月、浸嚴城如畫，花影寒籠絳蘂。漸掩映、芙蕖萬頃，迤邐齊開秋水。　太守無限行歌意。擁麾幢、光動珠翠。傾萬井、歌臺舞榭，瞻望朱輪駢鼓吹。控寶馬、耀貔貅千騎。銀燭交光數里。似亂簇、寒星萬點，擁入蓬壺影裏。　宴閣多才，環豔粉、瑶簪珠履。恐看看、丹詔催奉，宸游燕侍。便趁早、占通宵醉。緩引笙歌妓。任畫角、吹老寒梅，月滿西樓十二。

【校記】

［一］　此首又作范周詞，見《中吴紀聞》。

三臺

清明　應制　　万俟雅言

見梨花初帶夜月，海棠半含朝雨。内苑春、不禁過青門，御溝張、潛通南浦。東風靜、細柳垂金縷。望鳳闕、非煙非霧。好時代、朝野多歡，徧九陌、太平簫鼓。乍鶯兒百囀斷續，燕子飛來飛去。近緑水、臺榭映鞦韆，鬬艸聚、雙雙遊女。餳香更、酒冷踏青路。會暗識、夭桃朱户。向晚驟、寶馬雕鞍，醉襟惹、亂花飛絮。正輕寒輕煖漏永，半陰半晴雲暮。禁火天、已是試新粧，歲華到、三分佳處。清明看、漢宫傳蠟炬。散翠煙、飛入槐府。斂兵衛、閶闔門開，住傳宣、又還休務。

哨遍

檃栝《歸去來辭》　　蘇東坡

爲米折腰，因酒棄家，口體交相累。歸去來，誰不遣君歸。覺從前、皆非今是。露未晞。

征夫指余歸路，門前笑語喧童稚。嗟舊菊都荒，新松暗老，吾年今已如此。但小窗、容膝閉柴扉。策杖看、孤雲暮雁飛。雲出無心，鳥倦知還，本非有意。　噫。歸去來兮。我今忘我兼忘世。親戚無浪語，琴書中有真味。步翠麓崎嶇，泛溪窈窕，涓涓暗谷流春水。觀艸木欣榮，幽人自感，吾生行且休矣。念寓形、宇内複幾時。不自覺皇皇欲何之。委吾心、去留誰計。神仙知在何處，富貴非吾願，但知臨水登山嘯咏，自引壺觴自醉。此生天命更何疑。且乘流、遇坎還止。

戚氏

秋夜　柳耆卿

晚秋天。一霎微雨灑庭軒。檻菊蕭疎，井梧零亂惹殘烟。淒然。望江關。飛雲黯淡夕陽間。當時宋玉悲感，向此臨水與登山。遠道迢遞，行人淒楚，倦聽隴水潺湲。正蟬吟敗葉，蛩響衰草，相應聲喧。　孤館度日如年。風露漸變，悄悄至更闌。長天靜，絳河清淺，皓月嬋娟。思綿綿。夜永對景，那堪屈指，暗想從前。未名未禄，綺陌紅樓，往往經歲遷延。　帝里風光好，當年少日，暮宴朝懽。況有狂朋怪侶，遇當歌、對酒競留連。别來迅景如梭，舊遊似夢，煙水程何限。念利名、憔悴長縈絆。追往事、空慘愁顔。漏箭移、稍覺輕寒。聽嗚咽、畫角數聲殘。對閒窗畔，停燈向曉，抱影無眠。

作者索引（《草堂詩餘正集》删餘詞標記符號△）

白居易
長相思（汴水流）（深畫眉）△
曹組
驀山溪（洗粧真態）
晁補之
八聲甘州（謂東坡未老賦歸來）△
洞仙歌（青煙冪處）
臨江仙（綠暗汀洲三月暮）△
摸魚兒（買陂塘）
晁沖之
傳言玉女（一夜東風）△
漢宮春（瀟洒江梅）
玉蝴蝶（目斷江南千里）△

范仲淹

蘇幕遮（碧雲天）

漁家傲（塞下秋來風景異）

御街行（紛紛墜葉飄香砌）△

馮艾子

春雲怨（春風惡劣）

馮延巳

長相思（紅滿枝）△

謁金門（風乍起）

高觀國

玉蝴蝶（喚起一襟涼思）

韓駒

念奴嬌（海天向晚）

韓元吉

水調歌頭（今日我重九）

胡浩然

黄庭堅

皎如晦

高陽臺（紅入桃腮）△

卜算子（有意送春歸）

京鏜

漢宮春（煖律初回）△

木蘭花慢（算秋來景物）△

康與之

寶鼎現上元（夕陽西下）△

醜奴兒令（馮夷剪破澄溪練）

大聖樂（千朵奇峰）△

風入松（一宵風雨送春歸）△

漢宮春（雲海沉沉）△

江城梅花引（娟娟霜月冷侵門）

金菊對芙蓉（梧葉飄黃）△

浪淘沙（蹙損遠山眉）△（愁撚斷釵金）△

滿江紅（惱殺行人）

李重元

憶王孫（萋萋芳草憶王孫）（風蒲獵獵小池塘）△（同雲風掃雪初晴）△

李甲

醉蓬萊（芳草碧色）△

李璟

攤破浣溪沙（手捲真珠上玉鈎）

李清照

鳳凰臺上憶吹簫（香冷金猊）△

念奴嬌（蕭條庭院）

青衫濕（南朝千古傷心事）△

如夢令（昨夜雨疎風驟）

武陵春（風住塵香花已盡）△

一剪梅（紅藕香殘玉簟秋）△

怨王孫（夢斷漏悄）（帝里春晚）△

醉花陰（薄霧濃雲愁永晝）△

林逋

點绛唇(金谷年年)

林外

洞仙歌(飛梁壓水)

林仰

少年游(霽霞散曉月猶明)△

劉過

賀新郎(睡覺啼鶯曉)

水調歌頭(春事能幾許)△

唐多令(蘆葉滿汀洲)

劉涇

聲聲慢(梅黄金重)△

夏初臨(泛水新荷)

劉克莊

賀新郎(深院榴花吐)(思遠樓前路)

柳永

聶冠卿

多麗(想人生)△

歐陽炯

玉樓春(日照玉樓花似錦)△

歐陽修

朝中措(平山欄檻倚晴空)

蝶戀花(庭院深深深幾許)(海燕雙飛歸畫棟)△

浣溪沙(湖上朱橋響畫輪)(雨過殘紅濕未飛)(堤上遊人逐畫船)

浪淘沙(把酒祝東風)

臨江仙(池外輕雷池上雨)△

青玉案(一年春事都來幾)

阮郎歸(南園春半踏青時)

瑞鶴仙(臉霞紅印枕)△

踏莎行(候館梅殘)

漁家傲(十月小春梅蘂綻)△

玉樓春(妖冶風情天與措)△

柳梢青（岸草平沙）
滿庭芳（曉色雲開）（碧水澄秋）（山抹微雲）
南柯子（玉漏迢迢盡）△
菩薩蠻（金風簌簌驚黄葉）（蛩聲泣露驚秋枕）△
千秋歲（柳邊沙外）
鵲橋仙（纖雲弄巧）
如夢令（門外緑陰千頃）（冬夜月明如水）△
阮郎歸（春風吹雨遶殘枝）（湘天風雨破寒初）△
水龍吟（小樓連苑横空）△
踏莎行（霧失樓臺）
桃源憶故人（碧紗影弄東風曉）（玉樓深鎖薄情種）△
望海潮（梅英疎淡）△
眼兒媚（樓上黄昏杏花寒）
鷓鴣天（枝上流鶯和淚聞）
秦湛
卜算子（春透水波明）

宋祁

錦纏道（燕子呢喃）

玉漏遲（杏香飄禁苑）△

玉樓春（東城漸覺風光好）

宋自遜

賀新郎（靈鵲橋初就）（步自雪堂去）△

驀山溪（壺山居士）△

蘇過

點绛唇（高柳蟬嘶）△

蘇軾

八聲甘州（有情風萬里捲潮來）

卜算子（缺月掛疎桐）

點绛唇（醉漾輕舟）△

蝶戀花（花褪殘紅青杏小）（春事闌珊芳草歇）

洞仙歌（冰肌玉骨）△

賀新郎（乳燕飛華屋）

蘇庠

阮郎歸（西園風暖落花時）

孫道絢

南鄉子（曉日壓重簷）△

清平樂（悠悠颺颺）△

憶秦娥（花深深）△

風中柳（銷減芳容）△

燭影揺紅（乳燕穿簾）△

孫觌

菩薩蠻（一聲羌笛吹嗚咽）△

孫洙

何滿子（悵望浮生急景）△

菩薩蠻（樓頭尚有三通鼓）△

王安禮

瀟湘逢故人慢（薰風微動）

王詵

燭影揺紅（香臉輕勻）

韋莊

小重山（一閉昭陽春又春）△

謁金門（春雨足）（空相憶）△

温庭筠

更漏子（玉鑪香）△

菩薩蠻（南園滿地堆輕絮）△

玉樓春（家臨長信往來道）

吴激

春從天上來（海角飄零）△

青玉案（人生南北如岐路）△

吴禮之

喜遷鶯（銀蟾光彩）△（梅霖初歇）△

無名氏

念奴嬌（炎精中否）△

漁家傲（秋水無痕清見底）
玉樓春（弄晴數點梨梢雨）△
辛弃疾
蝶戀花（誰向椒盤簪綵勝）△
賀新郎（瑞氣籠清曉）△
金菊對芙蓉（遠水生光）△
摸魚兒（更能消）
念奴嬌（野棠花落）△（晚風吹雨）△
千秋歲（塞垣秋草）
菩薩蠻（鬱孤臺下清江水）△
沁園春（三逕初成）
水龍吟（渡江天馬南來）
鷓鴣天（着意尋春懶便回）（枕簟溪堂冷欲秋）
祝英臺近（寶釵分）
徐昌圖
玉樓春（沈檀烟起盤雲霧）△

玉樓春(緑楊芳草長亭路)

姚孝寧

念奴嬌(素娥睡起)

葉夢得

賀新郎(乳燕飛華屋)

念奴嬌(洞庭波冷)

虞美人(落花已作風前舞)△

醉蓬萊(問春風何事)△

葉清臣

鳳凰閣(遍園林緑暗)△

賀聖朝(滿樽緑醑留君住)

易祓

驀山溪(海棠枝上)△

俞克成

蝶戀花(夢斷池塘驚乍曉)△

聲聲令(簾移碎影)

清平樂（春風依舊）△
小重山（樓上風和玉漏遲）△
趙善扛
賀新郎（晝永重簾捲）
鄭域
念奴嬌（嗟來咄去）△
仲殊
金菊對芙蓉（花則一名）△
南柯子（十里青山遠）△
念奴嬌（水楓葉下）（故園避暑）△
訴衷情（湧金門外小瀛洲）
新荷葉（雨過回塘）
周邦彥
拜星月慢（夜色催更）
側犯（暮霞霽雨）△
大酺（對宿煙收）

蘭陵王（柳陰直）△
浪淘沙慢（晝陰重）△
玲瓏四犯（穠李夭桃）△
六醜（正單衣試酒）
柳梢青（有箇人人）△
六幺令（快風收雨）△
滿江紅（晝日移陰）△
滿路花（金花落燼燈）△
滿庭芳（風老鶯雛）
南鄉子（晨色動妝樓）△
女冠子（同雲密布）△
齊天樂（疏疏幾點黄梅雨）△
慶春宮（雲接平岡）△
遶佛閣（暗塵四斂）△
如夢令（池上春歸何處）△
瑞鶴仙（悄郊原帶郭）

外一種

宋詞賞心録

端木埰 編　金俊霞 點校

《宋詞賞心録》刊本有二種，一影刻，一影印。影印本兼存題跋，今用作底本。其内封面題「四印齋舊藏端木子疇先生選宋詞十九首」，又「癸酉重九日胡光煒題」。牌記頁題「金陵盧氏飲虹簃藏上海開明書店印行」。又有題辭「季甡居士心賞　聲家衣鉢　軟室」。次端木埰手寫正文，次跋文。其書跋文言之既詳，不復贅言。以通行本勘其異文，略作校記。金俊霞識。

宋詞賞心録

希文

蘇幕遮

碧雲天，紅葉[一]地。秋色連波，波上寒煙翠。山暎斜陽天接水。芳艸無情，更在斜陽外。　黯鄉魂，追旅思。夜夜除非，好夢留人睡。明月樓高休獨倚。酒入愁腸，化作相思淚。

【校記】

[一]「紅葉」，《唐宋諸賢絶妙詞選》同，《樂府雅詞》作「黄葉」。

永叔

臨江仙

柳外輕雷池上雨，雨聲滴碎荷聲。小樓西角斷虹明。闌干倚處，待得月華生。[一]燕子

飛來窺畫棟[二]，玉鉤垂下簾旌。涼波不動簟紋平。水晶雙枕，旁有墮釵横。[三]

【校記】

[一]「闌干」二句，《歐陽文忠公近體樂府》同，《白香詞譜》作：「闌干私倚處，遥見月華生。」

[二]「窺畫棟」，《歐陽文忠公近體樂府》同，《錢氏私志》作「栖畫棟」。

[三]「水晶」，《野客叢書》同，《歐陽文忠公近體樂府》作「水精」。此二句，《白香詞譜》作：「水晶雙枕畔，猶有墮釵横。」

東坡

水調歌頭[一]

明月幾時有，把酒問青天。不知天上宫闕，今夕是何年。我欲乘風歸去，只恐[二]瓊樓玉宇，高處不勝寒。起舞弄清影，何事[三]在人間。　轉朱閣，低綺户，照無眠。不應有恨，何事偏向[四]别時員[五]。人有悲歡離合，月有陰晴員[六]缺，此事古難全。但願人長久，千里共嬋娟。

【校記】

［一］《東坡樂府》有詞序：「丙辰中秋，歡飲達旦，大醉。作此篇，兼懷子由。」

［二］「只恐」，《敬齋古今黈》同，《東坡樂府》作「唯恐」，汲古閣本《東坡詞》作「又恐」。

［三］「何事」，《詞源》同，《東坡樂府》作「何似」。

［四］「偏向」，吴訥《百家詞》本《東坡詞》同，《東坡樂府》作「長向」。

［五］［六］「員」，通作「圓」。

念奴嬌［一］

大江東去，浪淘盡、千古風流人物。故壘西邊，人道是、三國［二］周郎赤壁。亂石穿空［三］，驚濤拍岸［四］，捲起千堆雪。江山如畫，一時多少豪傑。　遥想公瑾當年，小喬初嫁了，雄姿英發。羽扇綸巾，談笑處、檣艣［五］灰飛煙滅。故國神游，多情應笑我，早生華髮。人生［六］如夢，一尊還酹江月。

【校記】

［一］《東坡樂府》有詞題「赤壁懷古」。

［二］「三國」，《東坡樂府》下注：「一作『當日』。」

〔三〕「穿空」，汲古閣本《東坡詞》同，《東坡樂府》作「崩雲」。

〔四〕「拍岸」，汲古閣本《東坡詞》同，《東坡樂府》作「裂岸」。

〔五〕「談笑處檣櫓」，《野客叢書》同，《東坡樂府》作「談笑間强虜」。

〔六〕「人生」，紫芝漫鈔《宋元明家詞》本《東坡詞》同，《東坡樂府》作「人間」。

淮海

滿庭芳

山抹微雲，天粘〔一〕衰艸，畫角聲斷譙門。暫停征轡，聊共飲離尊。〔二〕多少蓬萊舊事，空回首、煙靄紛紛。斜陽外，寒鴉數點〔三〕，流水遶孤村。　銷魂。當此際，香囊暗解，羅帶輕分。漫贏得青樓，薄倖名存。此去何時見也，襟袖上、空惹啼痕。傷情處，高城望斷，燈火已黄昏。

【校記】

〔一〕「天粘」，《避暑録話》同，《淮海居士長短句》作「天連」。

〔二〕「暫停」二句，《能改齋漫録》載杭妓琴操改作云：「暫停征轡，聊共飲離觴。」《淮海居士長短句》作：「暫停征棹，聊共引離樽。」

〔三〕「數點」,《唐宋諸賢絶妙詞選》同,《淮海居士長短句》作「萬點」。

清真

齊天樂

緑蕪凋盡臺城路,殊鄉又逢秋晚。暮雨生寒,鳴蛩勸織,深閣時聞裁翦。雲窗靜掩。歎重拂羅裀,頓殊華簟。尚有練囊〔一〕,露螢清夜照書卷。　荊江留滯最久,故人相望處,離思何限。渭水西風,長安亂葉,空憶詩情宛轉。凭高眺遠。正玉液〔二〕新篘,蟹螯初薦。醉倒山翁,但愁斜照斂。

【校記】

〔一〕「練囊」,汲古閣本《片玉詞》同,《片玉集》作「練囊」。

〔二〕「正玉液」,原作「正液」,據《片玉集》改。

武穆

小重山

昨夜寒蛩不住鳴。驚回千里夢,已三更。起來獨自遶階行。人悄悄,簾外月朧明。　白首爲功名。故山[一]松竹老，阻歸程。欲將心事付瑶琴[二]。知音少，絃斷有誰聽。

【校記】

[一]「故山」，《金佗粹編》作「舊山」。

[二]「瑶琴」，《金佗粹編》同，《岳忠武王集》作「瑶箏」。

稼軒

百字令[一]

野塘華落，又匆匆過了，清明時節。剗地東風欺客夢，一枕雲屏寒怯。曲岸持觴，垂楊繫馬，此地曾經别[二]。樓空人去，舊遊飛燕能説。聞道綺陌東頭，行人曾見，簾底纖纖月。舊恨春江流不盡[三]，新恨雲山千疊。料得明朝，尊前重見，鏡裏花難折。也應驚問，近來多少華髮。

【校記】

[一]《稼軒長短句》調名作「念奴嬌」，有詞題「書東流邨壁」。

[二]「經别」，《中興以來絶妙詞選》同，《稼軒長短句》作「輕别」。

［三］「不盡」，《中興以來絶妙詞選》同，《稼軒長短句》作「不斷」。

劍南

沁園春

孤鶴歸飛，再過遼天，换盡舊人。歎纍纍［一］枯冢，茫茫夢境，王侯螻蟻，畢竟成塵。載酒園林，尋華巷陌，當日何曾輕負春。流年改，歎圍要［二］帶剩，點鬢霜新。交親散落如雲。又豈料、如今餘此身。幸眼明身健，茶甘飯軟，非惟我老，尚有［三］人貧。躲盡危機，消殘壯志，短艇湖中閒采蒓。吾何恨，有漁翁共醉，溪友爲鄰。

【校記】

［一］「歎纍纍」，《渭南詞》作「念纍纍」。

［二］「圍要」，通作「圍腰」。

［三］「尚有」，《渭南詞》作「更有」。

漱玉

鳳凰臺上憶吹簫

香冷金猊，被翻紅浪，起來慵自梳頭。任寶奩塵滿，日上簾鈎。生怕離懷別苦，多少事、欲説還休。新來瘦，非關[一]病酒，不是悲秋。　休休。這回去也，千萬徧陽關，也只[二]難留。憶[三]武陵人遠，煙鎖秦樓。惟有樓前流水，應念我、終日凝眸。凝眸處，從今又忝[四]，一段新愁。

【校記】

[一]「非關」，《漱玉詞》作「非干」。

[二]「也只」，《漱玉詞》作「也則」。

[三]「憶」，《漱玉詞》作「念」。

[四]「又忝」，《漱玉詞》作「又添」。

白石

暗香[一]

舊時月色。算幾番照我，梅邊吹笛。喚起玉人，不管清寒與攀摘。何遜而今漸老，都忘却、春風詞筆。但恠得、竹外疏華，香冷入瑤席。　江國。正寂寂。歎寄與路遥，夜雪初積。翠樽易泣。紅萼無言耿相憶。長記曾攜手處，千樹壓、西湖寒碧。又片片、吹盡也，幾時見得。

【校記】

[一]《白石道人歌曲》有詞序：「辛亥之冬，予載雪詣石湖。止既月，授簡索句，且徵新聲，作此兩曲。石湖把玩不已，使工妓肄習之，音節諧婉，乃名之曰《暗香》、《疏影》。」

疏影

苔枝綴玉。有翠禽小小，枝上同宿。客裏相逢，籬角黄昏，無言自倚修竹。昭君不慣胡沙遠，但暗憶、江南江北。想佩環、月夜歸來，化作此華幽獨。　猶記深宮舊事，那人正睡裏，飛近蛾緑。莫似春風，不管盈盈，早與安排金屋。還將[一]一片隨波去，又却怨、玉龍哀曲。等恁時、重覓幽香，已入小牕横幅。

【校記】

[一]「還將」，《白石道人歌曲》作「還教」。

梅溪

壽樓春[一]

裁春衫尋芳。記金刀素手，同在晴窓。幾度因風殘絮，照華斜陽。誰念我，今無腸[二]。自少年、消磨疏狂。但聽雨挑燈，攲牀病酒，多夢睡時粧。飛華去，良宵長。有絲闌舊曲，金譜新腔。最恨湘雲人散，楚蘭魂傷。身是客，愁爲鄉。算玉簫、猶逢韋郎。近寒食人家，相思未忘蘋藻香。

【校記】

[一]《梅溪詞》有詞題「尋春服感念」。

[二]「腸」，《梅溪詞》注：「别作『裳』。」

竹屋

金縷曲[一]

月冷霜袍擁。見一枝、年華又晚，粉愁香凍。雲隔溪橋人不度，的皪春心未縱。清影怕、寒波摇動。更沒纖毫塵俗態，倚高情、豫得春風寵。沈凍蝶，挂么鳳。一尊[二]正要吴姬捧。想見那、柔酥弄白，暗香偷送。回首羅浮今在否，寂寞煙迷翠壠[三]。又爭奈、桓伊三弄。開徧西湖春意爛，算群華、正作江山夢。吟思怯，暮雲重。

【校記】

［一］《竹屋癡語》有詞題「賦梅」。

［二］「一尊」，《竹屋癡語》作「一杯」。

［三］「翠壠」，《詞綜》同，《竹屋癡語》作「翠攏」。

夢窗

滿江紅[一]

雲氣樓臺，分一派、滄浪翠蓬。開小景、玉盆寒浸，巧石盤松。風送落華[二]時過岸，浪搖晴棟[三]欲飛空。算鮫宫、只隔一紅塵,無路通。　神女駕,淩曉風。明月佩,響丁東。對兩蛾猶鎖,怨緑煙中。秋色未教飛盡鴈,夕陽長是隊[四]疏鐘。又一聲、欸乃過旹巖,移釣篷。

【校記】

[一]《夢窗詞集》有詞題「澱山湖」。

[二]「落華」,《夢窗詞集》作「流花」。

[三]「晴棟」,《夢窗詞集》同,《詞綜》作「晴練」。

[四]「隊」,通作「墜」。

草窗

玉京秋[一]

煙水濶。高林弄殘照,晚蜩淒切。碧砧度韻,銀床飄葉。衣溼桐陰露冷,采涼華、時賦秋雪。難輕别[二]。一襟幽事,砌蛩能説。　客思吟商還怯。怨歌長、瓊壺暗缺。翠扇疏[三],紅衣香褪,翻成銷歇。玉骨西風,恨最恨、閒却新涼時節。楚簫咽。誰倚西樓淡月。

【校記】

［一］《草窗詞》有詞序：「長安獨客，又見西風，素月丹楓，淒然其爲秋也，因調夾鐘羽一解。」

［二］「難輕別」，《詞綜》同，《蘋洲漁笛譜》作「歎輕別」。

［三］「翠扇疏」，《詞綜》同，《蘋洲漁笛譜》作「翠扇恩疎」。

君衡

綺羅香［一］

雁宇蒼寒，蛩疏翠冷，又是淒涼時候。小揭珠簾，衣潤唾華羅縐。饒曉鷺、獨立衰荷，遡歸燕、尚棲殘柳。想黃華，羞澀東籬，更無［二］新句到重九。孤檠清夢易覺，腸斷唐宮舊曲，聲迷更漏［三］。滴入愁心，秋似玉樓人瘦。煙檻外、催落梧桐，帶西風、亂捎鴛甃。記畫檐，燈影沈沈，共裁春夜韭。

【校記】

［一］《日湖漁唱》有詞題「秋雨」。

［二］「更無」，《日湖漁唱》作「斷無」。

［三］「更漏」，《日湖漁唱》作「官漏」。

碧山

齊天樂[一]

一襟餘恨宫魂斷，年年翠陰庭樹。乍咽涼柯，還移暗葉，重把離愁深訴。西窗過雨。恠瑶佩流空，玉箏移柱[二]。鏡暗粧殘，爲誰嬌鬢尚如許。　銅仙鉛淚似洗，歎移盤去遠，難貯零露。病翼驚秋，枯形閲世，消得斜陽幾度。餘音更苦。甚獨抱清商[三]，頓成淒楚。漫想薰風，柳絲千萬縷。

【校記】

[一]《花外集》有詞題「蟬」，《樂府補題》有詞題「餘閒書院擬賦蟬」。

[二]「移柱」，《樂府補題》同，《花外集》作「調柱」。

[三]「清商」，《樂府補題》同，《花外集》作「清高」。

玉田

高陽臺[一]

接葉巢鶯，平波捲絮，斷橋斜日歸船。能幾番遊，看華又是明年。東風且伴薔薇住，到薔薇、春已堪憐。更淒然。萬綠西泠，一抹寒煙[二]。當年燕子知何處,但苔深韋曲,艸暗斜川。見説新愁,如今也到鷗邊。無心再續笙歌夢,掩重門、淺醉閒眠。莫開簾。怕看[三]飛華,怕聽啼鵑。

【校記】

[一]《山中白云詞》有詞題「西湖春感」。

[二]「寒煙」,四印齋本《山中白云詞》同,《彊村叢書》本《山中白云詞》作「荒煙」。

[三]「看」,《山中白雲詞》、《詞綜》皆作「見」。

幼霞仁棣清玩　端木埰

光緒丙子，子疇先生自京師歸，主余西鄰高子安先生家。時余甫六齡，高先生日攜以游園，因令拜謁，見先生長身蒼顔如寒松，敬畏之。高先生後亦屢道先生學行本末。及余獲讀《有不爲齋全集》，先生殁京邸久矣。今夏季埜出眎此册，余觀其所以名「賞心」者，益知先生胸中一段貞苦，微奥之旨於楚騷爲近。又以與半唐同官，道術相劘切最久，故以相詒。惜不能起先生一質此言耳。季埜幸勿淺視之。又先生自壬申奉諱後，作書不用印章，附誌於此。

癸酉閏五月後學溧水王瀣記，時年六十三。

季野自大梁來，示我斯册，筆筆精妙，儼然《麻姑仙壇記》也。所選詞十七家，都二十一首。觀稼軒詞録「野棠花落」一首，而不録「更能消幾番風雨」；夢窗詞録「雲氣樓臺」一首，而不録《唐多令》、《憶舊遊》；草窗詞録「烟水濶」一首，而不録《曲遊春》、《大聖樂》，知疇老胸中别具鑪錘，不隨聲附和也。惜古微丈已歸道山，不及見此册矣。癸酉五月，長洲後學吴梅題記。

古詩十九首不知録自何人，綿世寖遠，它作盡佚，十九詩遂爲星宿海。子疇先生選此册，將毋以詞繼詩，期之千禩後集部胥淪，而此十九首猶與炎漢五言同在人口耶？季野爲之流布，是亦一大𡆵緣。

癸酉八月，柳詒徵。

或曰廿首，或曰廿一首，異時一攷據資料也。疑古者觀此，可恍然于古書不盡僞作。

詞學复古之機，始於康、邕老輩，至半唐而成功。疇、鶴二老，則半唐之前馬也。疇老選宋詞十七家，都廿首，眉曰「心賞录」，端楷寫定，以貽半唐，足与止菴《詞辨》並駕齊驅。季埜居士爲疇老鄉里，後進能絜前修之隊緒者，無意中得此，所謂香火因緣者欤？

癸酉初夏，瑞彭。

近數十年詞風大振，半塘老人偏歷兩宋大家，門户以成，拙重大之詣實爲之宗，論者謂爲清之片玉。然詞境雖愈變愈進，而啓之者則子疇先生。《薇省同聲》、《碧瀣》居首，非僅以行輩尊也。此册録宋詞十七家，凡十九首，命曰「賞心」，以詒半塘。籤題戊子至日，蓋在同聲集寫定前，先生之年已近七十，平生取法所在可於此見之。今盧子冀埜得諸大梁，不獨鄉賢手澤、詞林掌故，亦清季詞派之祖燈，洵瓌寶已。余嘗疑先生之詞，不止《碧瀣》一集，廿年前以詢叔蕃姑丈，曾允掇拾付斠。且告以《碧瀣》所刻，先生亦不盡當意。余曰：「俟寫就時，乞漚尹師論定之。」乃殘稿未獲一讀，蕃丈已歸道山，漚尹師墓亦宿艸。三復此卷，爲之盡然。民國癸酉六月，陳匪石謹識。

卷中「正玉液新蒭」，奪「玉」字。「晴楝」，沿毛刻之訛。「更無佳句到重九」，「聲迷更漏」，「玉箏移柱」，未知所據何本。匪石又記。

【案】陳匪石另有跋文，茲據葛渭君《詞話叢編補編》補録：

凡十七家词十九首，生纸楷书，共十二頁。册高約五寸，烏絲直闌高半之。每半頁八行，每行十三字或十二字。首行題《宋詞賞心録》，末行書「幼霞仁棣清玩　端木埰」，未捺印。王瀣曰「先生自壬申奉諱後作書不用印章」，語殆可信。簽題《宋詞賞心録》，下注「光緒戊子至日天闕山樵者書貽半塘老人珍藏」，皆行草，神似《爭座位帖》，無題名，無印。季野謂半塘所題，殆聞諸其門人許君者。余審其語氣及筆跡，恐仍係子疇先生書也。各詞調名，未録題序。其中異文如《蘇幕遮》之「追旅思」，《滿江紅》之「晴楝」，《玉京秋》之「難輕別」及「翠扇疏」，均有所本。至《滿庭芳》之「暫停征轡，聊共飲離尊」，《綺羅香》之「更無佳句到重九」及「聲迷更漏」，齊天樂之「玉箏移柱」，皆未詳所據。

若《齊天樂》之「正液新蓊」，則寫奪「玉」字無疑。吴梅曰：「觀所録稼軒、夢窗、草窗詞，知疇老胸中別具鑪錘。」王瀣又曰：「觀其所以名『賞心』者，蓋知先生胸中一段貞苦，微奥之旨於楚騷爲近。」邵瑞彭曰：「足與止庵《詞辨》並駕齊驅。」季野來自汴，持册徵題。已爲作跋，並記其大略如右。

此册所録共十七家詞，僅十九首，然已兼包周氏四家、戈氏七家之所選，具見拙重大之旨，大輅椎輪，此其權輿歟？究其所録，大氐傷懷念遠、感深君國之作，一種頓挫往復、沈鬱悲涼之致，與近日朱古老所選之三百首，消息相通，一脈綿延，足資印證。而十七家中，録及文正、武穆，尤見孤臣危涕之微意，千古如出一轍。惟永叔録「水晶雙枕」一首，梅溪録《壽樓春》一首，君衡録《綺羅香》一首，白頭撫念，或亦有未易明言者乎？此則余所不知，因書以質諸冀野兄。癸酉六月，唐圭璋。

右《宋詞賞心録》一弓，出吾鄉端木子疇先生手筆，耑有半唐老人題籤，蓋四印齋中物也。老人身後遺書散佚略盡，而此弓猶弆其家。老人姪孫婿，余門人鄦頤修，持之來，㠯十五金歸諸余。時癸酉四月十八日也。盧前中州記。

八月遊海上，友人夏丏尊先生爲付梓版，廣其傳，且易名《宋詞十九首》云。冀野又記。